R.K. Lilley

Nas alturas - livro 4

Mr. Beautiful, mas para você sempre serei o Sr. Magnífico

Editora Charme

1ª Impressão 2023

Produção Editorial: Editora Charme
Capa e produção: Verônica Góes
Foto: AdobeStock
Tradução: Laís Medeiros
Revisão: Equipe Editora Charme

Esta obra foi negociada por Agência Literária Riff Ltda em nome de Dystel & Goderich Literary Management.

CIP-BRASIL. CATALOGAÇÃO NA PUBLICAÇÃO
SINDICATO NACIONAL DOS EDITORES DE LIVROS, RJ

L695m

Lilley, R. K.
Mr. Beautiful / R. K.Lilley ; tradução Laís Medeiros. - 1. ed. - Campinas [SP] : Charme, 2023.
336 p. ; 22 cm. (Nas alturas ; 4)

Tradução de: Mr. Beautiful
ISBN 978-65-5933-148-2

1. Romance americano. I. Medeiros, Laís. II. Título. III. Série.

23-87309 CDD: 813
CDU: 82-31(73)

Gabriela Faray Ferreira Lopes - Bibliotecária - CRB-7/6643

Editora Charme

www.editoracharme.com.br

R.K. Lilley

Nas alturas - livro 4

Mr. Beautiful

mas para você sempre serei o Sr. Magnífico.

Tradução: Laís Medeiros

Editora Charme

Este livro é dedicado ao meu marido.
Sim, mais um.
Eu sei, eu sei, mas colaborem comigo.
Ele merece.

Christopher, obrigada por ser o meu maior apoiador e ter uma fé infinita em mim. Isso me torna mais humilde. Você desperta o que há de melhor em mim. Nós dois sabemos disso. Sou uma pessoa melhor graças a você. Não pense nem por um momento que não valorizo isso. Você é a minha força, amor.

Prólogo
Minha Transformação

PRESENTE

JAMES

Fui transformado quatro vezes em minha vida.

É um sentimento distinto. Inconfundível. A sensação marcante de se desfazer e se refazer, tornando-se algo novo, uma pessoa nova. Pode ser boa ou ruim, proveitosa ou prejudicial, mas, acima de tudo, é irrefreável.

Fui transformado quando meus pais morreram. Saí de uma infância feliz e entrei em um mundo muito sombrio, com infinitas responsabilidades, rodeado por inimigos e desesperadamente solitário.

Isso aconteceu de novo nas mãos de um predador covarde. Dessa vez, tornei-me mais furioso, mais cético, e foi isso que, sem dúvidas, me transformou no pervertido que eu era.

A terceira vez aconteceu de forma rápida. Um dia, deparei-me com um par de olhos azul-claros e vi a outra metade da minha alma. Xeque-mate.

Saí de uma existência completamente controlada, uma vida na qual eu calculava friamente cada decisão que tomava, para um homem tomado por sentimentos e emoções que eram estranhos, mas, de alguma forma, maravilhosos.

E cedo demais, após essa mudança catastrófica, houve a quarta vez, na qual implorei a um Deus, no qual nunca acreditara, que poupasse a vida de uma mulher sem a qual eu não podia viver.

I
Meu Sofrimento

Quatro dias.

Noventa e seis horas.

Por cinco mil setecentos e sessenta minutos, esperei que ela acordasse.

E durante cada segundo desses longos minutos, eu *sofri*.

Não houve torpor algum. Nenhum segundo piedoso de desconexão. Senti cada um daqueles dias, daquelas horas, daqueles minutos, daqueles segundos torturantes sem nenhuma anestesia.

Visões sangrentas preenchiam minha cabeça.

Todos aqueles corpos dispostos pelo chão como uma terrível tragédia grega qualquer. Aquelas visões cruéis surgiam sem parar, gravadas em minha mente, marcadas o tempo todo.

E quando minha cabeça não ficava cheia de visões grotescas, se preenchia com lembranças agridoces e torturantes.

2
Meu Enfado

PASSADO

JAMES

Meu celular apitou com uma mensagem enquanto a agente de aeroporto me dava passagem para o *finger*. Esse negócio de pegar voos comerciais, mesmo que *fosse* um avião particular, era um incômodo ao qual eu não estava acostumado.

— O sr. Walker está alguns minutos atrasado, mas se juntará ao senhor em breve — a agente de aeroporto me disse.

Apenas assenti, agradecendo-a por me avisar. *O que eram mais alguns minutos quando eu já havia desperdiçado quarenta e cinco minutos só para chegar ao avião?*

Chequei meu celular e minha boca se contorceu em uma careta quando vi que a mensagem era de Jolene. Ela tinha conseguido implorar para me ver novamente *e* implorar por dinheiro em uma única e curta mensagem. Geralmente, ela tentava separar esses dois pedidos, mas até que apreciei sua brevidade. Isso me fez sentir menos cafajeste por, ocasionalmente, trepar com mulheres que eu não suportava quando provavam que queriam dinheiro em troca. Preferia mil vezes dar dinheiro a ela do que o meu tempo.

James: Estarei ocupado com outras coisas por um tempo, mas contate Ben K para receber o dinheiro. Como de praxe. Apenas diga a ele de quanto precisa.

Jolene: Obg! Mal posso esperar para te ver de novo. A noite ontem foi incrível. Te amo, bjs

Quase revirei os olhos. A noite anterior havia sido tolerável, e eu odiava quando ela usava a palavra com *A*. Tudo que tínhamos em comum era a predileção por foda bruta e fetichista. E ela sabia muito bem que eu não a contataria tão cedo, ou nunca. Cada vez mais, transar com ela só me entediava. O que era triste, considerando o quão raramente nos encontrávamos. *Como era possível alguém se cansar de uma pessoa que via duas vezes por ano e só para sexo?*

Guardei meu celular ao me aproximar da entrada da aeronave. Não havia ninguém para me receber na porta, mas isso não importava. Eu sabia que deveria ter alguns passageiros na classe econômica e que Bram Walker e eu seríamos os únicos na primeira classe, que não era muito difícil de encontrar.

Virei à esquerda, olhando para meu relógio ao entrar na primeira classe.

Ergui o olhar e congelei.

Uma comissária alta e loira quase esbarrou em mim, mas parou de repente antes disso, erguendo o queixo para me olhar. Seus olhos se arregalaram e ela paralisou. Era linda, com os olhos azuis mais claros que eu já vira na vida e lábios rosados macios que formavam um pequeno O de surpresa enquanto ela olhava para mim. Uma cor rosada muito atraente coloria suas bochechas. Não fazia sentido algum, mas apenas ficamos ali, congelados no lugar, fitando um ao outro por uns bons cinco minutos.

Eu a perscrutei, instantaneamente atraído, embora isso fosse um eufemismo. Fiquei fascinado. Havia algo tão irresistível nos olhos dela. Eram tão claros que pareciam translúcidos. Olhos azul-claros geralmente pareciam frios, mas não os dela. Os dela eram cristalinos como água, tão claros que senti como se estivesse vendo algo impossível, um indício de que ali havia uma alma semelhante ou, talvez, uma pessoa que complementaria as minhas tendências.

Eu duvidava de que ela fosse uma submissa; as chances eram pouquíssimas, mas eu tinha certeza de que ela tinha vocação para ser uma. Senti como se estivesse prendendo-a no lugar com apenas a minha força de vontade, e adorei aquela sensação.

Meu corpo inteiro pareceu vivo, com uma empolgação me percorrendo todo. Isso me fez perceber de repente o quanto o sexo havia se tornado frio para mim, nada mais do que apaziguar de forma metódica uma vontade biológica.

Há quanto tempo esse enfado vinha tendo tanto poder sobre mim? Eu não fazia ideia. Não tinha percebido que vinha sofrendo disso até aquele momento.

Foi como acordar de um pesadelo quando você sequer sabia que estava sonhando.

Mas não estava mais sentindo esse enfado. Não com ela.

Senti-me repentinamente desperto, vivo.

Ela parecia perfeita demais. Não conseguia me lembrar da última vez em que sentira um desejo como esse. *Há quanto tempo eu vinha apenas fazendo tudo no automático?* Eu não sabia dizer, mas tive um momento de clareza absoluta enquanto a encarava. Fazia tempo demais que eu havia perdido o interesse em vários aspectos pessoais da minha vida. Nem consegui ficar irritado com isso, porque não estava desinteressado *agora*. Pelo contrário, estava fascinado após apenas um olhar.

Nenhum de nós se moveu até que ouvi a maldita e estrondosa voz de Bram vinda do *finger*:

— James Cavendish!

Bram era um pouco desagradável. No fundo, era um CEO das antigas, do tempo em que estar no comando significava que você podia fazer o que lhe desse na telha. Hoje em dia, era exatamente o contrário. Estar no comando significava que você tinha que ser profissional perto dos seus funcionários o tempo todo, mas Bram nunca recebeu esse aviso. Eu sabia que ele estaria bêbado antes de decolarmos, mesmo que isso fosse uma reunião de negócios. Porém, eu o toleraria e o ouviria.

Eu me lembrava de quando ele ia jantar na minha casa quando eu era criança, antes dos meus pais morrerem. Ele e o meu pai eram próximos. E era por causa do vínculo deles e das lembranças do meu pai rindo alto das piadas dele que eu sempre aturaria esse coroa irritante.

A voz alta do seu chefe estimulou a linda mulher a partir para a ação, e somente quando ela se mexeu foi que percebi que esteve segurando uma bolsa de gelo pingando durante todo o tempo em que trocamos olhares. Havia uma pequena poça de água entre nós. Vi mais duas gotas se juntarem no fundo da bolsa antes de caírem no chão.

Abri um sorriso largo. Pelo menos eu não era o único que havia esquecido que o resto do mundo existia.

— Com licença, sr. Cavendish — ela murmurou em uma voz suave.

Dei um passo para o lado e depois virei-me para observá-la seguir para os fundos do avião. Ela estava entregando a bolsa de gelo para outra comissária quando Bram apareceu, bloqueando a visão.

Ele sorriu para mim, acenando com o braço para que eu me sentasse. Dava para perceber só de olhar que ele já tinha tomado umas. Seria um longo voo.

Senti como se tivesse acabado de sofrer uma lobotomia ao me direcionar para o assento mais próximo. Não conseguia pensar direito, não conseguia focar em nada, não tinha um pensamento coerente sequer, e muito menos conseguia prestar atenção no que quer que Bram estivesse tagarelando ao me seguir.

Sentei-me no assento do corredor, fazendo Bram quase tropeçar em minhas pernas compridas para chegar ao assento da janela.

Fiquei balançando a cabeça conforme ele falava, tentando não virar o rosto para todos os lados para ver o que aquela mulher estava fazendo. Pensei em sua voz suave e em como ela me chamara de sr. Cavendish.

Bastou aquilo para selar seu destino…

Ela retorcia as mãos ao se aproximar dos nossos assentos. Contudo, tirando esse gesto sutil, ela parecia ter recuperado sua compostura. Não gostei daquilo. Eu queria fazê-la perder a compostura de novo.

— Bem-vindos a bordo, sr. Walker, sr. Cavendish. O que gostariam de beber?

— Crown Royal com gelo, querida — Bram respondeu com um sorrisão.

— Só uma garrafa de água — eu disse a ela, não gostando nem um pouco do sorriso seboso de Bram.

— Devo recolher seus paletós? — ela perguntou.

Nós dois negamos com a cabeça. Observei-a se afastar, admirando a vista.

— Vejo que está gostando da minha companhia aérea — Bram falou com uma risada.

Olhei-o com uma expressão não muito amigável.

— Não é da sua companhia aérea que estou gostando.

Ele deu de ombros.

— Mesma coisa. Tenho uma frota enorme de garotas como Bianca.

Bianca, pensei. Eu tinha um nome. Já era um começo.

Retorci os lábios.

— Impossível. Se conseguir me mostrar uma garota que chegue aos pés dela, eu te darei um milhão de dólares.

Ele estreitou os olhos para mim. De repente, ele me lembrou de um tubarão sentindo o cheiro de sangue na água.

— Na verdade, eu ia mesmo chegar nisso. Que bom que tocou no assunto. Preciso de um pouco mais que um milhão, filho.

Soltei um suspiro pesado quando ele começou o lenga-lenga esperado sobre sua companhia aérea. Tentei prestar atenção, mas, na verdade, estava focado na copa na parte frontal da aeronave, pegando vislumbres de Bianca enquanto ela trabalhava.

Xinguei-me pela má escolha de assento e analisei a cabine para procurar um melhor.

Outra comissária passou por nossos assentos, indo em direção à Bianca. Era uma morena, e Bianca era bem mais alta do que ela. Elas trocaram um olhar breve e amigável. Consegui ouvir apenas alguns pedaços do que estavam dizendo.

— Claro, pode pegar um. — Ouvi Bianca dizer em meio ao falatório de Bram. — Tenho somente esses dois aqui em cima. É o suficiente.

— Obrigada, Bianca — a outra mulher falou, soando aliviada. — É sempre tão bom quando a pessoa que está na copa da primeira classe é maneira. Metade das pessoas da equipe monopoliza os carrinhos, precisando deles ou não.

— Sem problemas. Eu te ajudo a levar para lá — Bianca garantiu à mulher, e pude pegar um vislumbre do seu sorriso. Era um sorriso pequeno, apenas um curvar leve dos cantos da boca. Seu objetivo era tranquilizar a outra mulher, que estava obviamente estressada.

Tentei identificar por que fiquei tão afetado por aquele pequeno sorriso. *São os olhos dela*, pensei. Eles me afetaram. Carregavam uma mistura de bondade, tragédia e reticência. Eram capazes de roubar uma alma.

Olhos assim não eram encontrados em pessoas que não passaram por dificuldades, que não passaram por angústias. Ela era uma mulher incrivelmente linda, mas isso era apenas a superfície. Eu tinha certeza de que havia uma profundidade nela, e isso me intrigou.

Ela nos serviu, e toda vez que olhava de relance para mim, um rubor adorável coloria suas bochechas.

Eu já estava planejando conquistá-la antes mesmo do avião decolar.

O assento retrátil em que ela sentou para a decolagem ficava fora do meu campo de visão. Fiz uma nota mental de sentar no 2D na próxima vez que pegasse um dos seus voos. Eu teria uma visão desobstruída do seu assento de lá.

O voo já durava uma hora quando consegui abordá-la na copa. Ela estava curvada, empilhando pratos em um carrinho prateado de três partes.

— Você precisa mesmo levar um carrinho só para nós dois? — perguntei por trás dela.

Ela se sobressaltou visivelmente, virando-se e levantando-se para me fitar, presenteando-me com aquele rubor no rosto.

— Sr. Cavendish — ela disse, parecendo perplexa.

Sorri.

— Bianca. Você precisa mesmo desse carrinho só para nós dois? — repeti.

Ela abriu um pequeno, mas agradável sorriso.

— Procuro seguir os protocolos de serviço precisamente quando estou servindo o CEO da companhia aérea.

Adorei o som da sua voz. Era suave, mas firme. E adorei aquele pequeno sorriso.

— Qual é a sua rota de costume? Las Vegas para Nova York é a rotina normal?

Ela pareceu um pouco surpresa diante da pergunta, mas respondeu rápido o suficiente.

— É, sim, na verdade. As paradas são em Nova York e as escalas em Washington, D.C.

— Escalas? — perguntei a ela, não familiarizado com o termo.

Ela mordeu o lábio.

— Desculpe. Jargão de companhia aérea. Uma escala é quando voamos para um lugar e voltamos no mesmo dia.

— Quais são os dias que você costuma ir a Nova York? — indaguei, analisando seu rosto.

Ela abriu a boca, tão perto de responder, quando o imbecil do Bram interrompeu, gritando meu nome e distraindo-a.

— Com licença, sr. Cavendish, tenho que voltar ao trabalho. O senhor precisa de alguma coisa?

De você, porra. Sob mim. Por dias e dias.

Abri um sorriso neutro para ela.

— Estou bem. Acho que é melhor eu deixá-la em paz.

Ela assentiu.

— Por favor, acione o seu botão de chamada se precisar de qualquer coisa.

De você. Aberta, amarrada, disposta, impotente diante de mim, disponível somente para meu uso.

Ela virou de costas para mim antes que pudesse ver minhas narinas inflando, meus olhos e mente *enlouquecendo*.

Não tive outra oportunidade de abordá-la. Bram me manteve ocupado pelo resto do voo. Prestei atenção, sentindo a obrigação de pelo menos ouvi-lo em honra ao meu pai, mas estava pronto para estrangulá-lo quando o avião começou a descer e eu não havia conseguido me aproximar dela novamente.

— Você sabe que não posso te dar todo esse dinheiro se não me der um pouco de controle sobre a companhia aérea — eu disse a ele pelo que parecia a décima vez.

Ele sorriu para mim. Era um sorriso de vigarista. Não fiquei impressionado.

— Você sabe que pode confiar em mim para manter esse negócio funcionando do meu jeito — ele falou.

Eu não sabia disso. O que eu sabia era que se ele continuasse fazendo as coisas "do jeito dele", a companhia iria à falência muito em breve, e seria enterrada logo depois. Eu não podia investir nela, nem mesmo em honra às lembranças nostálgicas da minha infância. O cara administrava sua empresa como se fosse um jogo, gastando dinheiro a torto e a direito como se estivesse matando a vontade de fazer jogos de azar. Se ele não abrisse mão do controle, eu estaria simplesmente adiando o inevitável, torrando milhões no processo desnecessariamente.

— A tripulação ficará em Nova York? — perguntei, mudando de assunto. Estava cansado de falar sem que adiantasse alguma coisa.

— Não. Eles todos voltarão para Las Vegas. Por quê?

Dei de ombros.

— Só curiosidade.

Pensei em pedir a ele o número de Bianca, ou ao menos seu cronograma, mas sabia que ele não cooperaria. Apenas veria isso como algo que poderia usar a seu favor. Eu encontraria outra maneira.

Não consegui um momento sozinho com ela ao desembarcarmos, mesmo tentando. O infeliz do Bram ficou por perto, então apenas acenei com a cabeça para ela.

— Foi um prazer, Bianca — falei, a caminho da saída, minha mente imaginando as inúmeras maneiras que eu pretendia lhe dar prazer em um futuro bem próximo.

Foi uma visão bem gráfica.

— Foi um prazer, sr. Cavendish — ela respondeu, educadamente.

Ainda não, pensei. *Mas será.*

Despedi-me de Bram assim que pude, indo rapidamente em direção ao local onde sabia que Clark estaria em um carro esperando por mim.

Cumprimentei-o com um aceno de cabeça ao entrar no banco de trás.

— Para o hotel? — ele indagou, com uma sobrancelha erguida.

— Para o apartamento — respondi.

Percebi que ele ficou surpreso com a resposta. Eu raramente parava de trabalhar tão cedo no dia. Porém, sabia que seria inútil ao menos tentar trabalhar naquele momento. Não conseguia me concentrar em absolutamente nada. Minha mente estava presa àquela mulher...

Clark começou a dirigir, mas ficou me lançando olhares inquisitivos pelo retrovisor.

— Vai se encontrar com uma mulher, senhor? — questionou.

Era uma pergunta enxerida, mas eu estava acostumado. O cara era tão bom em seu ofício e trabalhava para mim há tanto tempo que seu papel de funcionário já havia evoluído para um amigo, e nós dois sabíamos que ele podia dizer o que quisesse e eu não me ofenderia.

— Não, Clark.

— Talvez o senhor devesse. Parece que está precisando.

Lancei-lhe um olhar cínico. Era desconcertante o quanto ele sabia me ler bem.

— Não, mas preciso que encontre uma para mim. O nome dela é Bianca.

— Sem sobrenome? — ele perguntou sem pestanejar. Não era como se eu pedisse isso com frequência. Ele só era um cara inabalável.

— Sim. Ela é comissária de bordo, e o nome dela é Bianca. É tudo que sei.

— Da companhia aérea do Walker?

— Sim.

— Descrição física?

— Alta, loira... linda. Parece uma modelo. Preciso do cronograma dela o mais rápido possível. Também seria bom se você conseguisse um número de telefone, ou endereço, qualquer coisa que possa encontrar.

Ele suspirou.

— Verei o que posso fazer. Vai ser difícil pra caramba.

— Serei eternamente grato.

— Eu sei.

Senti-me um pouco perdido quando entrei no meu apartamento. Tinha tirado a tarde de folga. Mas para fazer o quê? Se não estivesse agindo feito um idiota enfeitiçado por uma estranha, teria ligado para uma das cinco mulheres que eu sabia que estavam na cidade que poderiam atender às minhas necessidades específicas. Porém, não tinha vontade alguma de fazer isso, e esse era o problema.

Senti-me atordoado ao ir direto para a suíte master, tirar a roupa e entrar no chuveiro. Não usei água fria, e sim pegando fogo. Fechei os olhos e encostei-me à parede de azulejos, pensando naqueles olhos azuis devoradores dela. Eram firmes, mas tão submissos, como se ela soubesse exatamente do que eu precisava.

Precisava, pensei. *Sim*, essa era a palavra.

Ensaboei minha mão e comecei a acariciar meu pau latejante, lembrando-me de como ela ruborizou para mim, do seu pequeno sorriso e, é claro, daqueles olhos hipnotizantes.

Porra, pensei, chocado por ter gozado com apenas alguns movimentos. E, para piorar, o orgasmo não foi suficiente. Poucos momentos depois, eu estava batendo uma de novo. Senti-me como um adolescente, me masturbando repetidamente no banho.

Nem mesmo considerei procurar uma mulher com quem poderia me distrair. Essa era a pior parte. Eu sabia que teria mais satisfação apenas *pensando nela* do que estando com outra mulher.

Bianca era problema para mim, eu sabia disso, e, ainda assim, estava pouco me fodendo. Eu a teria.

Atingi mais um orgasmo, segurando meu membro com força, e então comecei a movimentar a mão novamente antes mesmo de terminar, correndo o risco de esfregar tanto meu pau a ponto de deixá-lo em carne viva, pensando em uma mulher que nunca sequer vira nua.

Dessa vez, pensei em seu corpo, em seu vestidinho elegante cobrindo os seios redondos deliciosos, cintura esguia e o melhor par de pernas que já vi. Acariciei meu pau com mais força.

Lembrei-me do pulso delicado que analisara enquanto ela me servia. Imaginei aqueles pulsos presos à minha cama ao me masturbar com força e gozei novamente com um gemido rouco.

Estava cedo, mas isso não me impediu de me secar e ir direto para a cama. Naquela noite, sonhei com cabelos loiros sedosos e olhos azul-claros nos quais eu poderia me perder.

Eu a vi apenas uma vez. Por que sentia que a queria para sempre?

3
Meu Purgatório

PRESENTE

— O que vou fazer se ela não sobreviver a isso? Como é possível eu encontrar algo, alguém assim, e então perdê-la? Qual é o sentido disso tudo?

E quanto a Stephan? Ele estava em uma situação ainda pior. O que eu faria se ele não sobrevivesse? Como contaria uma coisa dessas a ela?

Ela estava em cirurgia, e as informações que me forneciam nem chegavam perto de serem suficientes para que eu pudesse suportar. Sabia que ela estava recebendo os melhores cuidados possíveis, mas isso não ajudava a aliviar o purgatório que eu estava vivenciando enquanto esperava para ver se seria suficiente.

Os olhos de Tristan estavam cheios de compaixão, de um jeito que demonstrava que ele também havia ido até o inferno e voltado. Ele vivia todos os dias em seu próprio purgatório, disso eu sabia.

O pobre coitado.

— Primeiro de tudo, ela vai sair dessa — ele disse, baixinho. — Eu sei disso. O fato de que ainda está respirando, depois de tudo que aconteceu, nos garante isso. Mas, James... sobre o como e o porquê... um amor como esse te faz uma pessoa melhor. Mesmo que você perca tudo, mesmo que tenha sido por um único e precioso *momento* na sua vida, você não pode se arrepender por tê-lo tido. Acredite em mim.

4
Meu Ritual

PASSADO

Conferi meu relógio novamente, depois o retirei, impaciente, e joguei-o em uma gaveta.

Ela deveria chegar em quinze minutos, mas eu já estava pronto para ela há horas. Estava preocupado demais para trabalhar, então foquei em exercícios físicos extenuantes e no preparo do jantar.

Comecei a andar de um lado para o outro.

Estava ansioso, distraído e inquieto de uma maneira que me era estranha.

Havia dispensado meus funcionários na metade do dia, precisando estar completamente sozinho com aquele humor esquisito.

Pelo que podia me lembrar, era a primeira vez que eu não tinha certeza sobre como a noite deveria se desenrolar ou qual a melhor maneira de lidar com as coisas. Esse tipo de encontro costumava acontecer somente de uma maneira: não começava com um jantar e não terminava com um pernoite.

Não sabia o que ela queria de mim, ou o que esperava, e esse era o problema, porque eu queria muitas coisas dela. Coisas nas quais ela não parecia sequer remotamente interessada.

Era seguro dizer que eu nunca havia me deparado com esse problema.

Tirar meu relógio não ajudou em nada, porque fui checar a hora novamente meros dois minutos depois.

Onde ela estava? Será que desistiria assim, em cima da hora?

Soltando um palavrão, procurei meu celular e liguei para ela.

— Alô? — Bianca atendeu, ofegante.

Aquilo me deixou em alerta instantâneo. Meu corpo inteiro enrijeceu.

— Onde você está? — Ouvi-me perguntando, com a voz involuntariamente ríspida.

— Eu estava saindo — ela disse, com um tom tão estranho que peguei-me dissecando cada palavra, procurando por uma pista que me indicasse o que havia nelas que estava me fazendo cerrar a mandíbula. — Vou chegar aí em vinte minutos — continuou. — Se eu não errar o caminho.

— O que está acontecendo? Você está com a voz estranha. E vai se atrasar. Essa é uma das muitas razões pelas quais eu queria mandar um motorista.

— Chego já, já. — Sua voz falhou nessa frase, e foi aí que eu soube o que ouvi em sua voz.

Desejo. *Urgência.*

— O que você está fazendo? — ronronei, fechando os olhos de prazer. Se ela estava nesse estado, eu sabia exatamente como controlar a situação, e a mudança de poder me deu um alívio instantâneo. Desci a mão e belisquei a ponta do meu pau ereto com força. — Por que parece estar sem fôlego?

Houve uma longa pausa do outro lado da linha, mas, por fim, ela respondeu:

— Nada.

Mentira.

Cerrei a mandíbula e me belisquei com mais força.

— Você está se tocando? — perguntei entre dentes.

— Não — ela mentiu novamente.

— Você se lembra do que eu falei que ia fazer se você mentisse para mim? — perguntei, tanto excitado quanto furioso por seu desacato. — Acredito que já foram três vezes. Não é para gozar. Sua boceta me pertence, e seu prazer também. Você não tem permissão para gozar, a menos que eu diga que pode.

Ela gemeu, e eu quase gozei na minha mão.

— Se você não entrar no carro neste segundo, eu vou aí e não vou te deixar gozar durante horas — bradei, desligando em seguida.

Fui até uma das salas de controle da propriedade e fiquei esperando seu veículo impacientemente, com a mente nas várias maneiras que eu a possuiria em apenas alguns minutos.

Era sua primeira vez, mas eu não queria ir devagar ou pegar leve com ela, não sabia se era capaz de fazer isso. Ela era uma verdadeira masoquista? Ela teria algum prazer *naquele* tipo de dor?

Eu estava extremamente impaciente, ansiando, louco para descobrir.

Abri o portão assim que finalmente vi um carro se aproximar, tirando minha camisa e seguindo para o hall de entrada para esperá-la.

Abri bem a porta quando ela chegou ao último degrau da pequena escadaria que levava à entrada, fitando-a com satisfação em meu olhar perfurante.

Ela parou ali e ficamos nos encarando por um longo tempo.

A luxúria no ar estava tão densa que eu sentia que poderia estender a mão e tocá-la, colocar a língua para fora e *sentir seu gosto*. Era inebriante, embriagante.

Devoradora.

Ela usava um vestido preto com flores pintadas. Era fino, revelando sua silhueta mesmo que estivesse praticamente escuro.

Mesmo ali, na soleira da minha porta, claramente vestida para sexo, ela parecia fria e intocável.

Eu a faria tornar-se tocável. Eu sabia, e ela sabia, e isso me deixava *louco*.

— Entre — eu disse, me perguntando como ia aguentar dali até o quarto.

Ela obedeceu sem dizer uma palavra, sua expressão estoica.

Eu estava tomando a maior parte do espaço do vão da porta, o que a forçou a roçar em mim ao passar.

Inspirei com força.

O quão extremo seria tirar sua virgindade no chão do meu hall de entrada? O quão grosseiro e imperdoável seria?, me perguntei. Porque isso estava a um segundo de acontecer.

— Estou com o jantar pronto, mas isso vai ter que esperar — informei a ela em um tom entrecortado, minha paciência no limite. — Você é uma bruxinha, sabia disso?

Ela balançou a cabeça, parecendo indiferente ao olhar em volta.

Seu silêncio me fez tensionar a mandíbula. Eu não sabia o que fazer com isso.

— Dei a noite de folga para todos os empregados, por isso estamos sozinhos — expliquei, para tranquilizá-la da nossa privacidade caso eu, de fato, a tomasse ali mesmo.

Meu controle estava por um fio *muito fino*. Eu já a tinha penetrado com meus dedos, sentindo a barreira do seu hímen, e me tornado obcecado por ele desde então. Eu tivera tempo para refletir sobre por que isso estava consumindo meus pensamentos e cheguei à conclusão de que era a posse que me proporcionava. Estava prometido para mim, para reivindicá-lo, para rompê-lo, e após fazer isso, eu possuiria uma parte dela que ninguém jamais tocara antes.

Ela me ignorou como se eu não tivesse falado, avançando para passar a mão pelo corrimão denso da escadaria que levava ao segundo andar.

Não pude mais resistir. Aproximei-me dela por trás, ficando a um suspiro de tocá-la, a um piscar de olhos de perder o controle.

— Qual é o seu quarto? — ela perguntou, seu tom praticamente casual.

Uma fome profunda e primitiva me preencheu dos pés à cabeça. Arrepiei-me de prazer, erguendo a mão e segurando sua nuca. Apertei e, em seguida, comecei a massageá-la.

Ela se apoiou no meu toque, curtindo o contato.

Agarrei seus cabelos, prendendo-os no meu punho em sua nuca, e comecei a conduzi-la pelas escadas.

Se ela ia se abster de todo artifício, toda provocação, eu poderia me abster ao menos durante o tempo que levaria para chegar à minha cama.

Conduzi-a daquela maneira até meu quarto, parando próximo à porta após entrar para deixá-la assimilar tudo.

Eu havia arrumado as coisas exatamente do jeito que gostava, sem medir esforços. Não queria que nada ficasse mal compreendido.

Havia amarras penduradas no dossel entrelaçado da cama, outras dispostas na cabeceira. Estava escrito em letras garrafais por todo o quarto de que era ali que eu tomaria seu corpo, reivindicaria a posse dele.

— São cordas? — ela finalmente perguntou, sem fôlego.

— Sim — respondi, observando-a.

— Isso é um chicote?

Se eu fosse capaz de ficar jogando conversa fora, teria perguntado de ela gostava de andar a cavalo, se sabia cavalgar, mas eu não era. Minha visão estava muito focada, e eu só tinha uma coisa em mente.

— É — eu disse, empurrando-a para frente com a mão em seus cabelos até que ela estivesse a poucos passos da cama. — Tenho mais brinquedos que eu quero usar com você, mas não queria intimidá-la colocando-os à mostra.

Ela deu risada, com uma pontada de histeria.

Aquilo só fez meu coração martelar ainda mais.

— Você precisa escolher uma palavra de segurança — informei a ela.

Observei seus seios subirem e descerem quando ela respirou fundo.

— Imagino que você saiba que eu nunca fiz nada disso antes, não é?

Aquilo me atingiu, porque sim, eu sabia. Isso havia se tornado a maior obsessão da minha vida nos últimos dias.

— Sei — sussurrei, minha voz densa e intensa.

Ela pausou antes de finalmente responder:

— Sotnos.

— Sotnos? — questionei, rolando a palavra em minha boca, como ela havia feito.

— Sim — respondeu sucintamente. Nada mais.

Mulher exasperante.

Puxei seu cabelo com força, inclinando sua cabeça para trás e para o lado até fazê-la olhar para mim.

— Existem regras aqui — expliquei rispidamente. — Aqui eu sou o mestre, e eu vou te punir quando você me desafiar. Vou ler suas reações e tentar não ir longe demais, mas, se eu for, ou se tiver alguma coisa que você simplesmente não possa lidar, essa é a palavra que você deve usar.

Ela não pareceu nem um pouco intimidada. Na verdade, ela ergueu o queixo de maneira desafiadora diante das minhas palavras.

— E fora daqui? Você não disse que iria me punir por ter mentido pra você? Mas não estávamos aqui dentro quando menti.

Sorri. Eu gostava do seu atrevimento.

— Há exceções. Eu nunca vou mentir para você, e espero que você aprenda a fazer o mesmo. Diga o que significa sua palavra de segurança.

Ela balançou a cabeça com teimosia, mandíbula firme.

— Não.

Respirei fundo para me acalmar.

— Você prefere levar mais chibatadas a me dizer o que significa?

Ela fez que sim, sem hesitar.

— Prefiro. — Ela soou confiante.

Examinei-a.

— Que tal uma troca? — tentei persuadi-la. — Existe algo que eu poderia dar em troca dessa informação? Algo que você queira saber sobre mim? Algo que você queira em geral?

Mais uma vez, sem hesitar, ela negou com sua cabeça teimosa.

Puxei seu cabelo com mais força.

— Você está me deixando louco — eu disse suavemente, manobrando-a em direção à cama. — Precisamos conversar. Precisamos decidir esse acordo, só que eu não posso esperar mais por isso. Nada jamais me fez sentir enlouquecido assim. Eu preciso marcar você. Preciso ser seu dono. Preciso punir você. Preciso te abrir e arrancar todos esses detalhes de você. E vou te fazer me contar o que essa palavra significa para você.

Houve uma pausa, durante a qual ela nem concordou, nem protestou.

— Levante os braços — ordenei após deixá-la bem próxima à cama.

Ela obedeceu, e eu arranquei seu vestido de uma vez, puxando o ar entre dentes diante da visão com a qual me deparei.

Eu estava febril de desejo. Precisava de tudo ao mesmo tempo. Tocá-la, saborear sua boca. Colocar meu pau para fora, fazê-la me chupar, entrar nela sem barreira alguma.

Porém, me contive. Por pouco.

Caminhei em volta dela, meus olhos devorando cada centímetro delicioso do seu corpo. Ela estava somente de sutiã e calcinha fio-dental agora, seus seios grandes preenchendo e esticando o tecido fino do sutiã, os mamilos corados endurecidos. Melhor decote que eu já vira na vida, sem exagero.

De repente, curvei-me e mordi seu seio por cima do sutiã. Com força.

Ela emitiu um barulho delicioso, e endireitei as costas, continuando a rondá-la.

Puxei sua calcinha minúscula e estalei em sua pele ao passar por seu quadril. Ela era mais curvilínea do que eu pensava, seu torso tinha um formato mais de ampulheta do que reto, formando quadris suavemente arredondados que eram perfeitos para agarrar.

— Você é demais — eu disse ao examinar sua bunda redondinha. — Uma virgem com o corpo mais sexy que eu já vi na vida. Perfeito pra caralho.

Ajoelhei-me atrás dela, inclinei-me para frente e mordi uma de suas nádegas *com força*.

Ela suspirou profundamente e olhou para mim.

Beijei a marca que deixei ali, erguendo o rosto para encontrar seu olhar.

Ela desviou o rosto e ficou olhando para frente novamente, com a respiração agitada.

Enganchei um dedo na linha fina de tecido no seu quadril.

— Quero cortar todas as suas roupas, mas adoro tudo o que te vejo usar, e não tenho ideia de onde você comprou, por isso não sei como substituir.

— As calcinhas são da Victoria's Secret. Assim como o sutiã.

Abri um sorriso de aprovação para ela, dando um tapa em sua bunda.

— Não se mexa — ordenei, levantando-me para pegar uma faca.

Sua expressão me fez rir.

— É só para cortar as roupas. Eu nunca iria cortar sua pele. O mero pensamento é repugnante para mim. Só quero te deixar um pouco vermelha.

Aproximei-me dela, segurei a parte frontal do seu sutiã, puxei-a e cortei em um só movimento, separando os bojos.

Vi seus mamilos enrijecerem, beliscando-os várias vezes, cada vez mais forte do que a última.

— Eles são muito sensíveis? Você prefere do primeiro jeito ou do último? — Belisquei ainda mais forte, até ela gemer, fazendo-me abafar o meu próprio gemido. — Ou do quarto jeito?

Ela engoliu em seco, mas respondeu rapidamente.

— Do quarto.

— Ótimo. Tenho uma coisa para você. — Voltei até a gaveta da mesa de cabeceira, guardei a faca e peguei um par de grampos de mamilo que separara mais cedo.

Os grampos tinham uma cor de pêssego, com uma corrente prateada conectando-os. Coloquei a corrente em volta do seu pescoço, fechando-a em sua nuca.

Ela reagiu bem quando os coloquei em cada um de seus mamilos excitados.

— Grampos de mamilo — expliquei. — Estão apertando muito?

Ela fez que não com a cabeça, analisando-os.

Eles ficaram perfeitos nela. Na verdade, eu não conseguia decidir se iria querer colocar piercings nela de tão perfeitos que os grampos ficaram.

Em seguida, cortei sua calcinha fio-dental, observando seu rosto para sondar sua reação.

— Suba na cama — ordenei, minha voz ficando rouca.

Ela obedeceu.

— Suba na rampa até seus joelhos a estarem tocando. Isso, bem assim.

Subi atrás dela, empurrando seu rosto contra a rampa que eu havia colocado no meio da cama, que deixava sua bunda bem empinada do jeito que eu queria.

Sua bochecha estava tocando o chicote e ela estava tremendo. Era quase demais para aguentar.

— Isso aqui não é o seu joelho — ela me disse.

Aquilo me fez soltar uma risada de surpresa.

— Não é. Meu côlo não é um lugar seguro para você no momento. Mas vamos chegar lá, eu prometo.

Passei uma corda por seu tornozelo e amarrei firme.

— Quanto mais você resistir, mais ela vai apertar. Tenha isso em mente. — Prendi seu outro tornozelo e, então, passei para seus pulsos, amarrando-a rapidamente.

Movi-me por trás dela novamente, inclinando-me sobre seu corpo até estar completamente apoiado em suas costas e minha ereção cutucando sua bunda.

Ela se remexeu, e dei um tapa leve em uma de suas nádegas.

— Fique quieta — mandei e puxei o chicote de baixo de sua bochecha.

Saí de cima dela.

Ela gemeu em protesto, e lhe estapeei de leve mais uma vez.

Meu coração foi acelerando cada vez mais conforme fiquei analisando-a por um longo tempo, quase nervoso para começar.

Ela estava tão linda daquele jeito. Tão perfeita, amarrada, à minha mercê.

Isso era a minha poesia, minha arte, e seu corpo era a minha tela.

Senti-me zonzo só de pensar no que estava por vir.

— Você tem algo a dizer antes de eu começar? — perguntei a ela.

— Desculpe, sr. Cavendish — ela disse, arqueando as costas.

Um rugido vibrou na minha garganta e comecei a usar o chicote.

Comecei de leve, batendo mais forte conforme via sua reação.

Ela gemia e se contorcia, e eu podia ver o quanto isso a estava deixando molhada.

Obriguei-me a parar, ofegando diante do esforço. Não queria me exceder quando ainda não conhecia bem seus limites.

Ela arqueou as costas e murmurou um protesto, esfregando seu peito contra a rampa.

Senti-me tonto. Estendi a mão diante de mim e vi que estava tremendo.

Nunca mergulhei em algo tão rápido ou de uma maneira tão descuidada assim. Meus instintos me diziam que ela não era mentirosa, mas instintos podiam se enganar e, até onde eu sabia, ela podia nem estar tomando pílula.

Desde que me tornara sexualmente ativo, sempre fui muito rigoroso em relação à proteção. Engravidar alguma mulher aleatória não era uma opção para mim, já que muitas caçadoras de fortunas adorariam se aproveitar de um momento de descuido.

Nada disso havia escapulido da minha mente. Não era uma questão de vigilância. Não mesmo.

Era uma mudança de ideia.

Minha maneira de agir estava se transformando rapidamente em algo que nem eu mesmo reconhecia ou entendia completamente. Mas de uma coisa eu sabia: eu iria gozar dentro dela sem camisinha. A ideia de engravidá-la nem era tão alarmante para mim. Na verdade, sendo sincero comigo mesmo, a ideia de vinculá-la a mim dessa maneira era mais do que atraente.

Olhei para baixo, para minha ereção pesada. Estava inchada a ponto de estar dolorida, ficando vermelha, com veias grossas saltadas em meu comprimento. Havia líquido pré-gozo saindo da pontinha.

Nunca estivera tão excitado em minha vida.

— Eu preciso parar por aqui — falei rispidamente. — Não quero que você sinta muita dor para deitar de costas quando eu te possuir.

O que recebi foi mais do seu silêncio. Eu não tinha a menor noção do que fazer com ele.

Fixei minha atenção em sua pele clara e cremosa.

— Porra. Estou vendo o líquido escorrer pelas suas pernas. — Passei um dedo pela trilha de umidade em sua coxa. — Há algumas coisas a fazer antes de eu te foder. Tenho um exame de saúde sobre a mesa. Fiz os testes. Todos os resultados estão limpos. Quero enterrar meu pau em você sem nada, se você me permitir. Você disse que toma pílula, não foi?

Ela assentiu.

— Tomo. Vou aceitar sua palavra. Se eu pensasse que você iria mentir sobre algo assim, não estaria permitindo que me amarrasse e arrancasse o meu cartão V, estaria?

Dei risada e curvei-me para beijar sua bochecha.

Empurrei a rampa de baixo dela, deixando-a cair na cama.

Libertei seus tornozelos. Agarrei-os, empurrando-a mais para cima na cama. Virei-a usando apenas esse contato, surpreendendo-a e arrancando-lhe um arfar.

Isso deixava seus braços presos acima da cabeça e me permitia abrir bem suas pernas. Eu as amarrei assim, devorando a visão.

Ela era tão deliciosamente loira. Em toda parte. Era de tirar o fôlego. Seu corpo maduro com toda a sua pele de porcelana tremia diante de mim.

Minha.

Reivindiquei sua boca primeiro, começando com um beijo casto em seus lábios que nada mais era do que uma constatação da minha vontade, em seguida descendo para marcar território em cada centímetro da sua pele imaculada.

Depois, tomei seu corpo com o meu. Fiz isso com uma habilidade implacável, e o mais próximo que eu já chegara de desenfreado. Rompi sua barreira e entrei em um frenesi que me levou à loucura.

Ouvi meus gemidos baixos e guturais conforme a fodia. Nunca fui do tipo que geme alto, sempre controlei meus barulhos, mas agora, *agora*, eu simplesmente não conseguia conter nada.

Meu olhar manteve-se no dela o tempo todo. Seus olhos claros tanto me devoraram quanto me alimentaram.

Eles me engoliram inteiro e me mantiveram intacto.

Senti-a em torno de mim, senti sua carne sensível se contrair, e perdi completamente a cabeça.

Xinguei baixinho, gemi alto, tensionei, e então comecei a estocar nela feito um maníaco, com a certeza de que a estava machucando, porque ela não estava acostumada a uma invasão dessas.

E pensar nisso me fez enlouquecer ainda mais.

Ela estava choramingando de prazer no final, implorando por alívio.

Continuei, metendo incontrolavelmente, motivado como um viciado.

Finalmente, quando cheguei ao meu limite, decidi levá-la comigo. Comecei a esfregar seu clitóris impiedosamente enquanto entrava e saía dela.

— Goze, Bianca, agora — comandei, meus olhos devorando cada detalhe do seu rosto pouco expressivo.

Por incrível que possa ter sido, ela obedeceu. Como se fosse um instrumento já sintonizado ao meu toque. Como se tivesse sido feita para mim.

Porque ela era.

Minha.

Irreversivelmente. Irrevogavelmente.

Meti com força com uma última estocada brutal e esvaziei meu sêmen dentro dela.

Não conseguia parar de beijá-la depois que me recuperei do meu clímax vertiginoso. Seus lábios eram exuberantes, mas não era por isso que eu não conseguia conter minha obsessão por eles. Era a maciez deles, a sedosidade maleável, carnuda, trêmula que me deixou sedento, precisando de mais.

Após um tempo, preparei um banho de banheira, minha mente se recuperando, acelerada, reconfigurando a vida que eu conhecia.

Voltei para a cama quando o banho ficou pronto, examinando sua figura mole e saciada com um prazer vívido.

Tentei nomear o que estava sentindo. Era algo além de satisfação. Estava mais para algo semelhante a um orgulho feroz. Ela ainda não sabia, mas essa linda criatura havia acabado de selar seu destino naquela cama.

Eu não a deixaria escapar. Ela era arisca, mas eu não me desencorajaria por isso.

Não era mais uma questão de *se*, não depois do que fizemos. Eu ficaria com ela. Agora, era apenas uma questão de *como*.

Carreguei-a até a banheira e a limpei com minhas mãos sujas.

Apesar dos meus pensamentos, meus desejos, pude notar que disse algo de errado quando ela tentou ir embora antes do jantar e, por pouco, consegui persuadi-la a ficar para comer.

Eu perdia toda a minha destreza perto daquela mulher; o charme com o qual eu contava parecia não ter efeito.

Ela ficou calada e distante, mas consegui arrancar com muita luta algumas informações dela.

Ela não confiava em mim, ou esperava muita coisa de mim, mas eu estava disposto a mudar isso.

Tomei-a novamente, colocando-a na mesa junto com a sobremesa.

Eu não deveria ter feito isso. Eu sabia. Havia sido bruto em sua primeira vez, mas ela jurou que não estava muito dolorida, e eu não tinha autocontrole suficiente para não matar minha sede com seu corpo delicioso uma segunda vez.

Beijei as marcas de corda em seus pulsos.

— Adoro ver isso em você — falei contra sua pele, minha voz densa com algo muito mais forte do que mero desejo.

Empurrei-a de modo que ficasse de costas contra a superfície da mesa, separando bem suas pernas.

Posicionei-me ali no meio, deixando meu pau a pouquíssima distância da sua entrada.

— Olhe para mim — ordenei. Quando seus olhos encontraram os meus, continuei: — Olhe para mim. Vou te punir cada vez que desviar os olhos quando eu estiver dentro de você.

Ela assentiu, com os lábios trêmulos, olhos claros firmes e implacáveis, reivindicando pedaços da minha alma com tão somente um olhar.

— Peça-me — comandei, acariciando minha ereção.

— Por favor, sr. Cavendish, me foda.

Obedeci, penetrando-a bruscamente.

Não pude conter um gemido profundo ao começar a estocar nela sem dó.

— Dói? — perguntei sem desacelerar.

— Está perfeito — ela gemeu.

Mesmo depois de gozarmos, permaneci dentro dela, carregando-a para meu quarto enquanto ela quicava em meu pau insaciável.

— Me avise se chegar ao seu limite — eu disse a ela quando chegamos ao meu quarto. Continuei segurando-a, ainda enterrado bem fundo nela. — Você deve estar sensível e dolorida depois da primeira vez. Preciso ser atencioso e deixar seu corpo se recuperar.

— Por favor, não.

Aquilo, dito em um tom carente, quase me desmontou.

— Você quer que eu acabe com você assim, em pé e empalada no meu pau? — perguntei, ancorando-a a mim e começando a movê-la para cima e para baixo em meu comprimento rijo.

— S-sim, por favor. Oh, sim.

Ela já estava quase lá, e eu estava junto com ela quando disse de maneira entrecortada:

— Vamos, Bianca.

Ela se desfez, e eu me desfiz com ela.

Fiquei a noite inteira acordado.

Eu a esgotara, e ela dormiu feito um bebê. Eu havia me esgotado também, mas, de alguma forma, não tinha sido suficiente. Eu queria, precisava de mais.

Deixei a luz do banheiro acesa e a porta aberta, de modo que o quarto ficasse iluminado o suficiente para que eu pudesse observá-la, tocá-la e fitar o teto, me perguntando o que diabos eu ia fazer.

Isso, isso foi o que minha mente agnóstica imaginou a minha mente espiritual sentindo quando compareceu à confissão. Tudo de ruim se esvaindo e o espaço sendo preenchido por regozijo, pelos nutrientes mais substanciais e vitais.

Esse ritual havia se tornado um hábito, que eu sabia ter sido elaborado, em partes, para evitar intimidade. Se nossos corpos eram templos, as coisas que eu fazia com minhas submissas eram um sacrilégio.

Mas, dessa vez, não foi isso.

Isso estava além do ritual, além do hábito. Eu havia me envolvido nela por completo, desfrutado, deleitado, e em meio a essa loucura, tinha ido *além* da minha sede física e mergulhado em um novo tipo de desejo.

Isso era diferente.

Isso era intimidade. Isso era sagrado.

Eu não me cansava. Não conseguia parar, mesmo quando sabia que deveria, que estava usando excessivamente seu corpo nunca antes usado.

De alguma forma, eu sabia, *simplesmente sabia*, lá no fundo, onde minhas certezas residiam, que eu nunca me cansaria dela.

Eu estava perdido. Eu havia me encontrado.

Eu, James Cavendish, depravado sexual e dominador convicto, canalha prolífico há mais tempo do que conseguia contar, estava apaixonado.

Com a mesma certeza de que eu havia reivindicado seu corpo virgem, ela havia reivindicado meu coração virgem.

5
Meu Desespero

PRESENTE

Acreditar naquele amor perfeito e saber a vida inteira que ele não é para você, que tudo que te moldou faz com que isso seja fundamentalmente impossível, e então, um dia, você piscar e ver que ali está, uma pessoa feita perfeitamente para complementar os seus desejos complicados...

Era inebriante, uma adrenalina incomparável.

E assim como todos os pontos altos, os pontos baixos eram mais do que compatíveis, um desespero tão rigoroso, com os dentes afiados tão afundados em mim que minha respiração entrava e saía com dificuldade, como se eu estivesse sofrendo com uma doença física.

Curvei-me sobre seu corpo adormecido, querendo que ela acordasse.

Mesmo que eu não soubesse dizer, de início, se estava meramente fazendo uma vigília ou realmente rezando, foi isso que acabou acontecendo.

Isso me trouxe à mente algo que Tristan dissera para mim uma vez, logo após seu tempo na reabilitação e enquanto aprendia a se conformar com as coisas que havia perdido, e eu não fora capaz de esconder minha surpresa em relação à sua recém necessidade por espiritualidade.

"Entendo que isso não é para todo mundo, mas está *me* ajudando", ele explicara. "Deus não precisa de nós, James. Você não tem que acreditar Nele para mantê-lo relevante. Essa não é a questão. *Nós* precisamos *Dele*. Olha, não estou dizendo que tenho todas as respostas, mas tenho o suficiente para levar um dia de cada vez.

Eu já perdera *tantas coisas*, e a única pessoa a quem posso culpar é a mim mesmo. Eu poderia me *destruir* por causa dessa culpa. Acredite, eu tenho isso dentro de mim. Mas, por algum milagre, não tomei esse caminho. Em vez disso, abri meu coração e meus braços e implorei por ajuda, e foi aí que me dei conta: Deus não precisa de nós, mas quando precisamos Dele, não importa o que fizemos, não importa o quão distantes estivemos Dele ou quanto tempo demoramos para encontrá-Lo, Ele ainda estará ao nosso lado."

Aos trinta anos, curvado com o peso dos meus fardos pesados, mais exausto do que nunca, fazendo morada em uma cadeira desconfortável em um hospital de Las Vegas, pela primeira vez em minha vida, sentindo-me deplorável e desesperado, abri meu coração e meus braços e encontrei um pouquinho de paz enquanto esperava durante as horas mais difíceis da minha vida.

6
Minha Loucura

PASSADO

Eu me sentia tão despido de cada parte normal e racional que há em mim quando estava com ela que, a princípio, foi quase desconfortável.

Como ar soprando em uma ferida recente.

Eu tinha tão pouco controle sobre mim mesmo com ela. Era uma loucura que eu nunca conhecera antes. Urgência trêmula. Desespero incapacitante. Frenesi puro. Descontrole selvagem.

Era uma sensação bizarra, e me perguntei algumas vezes por que não lutei contra. Por que não recuei, porque nunca sequer considerei manter distância.

Eu mal conseguia acreditar no quanto havia me descontrolado, não conseguia entender a turbulência que implicava em quem eu era, esse atentado à minha paz de espírito e, mais do que tudo, não conseguia compreender como eu podia amar essas coisas, ansiar por elas, precisar delas.

— Alô — atendi meu celular.

— Quem é a sua melhor amiga no mundo inteiro? — soou alegremente a voz de Frankie do outro lado da linha.

Sorri.

— Você, é claro. Por que está tão animada, minha querida?

— Se você gostava de mim antes, vai me amar depois que conhecer a nova submissa que encontrei para você. Ela é perfeita, James. Bem o seu estilo, e você sabe que eu conheço o seu tipo.

Enrijeci, piscando lentamente.

Isso não era fora do comum. Frankie já me apresentara a outras garotas. Ela era mais envolvida no panorama que acompanhava nosso estilo de vida do que eu. Mas esse não era o momento ideal.

Na verdade, depois do que acontecera na noite anterior, era horrível.

Ela continuou falando, sem notar de imediato o que meu silêncio total significava.

— Cabelos escuros, lindos olhos cor de avelã. Vinte e seis anos e treinada pelos melhores. Corpo de matar. Ela é inteligente e amável, também. Vai ser uma boa mudança para você.

Ela seguiu descrevendo as inúmeras aparentes virtudes da mulher misteriosa e minha mente devaneou um pouco, indo parar do outro lado do país, em um voo com minha amante relutante da noite anterior.

Por fim, eu a interrompi.

— Eu conheci uma pessoa — revelei brevemente.

Ela ficou quieta por um instante e, então, continuou:

— Oh. É algo... sério?

Pude perceber por seu tom o quanto ela achava aquilo improvável. Busquei as palavras certas para explicar que era mais do que sério. Era *necessário.*

— Ela é a pessoa certa.

O silêncio pesado vindo do outro lado da linha me indicou que ela estava processando a informação adequadamente.

— Nossa — ela finalmente disse, soando tão exultante quanto incrédula. — Isso é maravilhoso! Por que essa é a primeira vez que ouço falar dela? E você já marcou uma data?

— Acabou de acontecer, mas não se anime muito em marcar nada na sua agenda. Eu finalmente me apaixonei por uma garota, mas... você vai adorar isso... ela não tem certeza se gosta mesmo de mim.

— Hã?

— Ainda não sei se ela gosta de mim.

— O quê?

— Ela não sabe o que pensar de mim.

— Como é que é? — Seu tom ficava mais incrédulo a cada pergunta.

Suspirei.

— Ela acha que sou apenas um babaca que tem dinheiro demais, e talvez somente um milagre poderá fazê-la mudar de ideia. Agora ficou claro para você?

Sua voz pingava satisfação absoluta.

— Eu preciso conhecer essa garota! Já sei que vou AMÁ-LA. — Ela pausou por um momento e, então, delicadamente, prosseguiu: — Então, você vai fazer algumas demonstrações para ela?

Empalideci.

— Não. Não. Não. Nunca.

— Vai levá-la às festas de fetiche?

— Não. Esses dias acabaram para mim. O que tenho com Bianca... não é algo que eu possa compartilhar. Tenho que manter em particular. Qualquer outra coisa me deixaria furioso.

— Entendo. É totalmente compreensível. Estou tão feliz por você.

Eu estava sorrindo quando encerramos a chamada.

7
Meu Desamparo

PRESENTE

Finalmente, após agonizar, esperar, relembrar, Bianca despertou em um solavanco violento, abrindo os olhos de uma vez.

Um arrepio enorme reverberou pelo meu corpo, e tive que baixar o olhar para nossas mãos unidas por um momento para manter a compostura. Desmoronar na frente dela naquele momento não ajudaria em nada.

Um alívio incomparável a qualquer outra coisa que eu já conhecera na vida tomou conta de mim, dos pés à cabeça, como água fria, fazendo cada pelo do meu corpo se arrepiar.

Ela estava acordada. Estava viva. Nós íamos mesmo sobreviver a isso.

Todas aquelas horas, e ela sequer estava descansando.

Ela parecia estar esperando, com suas lembranças sangrentas tomando conta da mente, porque, no instante em que falou, o que saiu foi:

— Stephan? — Sua voz estava carregada de dor e medo.

Arfei quando finalmente encontrei a coragem e a compostura para olhá-la novamente. Naqueles olhos tão amados que achei que nunca mais olhariam para mim.

Ela sabia. Ela sabia que ele havia sido gravemente ferido. Foi tão rápido, mas ela se lembrava.

— Ele está se recuperando de uma cirurgia.

Ela processou aquela informação por um breve momento antes de indagar:

— O quanto ele ficou ferido? — Ela soava como se estivesse falando com a boca cheia de bolinhas de gude. Estremeci, imaginando os danos que haviam sido feitos dentro de sua boca. — Ele vai ficar bem? Preciso vê-lo agora.

Inacreditavelmente, suas palavras foram acompanhadas de uma tentativa de sentar na cama.

Escolhi minhas palavras com cautela, me perguntando o que podia fazer para fazê-la parar de se movimentar tanto. Isso não devia ser bom para ela.

— Ele está na UTI. Ficou gravemente ferido. Ninguém pode vê-lo...

Meu corpo se retesou de choque quando sua mão foi até seu braço e arrancou o soro intravenoso.

Comecei a tremer. Não conseguia respirar. Como eu poderia impedi-la de machucar a *si mesma*? A única coisa que conseguia fazer era ficar olhando, sentindo-me impotente e inútil.

Ela sentou-se.

— Eu preciso vê-lo *agora* — repetiu veementemente.

Duas enfermeiras estavam próximas o suficiente para ouvir o que estava acontecendo e partiram para a ação, lutando com ela para forçá-la a deitar novamente. Outras duas enfermeiras e um médico também entraram em cena e só assim conseguiram colocar seu soro intravenoso de volta.

Seu olhar encontrou o meu enquanto a enfermeira trabalhava em seu braço.

— Por favor, James. Eu tenho que vê-lo.

Acabei assentindo, sem saber o que fazer.

— Por favor, não faça isso de novo. Vou dar um jeito de você vê-lo, mas precisa ficar na cama.

Ela assentiu, fechando os olhos, seu corpo tenso finalmente voltando a relaxar na cama do hospital.

As providências foram tomadas e andei ao lado dela enquanto a empurravam em sua cama até a dele.

Ela se acalmou após vê-lo, embora ele ainda estivesse inconsciente.

Mas, então, menos de duas horas depois, ele despertou pela primeira vez desde o tiroteio.

Contei a ela no instante em que acordou. Os sinais vitais dele estavam melhorando. Os dois sobreviveriam.

Milagre após milagre. Depois de tudo que havia acontecido, eu não conseguia acreditar na sorte que tínhamos.

Prometi, bem ali naquele momento, nunca deixar de valorizar nenhum *segundo* sequer da nossa vida juntos.

— Meu pai já foi enterrado? — ela perguntou no dia seguinte.

— Acho que ainda não — respondi, analisando seu rosto, tentando desvendar por que ela queria saber. — Acho que será amanhã ou depois. Tem alguma coisa que gostaria que eu fizesse?

— Pode conseguir um papel e uma caneta para mim, por favor?

Busquei para ela e observei, perplexo, enquanto ela rabiscava algumas frases. Em seguida, ela o dobrou com cuidado e me entregou.

— Você pode enterrar isso com ele, por favor?

— Sim, claro. — Lembrei-me de um detalhe importante. — Na verdade, ele será cremado, a menos que você se oponha.

— Não, tudo bem. Queime esse papel junto com ele, por favor.

Concordei, ainda observando seu rosto impassível.

— Posso ler?

— Vá em frente. — Sua resposta não teve hesitação.

Abri o bilhete impecavelmente dobrado e ergui as sobrancelhas ao ler o breve garrancho.

Para o monstro,

Vá se foder.
Você não pode mais nos machucar.
Esquecimento é pouco para você.
Desfrute do fogo.
Você fez por merecer.

Sua filha

Ergui o rosto e encontrei seu olhar. Ela abriu um sorriso triste para mim.

— É terapêutico.

Abri um sorriso irônico, dobrando o papel novamente.

— De fato, é mesmo. Você tem alguma vontade de... ir ao funeral dele?

Ela me lançou um olhar.

— Não. Nunca. Cuspir no túmulo de alguém dá azar, e não sei se conseguiria me conter.

8
Pior Pesadelo

PRESENTE

STEPHAN

Acordei e me deparei com luzes fortes e sons de hospital. E dor. Uma agonia me perfurando a cada respiração.

Tudo me voltou à mente em uma enxurrada.

O sangue. Os corpos. O completo horror da cena.

Bianca.

Bianca perdendo as forças, caindo no chão, sangue em seus cabelos, sangue em seu rosto.

Meu pior pesadelo transformado em realidade.

Bianca.

Eu a vi ser baleada, eu a vi cair.

Não. Não. Não. *Não.* Não podia perdê-la. Isso era inconcebível.

— Bianca — chiei, sentindo como se meu peito estivesse pegando fogo com aquela única palavra.

9

Estou bem, você está bem, nós estamos bem

PASSADO

STEPHAN

Não trocamos um aperto de mão, nem tocamos as luvas. Não que tenhamos usado luvas.

Não era esse tipo de luta. Alguns clubes clandestinos tinham regras. Alguns deles até mesmo funcionavam sob um código. Esse não era o caso. Esse tipo de ringue não aceitaria um garoto de rua menor de idade no meio de tudo, não importava o quanto ele fosse bom em machucar pessoas.

Assentimos um para o outro, cada um em uma extremidade do pequeno espaço reservado para nós para esse surto de violência. Cometi o erro de olhá-lo nos olhos.

Estavam mortos. Ele já havia perdido tudo. E estava prestes a perder mais.

Eu queria lhe dizer que deveria simplesmente cair com o primeiro golpe, que eu nunca perdi, então ele não deveria me fazer machucá-lo mais do que o necessário para ser pago.

Eu queria dizer isso a todos eles. Não queria fazer mais estragos do que o necessário, mas, às vezes, eu não podia evitar.

Respirei fundo, permitindo que meus olhos escaneassem a multidão para encontrar o único rosto no mundo que me passava segurança.

Os olhos serenos de Bianca encontraram os meus, e senti-me instantaneamente melhor.

O lugar estava lotado, mas havia uma barreira invisível em volta dela que ninguém ousava invadir, graças a mim e ao meu temperamento.

Todos ali sabiam o que eu faria se alguém sequer esbarrasse nela. Era uma plateia rude, e certifiquei-me de educar a todos com alguns exemplos sangrentos.

— Te amo — ela disse silenciosamente, parecendo extremamente calma em meio ao caos. Era exatamente do que eu precisava. Sua calma era a âncora que me ajudava a manter os pés no chão. Era eu que lutava, mas era ela que me mantinha seguro e vivo. Eu já teria perdido a vontade de viver há muito tempo se não a tivesse encontrado.

— Te amo — retribuí.

Obviamente, todos presumiam que éramos namorados. Sempre deixávamos por isso mesmo. Era mais fácil do que explicar que, embora ela nunca tivesse sido minha namorada, ela era tão essencial para mim quanto ar, e eu morreria antes de deixar qualquer um machucá-la.

Voltei o foco para a tarefa diante de mim, com minha força de vontade renovada. Eu odiava lutar, mais do que qualquer outra coisa, mas era um mal necessário, no momento.

E, odiando ou não, eu era muito bom nisso. Invencível, na verdade. Me defender de alguém com quatro vezes o meu peso corporal desde muito novo foi meu treinamento. E foi um bom treinamento.

O sino tocou e parti para a ação. Ele começou a dançar em minha direção, parecendo leve para um cara tão grande e treinado para lutar boxe.

Isso não seria suficiente.

Fui treinado para sobreviver, para brigar sujo, sejam quais fossem os recursos.

Desviei dos seus primeiros socos rápidos, observando seus movimentos antes de fazer os meus. Ele era rápido, mas eu sabia que era mais rápido ainda. E mais desesperado. Eu não precisava ganhar somente por mim.

Bloqueei seus chutes pomposos com um golpe brutal na barriga, seguido imediatamente por um soco cruel em sua têmpora.

Ele caiu, mas, infelizmente, não tinha sido nocauteado.

Ele avançou para mim de novo, e detive todos os seus golpes facilmente. O soco na cabeça o tinha deixado mais lento e, assim, eu podia prever todos os seus ataques.

Tensionei a mandíbula, xinguei baixinho e ataquei, acertando três socos rápidos e selvagens em seu torso que eu sabia que o deixaria tossindo sangue por dias e, em seguida, um golpe certeiro em seu queixo.

Ele caiu e, quando se levantou novamente, seus olhos estavam turvos, pés cambaleantes. Eu fiz um belo estrago nele, e não tinha terminado ainda.

O cara conseguiu me atingir no ombro antes que eu avançasse novamente, mas foi o mesmo que nada, não comparado ao massacre que eu tinha feito nele naquele round.

Ele sempre levantava depois que eu o derrubava. Mal conseguia me golpear, mas não ficava no chão. Ou ele tinha um desejo de morrer, ou não entendia.

Fizemos um intervalo após um tempo, e fui ver como Bianca estava enquanto o pobre coitado foi lamber suas feridas em um canto.

— Você está bem? — ela perguntou, enxugando minha testa, seus olhos tão firmes quanto suas mãos.

Fiz que sim.

— Estou, mas *ele* não vai ficar bem se continuarmos nessa. O cara não sabe a hora de desistir.

— Tenha cuidado. Ele me parece desesperado.

Deixei-a ver a frieza em meus olhos.

— Todos estamos.

Ela assentiu.

— Eu sei, mas não confio nele. Só tome ainda mais cuidado, ok?

Concordei e dei um beijo em sua testa.

Ela apoiou-se em mim, sem se importar com meu suor, sem ligar para toda a sujeira e o sangue que havia em mim.

Era do que eu precisava. Era tudo que eu sempre precisaria.

Aceitação.

Um conceito tão simples, mas eu precisava disso como precisava de ar para respirar, e somente uma pessoa me dera isso na vida.

Abracei-a contra meu peito e inspirei seu cheiro. Era mais do que um bálsamo em uma ferida.

Era vital.

Absorvi o máximo que pude antes de voltar para o ringue.

Minha garota tinha instintos impecáveis.

O cara puxou uma faca para mim naquele round, acertando-me com ela antes que eu percebesse sua intenção.

Não foi nada sério, apenas um corte superficial, mas disparou algo dentro de mim.

Comecei a ver tudo vermelho.

Desarmei suas pernas com um chute violento em seu joelho e um empurrão forte. Fiquei por cima dele, espancando-o no rosto.

Alguém tentou me puxar, várias pessoas, na verdade, mas foi inútil.

E, então, eu a ouvi. Chamando meu nome. Fazendo-me despertar do transe.

Balancei a cabeça, paralisando. Ergui meus punhos ensanguentados, fitando-os. Estavam tremendo pra caramba. Ao ver isso, me dei conta de que todo o meu corpo estava tremendo.

Olhei para baixo, para o resto do homem que estava sob mim.

Pelo estado dele, eu tinha passado um bom tempo golpeando-o.

Encolhi-me e, sentindo ânsia de vômito, saí de cima dele.

Foi o rosto dele que me afetou. Estava um bagaço sangrento, irreconhecível, desfigurado após receber tanta pancada.

E ele estava tão imóvel.

Mal tinha saído de cima dele quando esvaziei meu estômago, vomitando tudo no chão.

Mão macias acariciaram meus ombros por trás. Era Bianca dizendo alguma coisa que não pude ouvir em meio à multidão.

Eu não podia ouvi-las, mas senti as palavras, conhecia-as de cor, e tentei acreditar nelas naquele momento.

O salão estava enlouquecido com barulhos, gritos e aplausos. Eles adoravam a violência brutal e crua do que eu havia feito. Foi por isso que vieram, por isso que eu ganhava dinheiro ali.

Quis deitar em posição fetal e desaparecer. Essa tinha sido minha pior luta.

Será que o matei?, me perguntei, rezando para que a resposta fosse negativa, embora parecesse ser em vão. Ninguém estava tentando movê-lo, como se achassem que nem valeria a pena fazer isso.

Senti braços esguios me abraçarem por trás, beijos suaves em minha têmpora, e então, sua voz no meu ouvido:

— Você está bem. Ele está bem. Eu estou bem. Estamos bem — ela entoou repetidamente, tentando me acalmar.

Isso ajudou. Mesmo que não fosse inteiramente verdade. Ajudou. Ela sempre sabia como cuidar de mim.

Ela sempre soube.

Sempre me compreendendo, sempre me aceitando, sempre me amando, desde o início.

Às vezes, as coisas saíam do controle no ringue. Já havia feito minha parcela de estrago, mas até então, nunca matara ninguém em alguma dessas lutas. Eu estava tendo muita dificuldade em me conformar com isso.

Eu já tinha, *sim*, matado antes. Quando impedi aquele velho de estuprar Bianca, bati sua cabeça no asfalto com tanta força que senti quando seu crânio afundou.

Não. Essa não seria a primeira vez que eu matava alguém, mas isso não fazia com que fosse mais fácil de tolerar.

Quem ele era? Quem sentiria falta dele? Por que minha vida valia mais que a dele?

Não valia. Eu sabia que não valia. Mas a *dela* valia mais, e ela precisava de mim. Pensar nisso me reanimou um pouco, como sempre. Eu faria o que fosse preciso por ela. Eu faria qualquer coisa por ela. Porque o fato era que *ela* valia a pena, e essa certeza já tinha me salvado várias vezes.

Uma pessoa que presumi ser um médico finalmente se aproximou e se ajoelhou diante do outro lutador, examinando-o. Ele não o declarou morto de cara, e agarrei me a isso como um pequeno sinal de esperança.

Bianca me puxou delicadamente para longe da sujeira que eu tinha feito no chão e, cegamente, eu a segui.

Velho Sam, o cretino que organizava essas coisas, aproximou-se e ficou diante de mim, com um sorriso doentio.

Ele balançou um maço de dinheiro na minha frente.

Recebi, lançando um olhar furioso para ele.

Ele era minha fonte de renda no momento, mas eu ainda o odiava. Ele era o pior tipo de oportunista e não tinha escrúpulo algum, aproveitando-se dos fracos e desesperados.

— Bom trabalho, filho — ele me disse com uma risada bem-humorada.

— Não me chame de filho — rebati, minha voz grave devido ao vômito.

Ele deu de ombros.

— Você sempre fica sensível depois dessas coisas, mas tem um grande talento, meu garoto. Faremos coisas incríveis juntos.

Abri a boca para fazer algum comentário mordaz, mas Bianca me impediu.

— Saia daqui. Deixe-o em paz — ela falou, com uma voz fria. — Dê espaço a ele.

O homem ergueu as mãos, como se quisesse sinalizar que não tinha a intenção de fazer mal e, ainda sorrindo, se afastou.

— Ele é um *parasita* — ela disse veementemente quando ele saiu de perto. — Se nunca mais tivermos que olhar para a cara dele, ainda assim vai ser pouco.

Eu concordava plenamente.

Ficamos no salão por tempo suficiente para nos certificar de que o outro lutador ainda estava vivo e existia chance de que ele sobrevivesse após os procedimentos.

Quando o médico anunciou isso para a plateia, recebeu mais vaias do que comemorações.

Achei que ia passar mal de novo.

No piloto automático, deixei Bianca me conduzir até um banheiro com luz fraca nos fundos do prédio.

Ela tirou minha camisa, me limpou e cuidou de mim como se eu fosse uma criança, tentando fazer alguma coisa a respeito do corte na lateral do meu corpo, e eu a deixei.

Ela saiu do banheiro, pegou alguns materiais da bolsa do médico e voltou rapidamente. Limpou o corte, mas continuou preocupada com ele.

Fiquei aproveitando suas ministrações carinhosas.

— O médico disse que viria aqui para dar uma olhada em você depois que terminar de atender o outro cara.

Apenas assenti, sentindo-me desconectado.

Ela pegou o dinheiro da minha mão e o contou para se certificar de que estava tudo ali.

— Quatrocentos dólares. Vamos pegar um quarto esta noite, ok? Você precisa de um bom banho quente e dormir em uma cama macia.

Não discuti. Esse era o padrão após uma luta, umas das poucas coisas que fazia bater em pessoas por dinheiro valer a pena.

Quatrocentos dólares, pensei. Estive disposto a fazer aquilo com um homem por quatrocentos dólares, espancá-lo a ponto de desfigurá-lo.

Engoli em seco, respirando fundo para evitar a ânsia.

Eu não tinha a mínima noção de quanto tempo devia ter se passado quando o médico veio me examinar.

Ele não fez muita coisa, nem demorou muito, mas pareceu ter sido o suficiente para tranquilizar Bianca e fazê-la deixá-lo cuidar do cortezinho de nada em minha pele.

— Ele vai sobreviver? — perguntei em um sussurro. Estive juntando coragem para perguntar isso desde que ele entrou no banheiro.

— Sim. Não vai ficar apresentável, mas vai sobreviver.

Passei a respirar melhor, mas só um pouco. Assenti e agradeci a ele.

Havia um local que alugava semanalmente, para onde podíamos ir andando, e fiquei do lado de fora enquanto ela foi à recepção e alugou um quarto para nós. Era um dos poucos lugares que aceitavam dinheiro em espécie e não pediam documento de identificação.

Enrijeci quando vi quem estava atrás do balcão da recepção, mas Bianca já estava voltando com a chave.

— *Nunca* mais fale com aquele cara — eu disse, minha voz ríspida de medo. — Fique longe dele.

Ela me analisou, seus olhos trágicos enxergando tudo.

— Oh, Stephan, o que você fez?

Encolhi-me.

— Não. Por favor.

Ela se aproximou de mim, envolvendo-me com um dos braços e me conduzindo para dentro.

— Ele não quis aceitar dinheiro. Disse que você já tinha acertado na última vez em que estivemos aqui.

Seu tom não carregava um pingo de julgamento, mas sim um mundo inteiro de pena e aflição.

— Por favor. Não — pedi novamente, sentindo uma vontade repentina de chorar.

— Eu te amo — ela disse calmamente. — Mais do que minha própria vida, *eu te amo.*

Não respondi, ocupado demais tentando afugentar as lágrimas.

— O que ele te obrigou a fazer? — ela perguntou quando entramos no quarto.

Olhei em volta, evitando encará-la. Pelo menos, estava limpo.

— Não importa.

Ela não era inocente; tinha visto muita coisa na vida que a impediu de manter sua inocência. Mas ela era pura, e eu não corromperia seus ouvidos ou sua mente com a coisa obscena que eu havia feito para pagar pelo nosso quarto na última vez em que estivemos ali.

— Oh, Stephan — ela falou suavemente, seu tom me desmontando.

Balancei a cabeça, engolindo em seco.

— Vou tomar um banho.

Ela me deixou ir.

Não tive pressa, mas também não demorei demais. Eu precisava me limpar, mas isso demandava muito mais do que somente água quente e sabonete.

Deitei na cama com o corpo ainda úmido e, tremendo, esperei Bianca tomar seu banho e se juntar a mim em seguida.

Puxei-a para mim e a abracei, enterrando o rosto em seus cabelos úmidos e limpos. Bastou algumas respirações profundas para que eu me sentisse melhor.

— Ele te machucou? — ela indagou finalmente, com a voz abafada no meu peito. — Consegue falar sobre isso?

Eu não conseguia. O que eu poderia dizer? Ela sabia o que eu havia feito, ou pelo menos fazia ideia. Duvidava que explicar que deixá-lo chupar meu pau, em vez do contrário, tinha sido palatável o suficiente para que eu aceitasse que fosse me fazer sentir melhor.

Meu longo silêncio lhe disse tudo. Sua voz estava engasgada com lágrimas quando falou novamente.

— Nunca mais faça isso. Por favor. Me prometa. Não suporto as coisas a que você se submete.

Eu não podia recusar quando ela suplicava daquele jeito.

— Não farei. — Minha voz estava densa e cheia de angústia. — Eu prometo.

Ficamos em silêncio por bastante tempo, mas tudo bem. O contato físico era do que eu precisava.

Em determinado momento, recuperei-me o suficiente para falar sobre isso.

— Odeio essa parte de mim. Odeio. Tudo que quero fazer é te manter segura e nunca mais ter que machucar ninguém.

Seu peito moveu-se contra o meu quando ela respirou fundo.

— Eu sei. Sinto muito.

— Não sinta. Isso não é culpa sua. Nunca foi. Eu só... queria não ser igual ao meu pai.

— Você não é. Essa violência não te define.

Absorvi aquilo, deixei que me confortasse, como foi sua intenção.

— Isso é tudo temporário — ela me disse em um tom melancólico. — Lembre-se das nossas casinhas.

Sorri. Era uma fantasia que sempre tínhamos.

— Lado a lado — acrescentei.

— Vizinhos — ela concordou.

— Eu quero um gramado no meu jardim.

— Eu quero somente pedrinhas, e talvez um cacto. — Pude ouvir o sorriso em sua voz.

— Você vai poder ficar com todas as telas que pintar.

— E dar algumas para você.

Em determinado momento, senti-me reconfortado o suficiente para cair no sono, com ela me acalmando ao entoar as palavras de sempre: *eu estou bem, você está bem, nós estamos bem.*

Estávamos tomando café da manhã em uma lanchonete no dia seguinte (um luxo raro e cortesia do dinheiro que ganhei lutando) quando ela ficou muito séria, fazendo-me olhá-la do outro lado da mesa diretamente em seus olhos emotivos.

— Chega — ela falou, com uma determinação a cada palavra que fazia parecer que ela estava aumentando o tom de voz, embora estivesse falando suavemente. — Tentaremos lares adotivos novamente, mas não posso mais ver você fazer essas coisas consigo mesmo. *Nenhuma* dessas coisas.

Comecei a negar com a cabeça.

Ela insistiu.

— Não vai ser por muito tempo. Depois que você fizer dezoito anos, teremos mais opções.

— Não. É arriscado demais. Ele vai te encontrar de novo. Eu posso fazer isso.

— Não há boas opções para nós nesse momento, mas precisamos fazer o melhor que pudermos para escolher as mais seguras.

Assenti, concordando. Eu sabia que ela tinha razão, mas não tinha certeza de como ir em frente com isso.

Ela me conhecia bem demais. Com um olhar de alerta, ela disse:

— *Isso* aqui não é seguro. Não está vendo? Não deveríamos ser outra coisa além de meras *estatísticas*. Não temos rede de proteção alguma. Ninguém liga para o que acontecer conosco além de *nós* mesmos. Se não tomarmos as decisões certas, basta uma noite ruim para que se torne nossa última. Eu sei disso. Temos que sair dessa vida, ir para longe dessas pessoas.

Eu sabia que ela estava certa. Nós *éramos* estatísticas. Pior do que fugitivos.

Descartados.

Nós nem sequer tínhamos nossos rostos estampados em caixas de leite. As crianças estampadas nelas tinham pessoas procurando-as. Tudo que tínhamos nesse mundo era um ao outro.

Se quiséssemos sobreviver a isso, precisávamos fazer acontecer por nossa conta, porque ninguém mais faria.

10
Eu não seria eu

PRESENTE

STEPHAN

Uma mão quente e firme apertou a minha. Abri as pálpebras e encontrei um par de olhos pretos marejados.

Javier exclamou meu nome, parecendo tão aterrorizado quanto aliviado.

Soltei um soluço, fazendo com que uma agonia percorresse meu peito. Tentei conter meu choro, parar a dor, mas demorou um longo tempo até eu conseguir ser coerente o suficiente para dizer:

— Bianca?

Eu tinha que saber. Ela tinha que estar bem.

A alternativa era inimaginável.

Eu não ficaria bem sem ela, isso era um fato. Eu sequer seria *eu* sem ela. Eu seria outra pessoa, uma pessoa com pedaços importantes faltando, pedaços que eu não conseguiria recuperar.

Ele pareceu despertar de um transe, inclinando-se para mim.

— Ela está bem. Está se recuperando, mas está bem. O estado dela é melhor que o seu, na verdade.

Eu o analisei, me perguntando se tinha ouvido direito, me perguntando se estava sonhando.

— Ela... ela sobreviveu àquilo?

Pensei ter visto um ferimento causado por um tiro em sua cabeça. Como ela havia sobrevivido àquilo e seu estado era melhor que o meu?

Ele assentiu enfaticamente.

Eu estava tão exausto que logo fiquei inconsciente novamente, mas pelo menos sabia que ela estava viva.

Ela estava viva.

Quando acordei de novo, ainda me lembrava disso. Dessa vez, quando Javier e eu nos olhamos, sorrimos, embora também estivéssemos às lágrimas.

11
Ela salvou minha alma

STEPHAN

Enquanto crescia, andava por aí coberto por uma nuvem de culpa. Mesmo antes do meu tio começar a abusar de mim, eu era atormentado por pesadelos. Um professor muito zeloso da catequese disse à minha turma, certo dia, que aqueles de nós que não estivessem pagando o dízimo queimariam quando o mundo pegasse fogo durante a iminente volta de Cristo, e minha mente jovem levara aquilo muito a sério.

Eu tinha oito anos na época, e durante o verão, tinha ganhado dez dólares fazendo tarefas domésticas e torrado tudo em doces e balas durante uma ida ao mercado. Nem tinha pensado em pagar o dízimo com aquele dinheiro. Ninguém tinha me dito isso.

Senti uma culpa e um medo horríveis, mesmo quando ganhava mais dinheiro só para isso.

Eu era um garoto malvado por tantos motivos, e o maior deles eram os meus pensamentos. Eu duvidava, temia, ressentia, e meu ressentimento reunia algumas opiniões bem terríveis sobre meu pai rigoroso e cruel.

Na maior parte do tempo, eu mantinha essas opiniões guardadas, mas, vez ou outra, explodia com ele, e ele sempre, sempre fazia eu me arrepender disso.

Mesmo depois que fugi, essa culpa me seguiu incessantemente. Ela me perseguia, não importava a distância que eu ficasse dela.

E, então, eu a conheci.

Bianca colocou tudo em perspectiva. Ela precisava de mim. Eu a protegi, ela me aceitou e nos tornamos inseparáveis.

Eu salvei sua vida. Ela salvou minha alma.

Quando estava com vinte e poucos anos, pensei que já teria deixado grande parte daquela culpa pesada para trás, mas ela ainda durava, de uma maneira ilusória, mas destrutiva.

Eu não podia ser eu mesmo, ou pelo menos foi o que senti ser necessário, até mesmo adequado, para esconder partes de mim do mundo. Esse instinto autodestrutivo era tão forte e tão impregnado nas fibras do meu ser que quase me custou o amor da minha vida.

12
O problema sou eu?

PASSADO

STEPHAN

Ele era muito mais velho do que eu. Eu tinha dezessete anos, e ele devia ter por volta de trinta. Eu sabia que isso era ruim, mas ele tinha tantas outras vantagens.

Ele era lindo. Tinha um sorriso maravilhoso. Era bem-humorado, e tão veemente quanto eu em relação a permanecer no armário.

Conheci-o em uma livraria. Nós dois estávamos procurando o mesmo livro. Foi tão romântico. O tipo de história para se contar anos depois e compartilhar sorrisos íntimos.

Transamos na terceira vez em que saímos.

Estávamos nos limpando quando seu celular apitou.

Sua expressão não mudou ao ir conferir o que era, mas ele franziu o cenho ao analisar a tela do celular.

— Está tudo bem? — perguntei, vestindo minha camisa.

Ele ergueu o olhar, que estava distante. Ele teve que piscar algumas vezes para retornar ao momento presente.

— O quê? Ah, isso? Sim, está tudo bem. É só minha esposa sendo uma chata intrometida. Nada novo por aqui.

Meu corpo inteiro congelou, até mesmo meus pulmões, a ponto de quase me impedir de respirar, ou falar.

O problema era eu? Eu era amaldiçoado ou condenado a escolher somente caras que me magoariam na primeira oportunidade?

— Sua *esposa*? — finalmente consegui falar.

Ele não revirou os olhos, mas poderia muito bem ter feito isso, diante do olhar que me lançou.

— Não precisa ficar todo sensível por isso.

— Você me disse que era gay. Não bi. Não *casado com uma mulher*. Gay.

Tomei o cuidado de manter minha voz baixa, embora fosse muito difícil, porque Bianca estava dormindo no quarto ao lado.

De repente, me dei conta do por que de ele ter insistido em vir para a minha casa.

Dessa vez, ele revirou os olhos.

— Eu sou. Só me sinto atraído por homens, mas isso não significa que queira levar esse estilo de vida. Por isso estou no armário. Assim como você.

— Você é casado. Não sou como você. Você é um *mentiroso*.

— Todo mundo é mentiroso. Estar no armário é uma mentira. Você vai descobrir isso quando crescer, garoto.

— *Saia*.

— Como é?

— Vá embora — eu disse entre dentes, esperando que ele tivesse ouvido, porque estava a um segundo de socá-lo.

Por sorte, ele foi embora. Nunca mais ouvi falar dele.

13
Me faça um favor

PRESENTE

STEPHAN

Somente no dia seguinte foi que recebi a outra reação de Javier. A atrasada, que veio depois da aliviada.

— O que você estava fazendo? — ele soltou de repente. — No que estava pensando ao ir lá e levar um tiro?

Eu sabia que esse momento viria.

— Eu tive que fazer isso — respondi calmamente, embora falar fosse dolorido. — Ela estava em perigo. Eu tinha que fazer alguma coisa.

— Você tinha que ter se jogado na frente de uma bala por ela?

— Sim.

— Sabe o quanto isso é bizarro? Quem faz uma coisa dessas?

— Não é bizarro. É assim que eu sou.

— Como? Por quê?

— É assim que eu amo, Javier.

— É assim que você *a* ama.

— Sim. E é assim que amo você. Eu faria o mesmo por você.

— Você levaria um tiro no meu lugar?

— Num piscar de olhos.

Ele riu em meio às lágrimas.

— Me faça um favor. Por favor, *nunca* mais se jogue na frente de uma bala de novo. Por ninguém. Nem mesmo por mim.

— Combinado. E me faça um favor também.

— Qualquer coisa.

— Case-se comigo.

14
Mas, então, eu o conheci

PASSADO

STEPHAN

Ouvi todas as histórias possíveis sobre Javier antes mesmo de pousar meus olhos nele. Ele era pegador. Esnobe. Adorava drama, e isso o seguia por onde quer que ele fosse. Não sabia guardar um segredo.

Havia tanta sujeira na boca do povo sobre ele que eu mal conseguia acompanhar, e embora tivesse a tendência de me afastar de fofocas, tinha todos os motivos para acreditar na maioria delas, baseando-me no fato de que eram *muitas*.

Mas, então, eu o conheci. Ninguém me dissera que ele era lindo de morrer. Lindo de um jeito que chamou muito minha atenção. Cada parte dele era definida e perfeita, desde seus lábios até suas mãos. Elegante e devastador.

Ninguém me dissera que ele tinha os cílios mais cheios do planeta, ou que seus olhos escuros e calmos brilhavam quando ele sorria.

Fiquei loucamente atraído no instante em que meus olhos pousaram nele, mas, mesmo assim, não *gostei* dele. Ele tinha uma péssima reputação e *não* era meu tipo. De jeito nenhum.

Meu corpo indomável e coração idiota não entenderam isso, aparentemente.

Nos conhecemos na sede da equipe. Ele era nosso quinto comissário de bordo, não fazia parte da equipe regular, o que significava que estava de plantão e provavelmente teve que ir correndo para o trabalho com um aviso prévio de apenas uma hora. Mas não parecia. Ele parecia muito bem arrumado, sua gravata alinhada, seus cabelos perfeitos. Parecia calmo e relaxado, e delicioso.

Todos estavam lá, inclusive os pilotos, então fizemos a reunião de equipe enquanto esperávamos o ônibus que nos levaria para o avião.

Foi uma reunião curta, porque quase todos nós já trabalhávamos juntos há um mês, e Bianca e eu sempre trabalhávamos juntos na primeira classe. Abri um sorriso breve para ela antes de virar-me para Javier, cujos olhos eu sentia em mim desde o instante em que fomos apresentados.

Esse cara era ousado.

— Jessa fica com a cozinha — eu disse a ele. — E Julie costuma ser nossa terceira comissária nesse mês, então isso faz de você o quinto. Você fará a contagem e ajudará as garotas revezando os carrinhos.

Ele apenas assentiu, dando-me sua total atenção de uma maneira que me enervava. Ele não sabia que eu era gay. Pouquíssimas pessoas do trabalho sabiam. Nunca saí com ninguém do trabalho, e somente nossos amigos mais próximos tinham alguma ideia da verdade. A maioria achava que Bianca era minha namorada, e não víamos problema nisso. Mas ele me olhava como se estivesse me chamando, e senti-me tão furioso quanto fascinado por isso. Ele não tinha como saber. Eu não acreditava nessa baboseira de *gaydar*.

Segurei a mão de Bianca, sentado ao seu lado no ônibus da equipe. Isso não era algo incomum entre nós. Éramos praticamente inseparáveis e nunca sentimos necessidade de esconder isso, de ninguém. Ainda assim, de alguma forma, com o olhar de Javier me perfurando do outro lado do corredor, senti-me na defensiva em relação às nossas mãos dadas, e não tinha certeza se era porque eu queria explicar isso a ele ou usar para espantá-lo. Fiquei irritado por sequer ter que pensar nisso. Não devia explicações sobre parte alguma da minha vida para ninguém, disse a mim mesmo com firmeza, muito menos a um danadinho que tinha acabado de conhecer.

O embarque estava acontecendo pela segunda porta nessa ponte aérea, então os passageiros estavam entrando no avião entre a parte da frente e dos fundos da primeira classe. Isso fez com que Javier ficasse na porta comigo, bem ao meu lado, enquanto aguardávamos os passageiros embarcarem.

— Você e Bianca formam um lindo casal — Javier disse baixinho ao meu lado.

Isso me fez erguer as sobrancelhas e olhar diretamente para ele, que estava sorrindo e com uma das sobrancelhas arqueadas de maneira divertida.

Ele estava mexendo comigo? Ele achava mesmo que éramos um casal ou estava zombando de mim?

Sinceramente, eu não sabia dizer.

— Obrigado — respondi em um tom muito neutro.

— Como a Barbie e o Ken.

Aquilo quase me fez rir.

— Não diga isso a *ela*. Ela odeia quando as pessoas a chamam de Barbie. Ouvimos muito essa comparação.

— Não sei por que ela odiaria isso. A maioria das garotas mataria para se parecer com uma boneca Barbie.

— Bom, não a Bianca. Aconselho você a cair nas graças dela, e a primeira regra para conseguir fazer isso é não chamá-la de Barbie.

— Saquei. Existe alguma regra para cair nas *suas* graças?

— Cair nas graças da Bianca.

— Então, é assim... interessante.

Eu o analisei, com quase certeza absoluta de que ele estava zombando de mim.

— Somos parte de um único pacote.

— Anotado. Eu sempre quis um melhor amigo assim. Vocês dois têm sorte.

— Somos mais do que apenas melhores amigos — falei firmemente, querendo estabelecer limites bem claros.

Ele abriu um sorriso sugestivo para mim, e eu soube, simplesmente *soube*, que ele tinha adivinhado meu segredo.

— Claro. Ok. Mais que amigos. Entendi. Vocês têm planos para a parada?

Dei de ombros. Estávamos indo para Miami, onde teríamos uma parada de vinte e quatro horas.

— Provavelmente vamos para a praia ou à piscina. Nada de mais.

— Você se importaria se eu fosse junto, ou precisam ficar sozinhos?

Lancei-lhe um olhar irritado, me perguntando por que ele sentia necessidade de ser tão sarcástico.

— Pode vir. Essa tripulação é bem amigável. Provavelmente todos irão para o mesmo lugar.

— Valeu. Odeio quando pego tripulações que ficam no quarto o dia inteiro.

— Sem problemas. É Miami, e parece que o tempo vai estar lindo. Seria uma pena ficar dentro do quarto.

— Você vai à academia?

Mordisquei meu lábio, ponderando minha resposta.

Eu queria evitar me exercitar com ele, se era isso que ele estava insinuando. Não sabia explicar por que, mas sentia que precisava evitá-lo por completo.

— Não tenho certeza.

A primeira leva de passageiros começou a embarcar, o que foi um alívio, porque até mesmo conversar com ele estava me enervando.

Embarcamos, decolamos e nosso serviço de voo noturno correu suave e rapidamente. Só voltei a ver Javier quando estávamos na metade do voo.

Eu estava bebendo café na cozinha frontal sozinho. Bianca estava nos fundos, conversando com Jessa, então eu era o único da tripulação que estava na parte da frente do avião, me perguntando se deveria chamá-las para se juntarem a mim.

Eu não gostava de ficar sozinho. Nunca.

Sobressaltei-me um pouco quando um Javier todo sorridente surgiu de detrás da cortina, quase me fazendo derramar o café.

— Oi — ele disse, ficando perto demais de mim. — Achei que você poderia estar se sentindo solitário aqui, com todas as garotas batendo papo lá no fundo e todos os passageiros dormindo.

Fiz um som evasivo, encarando-o. Um de seus cachos pretos estava caído na testa, enfatizando os cílios cheios e os olhos escuros. Ele era mesmo um homem muito atraente.

— Então, sobre ir malhar amanhã. Eu gosto de ir à academia. Não sou sarado como você, mas tento me manter em forma. Mas odeio ir sozinho.

— Não tenho certeza — eu disse, esforçando-me para não me deixar levar pelo jeito como ele estava me olhando. Ele era *tão* descarado.

Eu deveria repreendê-lo por isso, pensei, mas não o fiz.

Vi sua mão pousar no meu braço, apertando como se quisesse sentir meus músculos.

— O que está fazendo? — perguntei, minha voz densa de tensão.

— Não se consegue braços assim sem ir à academia. Eu acho que você vai, só não quer ir *comigo*. O que ouviu sobre mim? — Enquanto ele falava, sua mão deslizou para meu abdômen, tateando os gominhos firmes sob minha camisa.

Não reagi de cara, totalmente chocado com a cara de pau dele.

Por fim, levei minha mão livre até a dele, agarrando-a com força suficiente para fazer seus olhos marejarem de dor.

— O que ouviu sobre *mim* que te faz pensar que quero que você me toque? — Cada palavra saiu entre os dentes.

— Nada — ele disse, puxando sua mão.

Eu a soltei e ele a sacudiu, como se tentasse aliviar a dor.

— Só ouvi falar sobre o quanto você é gato e que está com aquela garota.

— Bianca.

— Sim. Ela.

— Por que você tocou minha barriga?

— Eu só estava puxando conversa. Eu... queria sentir seu abdômen de tanquinho, já que dava para ver que você tinha um. Você não pode me dizer que não vai malhar amanhã. Não vou acreditar nisso. Só estava tentando provar meu ponto.

— Você não deveria passar a mão nas pessoas sem permissão. Qual é o seu problema?

Javier não respondeu, porque seu olhar estava fixo na minha virilha. Eu tinha ficado duro desde seu primeiro toque, e não pude esconder, mesmo na minha calça social de trabalho.

Ele engoliu em seco, encarando. E encarando.

Ótimo, pensei. *Esse cara vai acabar contando meu segredo ao mundo.* E, logo após esse pensamento: *Bom, agora que ele sabe, o estrago já foi feito...*

Aquela era uma linha de pensamento perigosa.

Como se não tivesse ouvido minha última frase, como se minha raiva não o tivesse assustado, ele estendeu a mão e me tocou, acariciando-me por cima da calça.

Agarrei a bancada atrás de mim com minha mão livre para me apoiar.

— Pare com isso — eu disse em um tom áspero, sem calor algum.

Todo o calor do meu corpo estava concentrado da minha cintura para baixo.

— Me deixe cuidar disso. Você não tem que fazer nada por mim. Eu só quero te chupar. — Seus lindos olhos pretos me fitaram com tanta doçura que me senti capturado por eles.

Neguei com a cabeça, mas não conseguia encontrar força de vontade para fazer com que esse gesto parecesse convincente.

Ele se aproximou até seu peito encostar no meu, ainda me acariciando. Fazia tanto tempo desde que alguém me tocara assim. Era difícil não deixar que isso nublasse meus sentidos.

Ele me beijou, sua boca persuadindo a minha a se abrir.

Pousei meu café com muito cuidado antes de agarrar seus cabelos e afastar seu rosto do meu.

— O que está fazendo?

— Beijando você. Quero te beijar desde o instante em que te vi pela primeira vez. Por favor, me deixe te beijar.

— Eu não faço isso. Não sou de me envolver casualmente. Não sou como você.

— E como eu sou?

— Fácil. Promíscuo. Eu não faço sexo a menos que sinta algo por uma pessoa.

Ele abriu um sorriso enorme.

— Você é diferente, não é? Então, sinta algo por mim e me beije.

— Não tire sarro de mim. Não estou vendo graça nenhuma nisso.

— Eu não estava tirando sarro. Falei sério. Estou sendo sincero para que você goste. O que preciso fazer para ficar com você? Porque é isso que quero.

Não acreditei nele, mas o beijei por isso, pelo jeito como suas palavras fizeram meu coração acelerar e minha respiração ficar presa. Não nos separamos por um longo tempo, e quando o fizemos, senti-me fora de controle.

— Venha para o banheiro comigo. Foda a minha boca, Stephan. Eu quero que você faça o que quiser comigo com esse seu pau delicioso. Qualquer coisa.

— Você nunca vai me foder, entendeu? — rosnei para ele, agarrando seus cabelos a ponto de infligir dor. — Eu não faço isso. Nunca. Não vou sequer considerar.

— Tudo bem. Tudo bem.

Ele parecia estar sendo sincero, então deixei-o me puxar para o banheiro.

Tive um breve momento de lucidez enquanto ele sentava sobre a tampa da privada naquele espaço minúsculo, abrindo minha calça freneticamente. Pensei em como, durante toda a minha vida, eu nunca fizera algo tão sórdido, mesmo quando ofereci meu corpo em troca de abrigo. Mas perdi toda essa lucidez rapidamente quando ele me segurou com suas mãos ávidas e não perdeu tempo ao colocar a boca em mim.

Não tive muitos parceiros, e nunca recebi um boquete como o que Javier fez em mim.

Ele fez garganta profunda, me chupando até minha visão ficar turva.

Não durei trinta segundos.

Mordi o lábio para me impedir de gritar ao gozar, com a cabeça do meu pau bem fundo em sua garganta. Senti seus músculos se moverem conforme ele engolia cada gota.

Talvez exista mesmo vantagem em ficar com um safado, pensei.

Ele era talentoso.

Ele se levantou para me beijar após terminar de chupar até a última gota, ainda acariciando-me.

Senti meu rosto esquentar quando ele se afastou.

— Eu geralmente duro mais do que isso.

Ele apenas sorriu, parecendo extremamente feliz.

— Foi um boquete. Não é para você durar muito se eu estiver fazendo certo.

Ergui a mão para acariciar seu lábio inferior.

— Você é muito bom nisso. A maioria dos homens gays cafajestes não são sensíveis por serem cafajestes, mas eu claramente estava enganado.

Isso não saiu muito certo.

— Não sei o que você ouviu sobre mim, mas não saio transando por aí há muito tempo. Eu só... gostei de você.

— Desculpe. Não tive a intenção de te ofender.

— Você vai malhar comigo amanhã de manhã?

— Ok — concordei, já que ele claramente não deixaria isso para lá.

— Eu quero que você me foda — ele disse, afastando-se para fitar meu pau, que estava começando a inchar novamente em sua mão.

Engoli em seco.

— Nossa, como você é direto.

— Nem sempre. Não geralmente. Me toque. Por favor.

Deslizei a mão para baixo, segurando-o, acariciando-o por cima da calça. Foi o primeiro contato que tive que aquela parte dele. Adorei senti-lo em minhas mãos, duro e ereto. Seu tamanho era mais elegante que o meu, mas, ainda assim, muito bom.

— Venha para o meu quarto e me foda esta noite. Nem ligo se você não me fizer gozar. Só quero que me coma.

— Isso está indo rápido demais. Nem fomos a um encontro ainda.

Ele piscou para mim, de forma lenta e hipnotizante.

— Você quer ir a um encontro comigo?

Eu não achava que queria mesmo. Ainda não sabia nada sobre ele. Nem sequer tínhamos conversado de verdade. Mas seu tom carregava tanta esperança, um deleite e um lisonjeio tão explícitos que acabei dizendo:

— Não é assim que funciona, geralmente?

Ele me abraçou.

— Não para mim. Não com caras como você.

Talvez eu quisesse mesmo, peguei-me pensando.

Ele era muito mais meigo do que deixava aparentar. Meiguice era capaz de amolecer meu coração como nada mais no mundo.

— Que tal amanhã à noite? — perguntei lentamente, pensando em alguma coisa. — Posso te levar para jantar e ao cinema, quem sabe.

Ele me apertou mais.

— Eu adoraria. Só nós dois?

Dei risada.

— É um encontro. Você costuma ir a encontros com mais de duas pessoas?

Ele se afastou para me olhar e deu um beijo leve no meu queixo e na minha boca.

— Bianca vai ficar bem com isso?

— Ela nunca se importa de ficar no quarto lendo, e vou levar comida para ela.

— Então, ela é apenas uma amiga... certo?

— Mais que isso. Ela é minha família. Meu mundo inteiro.

— Mas não sua namorada?

— Não, isso não.

— Ótimo — ele disse, aproximando-se para me beijar.

Agarrei seus cabelos e retribuí o beijo. Quando nos separamos, eu estava completamente duro de novo. Ainda estava com a calça aberta e o pau para fora, e olhei de relance para baixo ao começar a me esfregar contra sua ereção proeminente.

Com um gemido, ele puxou minha boca novamente para a sua. Ele beijava tão bem, seus lábios suaves e hesitantes, não por falta de destreza, mas quase um comedimento tímido, como se quisesse comunicar com os movimentos de sua boca o quanto ele queria que eu continuasse. O quanto ele queria que eu assumisse o controle. Eu estava mais do que bem com isso.

15
Não se machuque

Bianca ficou em êxtase quando lhe contei que teria um encontro.

Ela ficou menos animada quando contei com quem seria, mas ainda me deu apoio.

Bianca não era romântica, mas sabia que eu era, e muito preocupado com minha vida amorosa.

Eu me preocupava mais com a dela. Sabia que todo o trauma que ela sofrera quando criança a havia transformado em uma pessoa fria. Intocável.

Ela não saía com homens. Eles a chamavam, mas eu nunca a vi sequer considerar aceitar. A única pessoa que ela permitiu entrar em sua vida fui eu. E quem podia culpá-la, depois de tudo que passara?

Isso me deixava triste, mas não sabia o que podia fazer para mudar esse aspecto.

— Então, ele te chamou para sair no voo… ou foi vice-versa? Isso aconteceu do nada. — Seu tom era bastante curioso.

Fiquei vermelho.

— Acho que ele deu em cima de mim primeiro, mas fui eu que o chamei para sair.

— Ah. Bem, parece que tiveram uma boa conexão. Você não costuma ir assim tão rápido.

Ruborizei ainda mais. Ela só tinha feito uma pergunta, e eu não conseguia esconder nada dela por muito tempo, mesmo coisas que me deixavam envergonhado.

— Nós demos uns amassos no banheiro da primeira classe.

Seus olhos se arregalaram e seu queixo caiu. Era difícil deixá-la chocada assim, e ver seu rosto geralmente impassível reagir daquela maneira me fez sorrir um pouco.

— Uau. Nossa. Como *isso* aconteceu?

Mordi o lábio e tentei ser direto com ela.

— Eu mal o conheço, mas me sinto muito atraído por ele. Ele deu em cima de mim, e eu simplesmente... não pude, ou não quis, dizer não a ele. E agora nós vamos sair porque acho que quero ver se é mais do que somente química.

Ela assentiu, analisando-me com uma expressão séria.

— Ok. Bem, boa sorte. Não se machuque.

Dei um beijo em sua testa a caminho da porta.

— Farei o melhor que puder. Vou trazer comida para você.

— Não precisa fazer isso. Posso arranjar algo para comer.

— Mas eu quero fazer isso. Vou levá-lo àquele restaurante cubano que amamos.

— Ah, então vou aceitar a oferta.

— O de sempre?

Ela concordou com a cabeça e sorriu, erguendo um polegar.

Primeiro, levei-o para assistirmos a um filme. Escolhi um de ação que havia estreado semanas antes. O cinema estava deserto, sem uma alma viva à vista, e ele parecia mais interessado em me tocar do que em assistir ao filme.

Eu não soube o que pensar daquilo. Deveria ser um primeiro encontro, não uma desculpa para dar uns amassos em público novamente.

Dito isso, eu queria dar uns amassos de novo. Não tinha orgulho disso, mas minha determinação estava enfraquecendo a cada toque.

— Não está gostando do filme? — perguntei.

Ele estava grudado ao meu lado, beijando meu pescoço, sua mão provocando minha coxa.

— Não sei. Não consigo prestar atenção.

— Está entediado?

Ele estava ofegando no meu ouvido.

— Entediado? — Sua mão encontrou meu pau dolorido. — Isso parece coisa de quem está entediado?

Engoli em seco, finalmente deslizando minha mão do meu joelho para o dele.

— Isso deveria ser um primeiro encontro. Não transo em primeiros encontros.

— Vamos ter nosso primeiro encontro outro dia, então. Vamos chamar isso de outra coisa, contato que termine com você me fodendo ou eu batendo uma para você em uma sala de cinema.

Balancei a cabeça, tentando não sorrir, não encorajar sua audácia.

Segurei sua mão, tirei-a do meu membro e entrelacei nossos dedos.

Ele pareceu satisfeito, apertando minha mão e me lançando sorrisos felizes.

Eu não sabia o que pensar daquilo. Ele achou que eu o tinha chamado para sair para transarmos?

As coisas estavam indo bem até a curta caminhada do cinema até o restaurante, quando ele pegou minha mão onde qualquer pessoa poderia ver.

Desfiz o contato, lançando um olhar para ele.

— Pare com isso! Em público não, ok?

Ele pareceu confuso.

— Qual é o problema?

— A gente poderia esbarrar com alguém que conhecemos. Estamos a somente dez minutos do hotel onde está a tripulação.

Aquilo o deixou calado por um tempo. O silêncio estava mais do que desconfortável. Era cheio de perguntas que eu não queria responder, mas que sabia que ele faria, e em breve.

Finalmente, ele insistiu no assunto.

— Então, você não é assumido. Nem um pouco. Está escondendo isso.

Odiei a forma como ele disse aquilo, como se eu estivesse fazendo algo errado. Senti-me na defensiva no mesmo instante.

— Não é da conta de ninguém. Eu gosto da minha privacidade, tá legal?

Ele ficou em silêncio novamente, pelo resto do caminho, e eu odiei isso.

Pedimos a comida e tínhamos terminado nossas primeiras bebidas quando ele quebrou o gelo.

— Me desculpe — pediu suavemente, com um calor em seus lindos olhos pretos. — Estou sendo um babaca. Você tem direito à sua privacidade. Não vou dizer nada. Podemos manter isso às escondidas pelo tempo que você precisar.

Apenas assenti, sem saber o que dizer. Eu não podia tranquilizá-lo de nenhuma forma. Não importava o rumo que isso tomasse, independentemente de termos um ençontro ou cem, eu não pretendia tornar isso público. Era fortemente reservado em relação às minhas preferências há muito tempo para mudar isso de repente.

— Você sabe que pode confiar em mim, não sabe? — ele inquiriu, parecendo sincero. — Sei que deve ter ouvido coisas horríveis sobre mim, mas... não são verdade. Não sou mentiroso e não espalho fofocas.

— Eu confio em você — respondi. E descobri que confiava mesmo. Eu ainda não o conhecia muito bem, mas já era suficiente.

Ele abriu o sorriso mais doce que eu já vira.

— Obrigado. Você... você é tudo que eu queria ser, sabia?

Não pude conter um sorriso largo.

— Não sei bem o que pensar sobre isso.

— Eu já te vi antes, mas você não me notou. Eu vinha te observando, ouvi coisas sobre você... fantasiei sobre você. Estava esperando que fosse um cara fantástico e, bom, você é. Isso me deixa muito feliz.

Aquilo me deixava muito feliz também. Ele sabia bem como me deixar mais leve, desde o início.

Eu quis, mas não esperei três encontros antes de transar com ele. Não cheguei nem perto.

Deixei a comida de Bianca no hotel e o segui para seu quarto.

As coisas saíram do controle depois disso.

Minha intenção foi lhe dar um beijo de boa-noite na bochecha. Ele virou o rosto e acabou capturando minha boca com a sua.

Depois que começamos a nos beijar, não teve jeito.

Tive um breve momento de sanidade quando vi que ele havia se preparado para isso, se planejado para isso, estava com tudo disposto e à mão, e quase recuei.

— Eu estava torcendo — ele me disse com um sorriso doce e um beijo mais doce ainda. — Não estava esperando. Apenas torcendo.

Fiz um gesto curto com a cabeça e deixei-o desenrolar a camisinha em mim, correndo minhas mãos por seu corpo, agarrando seus cabelos, massageando sua carne. Mais do que qualquer coisa, eu queria tocá-lo, ter um contato total, pele com pele, mas meu controle tomou conta diante da sua doce e generosa submissão.

Empurrei-o para seu quarto e apossei-me dele. Curvei-o em uma poltrona, masturbando-o com minha mão enquanto o fodia por trás.

— Desculpe — ofeguei contra suas costas quando enfiei até o talo. — Eu sei que sou grande. Estou tentando não ser bruto.

Sua resposta foi gemer e rebolar contra mim.

Comecei a me mover, penetrando-o com estocadas intensas, que ele correspondia no mesmo ritmo.

Permiti-me ser bruto quando vi que ele aguentava, metendo com todas as minhas forças, estocadas selvagens que o faziam se segurar firme e gemer alto.

Mordi o tendão na curva entre seu pescoço e ombro enquanto continuava meu ritmo punitivo, fincando nele com força.

Seu pau se contorceu na minha mão e ele gemeu alto.

Durei mais do que ele, mas não por muito tempo. Ele ainda estava esporrando na minha mão quando atingi meu orgasmo, socando nele sem dó uma última vez e gozando intensamente.

Depois, retirei a camisinha e a joguei no lixo, longe de estar satisfeito.

Empurrei-o de costas sobre a cama e comecei a beijá-lo, minha mão ainda em seu pau, bombeando-o, curtindo a sensação da sua pele na minha palma, mesmo flácido.

Eu não estava flácido. Rápido demais, eu já estava pronto para a próxima rodada, esfregando-me entre suas pernas, cravando a ponta do meu pau contra suas bolas enquanto enfiava a língua em sua boca.

— Oh, nossa — ele lamuriou, ofegando, seus braços me segurando como se eu fosse uma resposta a uma oração.

Eu não me cansava dele. Sua aceitação tão carinhosa me desmontou.

Sentei-o na cama, puxei suas coxas e pousei-as sobre as minhas, juntei e alinhei nossos membros, usando nossas mãos para nos acariciarmos e entrarmos em um frenesi, esfregando, bombeando devagar e acelerando aos poucos, até gozarmos juntos um no outro. Ergui o olhar e o encontrei fitando meu rosto, com uma expressão de adoração extasiada no seu.

Eu ainda estava insaciável e comecei a beijá-lo novamente quando ainda estava ejaculando, esfregando-me nele enquanto devorava sua boca com a minha.

Afastei-me somente por tempo suficiente para tomar fôlego e comecei a beijar seu corpo perfeito. Ele era esguio, mas musculoso. Sua pele tinha um tom oliva pálido que achei que ficava perfeita sob minhas mãos bronzeadas.

Ele grunhiu quando tomei sua ereção na boca e comecei a chupá-lo. Não parei, aumentando a força da sucção e subindo em seu corpo até que meu pau, que já estava endurecendo de novo, estivesse ao alcance da sua boca.

Enfiei os dedos em seu orifício enquanto chupávamos um ao outro.

Deitei-me de costas e o puxei para meu peito quando terminamos, acariciando seus cabelos macios, beijando sua testa, saciado, mas com um estômago ainda alerta cheio de borboletas.

— Uau. Isso foi... uau — ele suspirou, passando as mãos em mim, virando o rosto para beijar meu peito várias vezes. — Eu nunca... eu nunca, hum... isso foi incrível.

Sorri, fechando os olhos, sentindo um contentamento florescer, uma felicidade pura começando a tomar conta de mim.

— Foi, sim.

Nem mesmo pedi. Simplesmente passei a noite no quarto dele.

No dia seguinte, notei que ele mudou na frente das pessoas, ficou mais tenso, menos aberto.

Eu não demoraria a descobrir que era assim com todo mundo.

Ele era tão diferente comigo. Me dava algo nitidamente único comparado ao que oferecia ao resto do mundo. Comigo, ele não se reprimia. Era mais aberto, mais honesto, mais carinhoso, melhor.

Me apaixonei por ele. Intensa e rapidamente. Como se eu fosse ingênuo demais para saber melhor, como se eu fosse inocente ao invés de maculado, mergulhei de cabeça.

Ele me fazia sentir bem comigo mesmo, como se eu fosse a peça que faltava em seu quebra-cabeças, que o completava.

Em um mundo perfeito, quando você encontrava a pessoa que fazia essas coisas... pronto. Fim da história. Felizes para sempre.

Mas não era um mundo perfeito, e embora eu tivesse me apaixonado profundamente, sabia que não tinha como durar.

Ele era sempre aberto em relação à sua sexualidade. Eu, por outro lado, era inflexível em relação à minha decisão de não me assumir.

Ele se sentia ofendido por eu continuar insistindo em esconder nosso relacionamento.

Eu ficava ressentido por ele não compreender ou respeitar minha necessidade por privacidade.

Meu orgulho teimoso e minha cabeça-dura nos condenaram desde o início.

16
O mês mais lindo

Depois disso, ficamos inseparáveis. Passávamos cada segundo do nosso tempo livre juntos.

A princípio, fiquei apreensivo em relação ao que Bianca pensaria disso tudo, mas eu não deveria ter me preocupado. Ela ficou animadíssima, tão feliz por mim que transbordava. Ela me empurrava na direção dele em toda oportunidade que tinha.

— Vá — ela dizia. — Vou passar o dia inteiro pintando, de qualquer forma. Assim fica perfeito.

Durou apenas um mês, mas foi o mês mais lindo.

Ele ficava de plantão e era muito amigo da garota que cuidava dos cronogramas, então conseguiu ser o quinto comissário em quase todos os nossos voos.

Eu estava nas nuvens. Sempre fora tão romântico, mas, mesmo assim, nunca estivera *apaixonado*. Não desse jeito. Era uma experiência novinha em folha, inebriante, maravilhosa.

Obviamente, isso só fez com que nosso término abrupto fosse ainda mais difícil de suportar. Aparentemente, não importava o fato de que havíamos passado tão pouco tempo juntos, porque aquele tempo havia sido preenchido por memórias agridoces que eu remoeria depois durante todas as minhas reflexões perturbadas e solitárias.

Mas isso foi depois. Já durante... foi uma coisa completamente diferente.

Foi quando fizemos memórias doces antes de se tornarem amargas.

Nós adorávamos fazer trilha. Havia um lugarzinho privado no Red Rock que visitávamos sempre que tínhamos chance. Lá, ficávamos de mãos dadas e conversávamos por horas.

Na quinta vez em que fizemos isso, tínhamos acabado de chegar ao topo da trilha quando ele me lançou seu melhor sorriso.

— Me belisque. Sinto que estou sonhando.

— Por quê?

— Por causa de você. Nunca pensei que sequer falaria comigo, muito menos que me daria moral.

— Por quê?

— Você é muita areia para o meu caminhãozinho, se não percebeu. E é tão gentil. Um príncipe de contos de fadas que veio resgatar um otário como eu.

Derreti. Cada parte endurecida dentro de mim amoleceu por esse homem.

Se fôssemos apenas nós, teríamos ficado bem, eu imaginava.

O problema era o resto do mundo.

Nosso fim não teve a ver com nossas longas caminhadas ou qualquer um dos momentos particulares que dividimos.

O que selou nosso destino foram as festas, o cenário social ativo que vinha junto com nosso ramo de trabalho.

Javier respeitou meu desejo de não trocarmos demonstrações públicas de afeto desde a primeira vez que mencionei isso, mas tiveram vezes em que pude perceber que isso o incomodava. Muitas vezes.

E teve uma vez, em particular, que foi a gota d´água para ele.

Estávamos em uma festa de aniversário na casa do nosso amigo Damien.

Eu estava com Javier e um grupo de pilotos e comissárias, mas observava Bianca do outro lado do ambiente. Ela estava encurralada por Damien, que tinha uma queda por ela desde a primeira vez em que a viu.

Muitas pessoas achavam que isso era uma fofoca das boas, já que presumiam que ela estava comigo e sabiam que todos éramos amigos.

Não era por isso que eu estava encarando. Estava vigiando somente para ver se ela precisava que eu me aproximasse para interferir.

Ela gostava de Damien e estava tentando ser gentil, mas dava para ver que ele a estava deixando desconfortável.

Damien era um dos nossos amigos mais próximos, e um dos poucos que sabiam que Bianca e eu não estávamos *juntos*. Às vezes, eu queria que ele nunca tivesse sacado. Bianca jamais iria gostar dele da forma que ele queria. Ela simplesmente não correspondia aos seus sentimentos, e se pudesse me usar como desculpa para mantê-lo afastado, sei que faria isso.

— Não sei como você aguenta essa merda, Stephan — um dos pilotos disse alto. Eu tinha quase certeza de que seu nome era Allen.

Olhei para ele com uma sobrancelha erguida. Era um cara pesado, que devia ter trinta e poucos anos. Lembrei-me de que ele era copiloto e sua reputação era de que era uma pessoa difícil de se trabalhar. Eu mal conhecia o cara, mas ele parecia ter uma opinião muito bem formada sobre a minha vida. Obviamente, ele não estava exatamente sóbrio no momento.

— Como é? — perguntei, torcendo para poder me desvencilhar dele educadamente.

Ele estava com o rosto vermelho, cabelos castanhos bagunçados e caindo sobre os olhos. Ele gesticulou para Damien e Bianca.

— Ele está querendo a sua garota. Todo mundo sabe disso. E fica posando de seu amigo? Não é da minha conta, mas não sei por que você tolera isso.

Abri um sorriso fraco para ele.

— Tem razão. Não é da sua conta.

— Você precisa colocar um anel no dedo dela logo — ele continuou em um tom malicioso. — Antes que o capitão Covinhas coloque as garras nela.

Ele estava me dando nos nervos, mas ainda fiz uma nota mental de pegar no pé de Damien por causa daquele apelido assim que pudesse.

— Não estou preocupado com isso, então não sei por que se importa — eu disse a ele. Porém, eu sabia, sim. Lembrava-me de que rolava uma rixa entre ele e Damien, algo que envolvia uma mulher que preferia Damien, mas eu não sabia dos detalhes.

Aparentemente, Allen achou que isso poderia ser resolvido me incentivando a brigar com Damien.

— Que tipo de cara não se preocupa com outro homem dando em cima da garota dele? — Allen perguntou em um tom maldoso.

Abri outro sorriso sem graça para ele, que dessa vez foi mais difícil de forçar.

— Olha... Allen, certo?

Ele fez que sim.

— Eu sei que você e Damien têm algum tipo de rixa, mas não tente me arrastar para o meio disso. Acho que você já deve ter ouvido que sou muito bom de briga, provavelmente ouviu o boato de que já fui lutador de luta livre, pelo jeito como está agindo, mas ouça esta parte com cuidado: nada que você possa dizer vai me fazer ir até lá fazer o seu trabalho sujo, e todos sabemos que se você tentasse brigar com ele, ele te daria a maior surra.

Ele tentou retrucar, parecendo zangado, mas falei por cima dele.

— Agora você, *você* não é meu amigo próximo e está começando a me irritar, então eu poderia muito bem concordar em brigar com você, mas não com ele e não por você. Então, vaze logo daqui antes que descubra, em primeira mão, se já fui mesmo lutador profissional.

Isso surtiu o efeito desejado e ele se afastou, resmungando que eu era escroto.

Não liguei. Eu estava sorrindo quando ele saiu, pensando ter atenuado a situação o suficiente.

A expressão de Javier me disse o contrário.

Suspirei. Eu não sabia o quê, mas alguma coisa naquela interação o incomodara bastante.

Ele estava alegre e descontraído antes disso, curtindo com as pessoas que estávamos. Mas, depois, ficou retraído e tenso.

Não havia um jeito bom de fazê-lo falar bem ali, uma maneira sutil de ficar a sós com ele sem levantar suspeitas, então somente mais tarde, depois da festa, foi que puxei essa conversa com ele.

— O que está te incomodando?

Estávamos nos aprontando para dormir, escovando os dentes lado a lado diante do espelho. Vi sua boca tensionar.

Ele abaixou a escova de dentes e encontrou meu olhar.

— Você não sabe mesmo? — perguntou baixinho, mas havia certo volume em seu tom, tão alto que gritava comigo, tentando me dizer algo que eu não estava pronto para ouvir.

Balancei a cabeça.

— Eu sei que você ficou chateado depois que ameacei Allen. Não achou que a forma como lidei com ele foi apropriada?

Ele resmungou. E foi isso. Só resmungou e foi para a cama.

Eu o segui, começando a ficar um pouco irritado. Eu era direto, e às vezes queria muito que ele também fosse.

— Não falo a língua dos resmungos fluentemente — falei ao deitar na cama. — Quer me dizer o que o seu significa?

Ele sequer entreabriu um sorriso.

— Acho que o que mais me incomoda é você nem ao menos entender o quanto aquilo foi escroto.

Suspirei. Eu odiava argumentos assim, cheios de enigmas e campos minados.

— Acho que não entendo mesmo. Me explique, por favor.

— Você estava bem-disposto a entrar em uma briga *de verdade* por causa de um relacionamento *falso*. Não estava blefando. Teria mesmo ido em frente, teria dado uma surra no Allen se ele continuasse.

— O cara estava sendo um babaca falando da Bianca daquele jeito, tentando plantar discórdia entre mim e Damien. E ele nunca teria coragem de brigar comigo, então foi, *sim*, um blefe. Tenho o dobro do tamanho daquele cara.

Ele resmungou novamente e, dessa vez, pude interpretar como sendo um ruído de pura frustração.

— Você não entende!

— Me explique, então — murmurei mal-humorado, querendo mais do que qualquer coisa mudar de assunto.

De repente, ele aproximou o rosto do meu, com os olhos arregalados, intensos.

— Você tem tanto medo de mostrar ao mundo quem é que seria capaz de arriscar sua própria vida por causa disso! Por quê? Do que tem tanto medo? O mundo não é o seu pai doente. Metade dos caras com quem trabalhamos são gays. Você vê os héteros enforcando algum deles? Não estamos mais nos anos 1950. Não temos mais que nos esconder!

Cerrei a mandíbula e fiquei apenas encarando-o, recusando-me a falar sobre isso.

Ele segurou meu rosto entre as mãos, fitando-me com olhos suplicantes.

— Não há nada de errado em você, Stephan. Absolutamente nada. Você é quem é, e mesmo que quisesse, não poderia mudar isso. Não importa o quanto esconda, não pode fugir de si mesmo e não deveria querer fazer isso, porque não há *nada de errado em você.*

Recusei-me a ceder, fitando-o com frieza, deixando-o falar, sem lhe oferecer nada.

Uma lágrima triste desceu por seu rosto.

— Você é perfeito, Stephan. Perfeito. Eu te amo. Estou apaixonado por você, mas o que está fazendo? Por quanto tempo mais vai conseguir viver nessa farsa? Por quanto tempo terei que fingir ser seu mano, seu parça, em público, e ser seu amante somente às escondidas?

Nada. Não respondi nada. Nenhuma parte de mim estava disposta a ceder. Eu não faria isso, nem mesmo por ele.

Ele estava ficando cada vez mais desesperado, olhos ferozes, lábios tremendo.

— Sabe o que me apavora? Ver que está disposto a arriscar o que temos só para manter a fachada.

Nada. Tudo que lhe ofereci foi somente um olhar frio e intransigente.

Ele entendeu o recado, balançando a cabeça enquanto me dava um olhar triste.

— Isso nem é um dilema para você, não é? Se eu te fizesse escolher entre assumirmos nosso relacionamento em público e me perder, você sequer hesitaria, não é?

Prendi a respiração. Isso me atingiu.

— Não faça isso — falei baixinho, com uma súplica na voz.

Ele recuou, endurecendo a mandíbula.

— Não. Eu preciso saber. Se gosta mesmo de mim, vai me escolher. Escolha a mim, Stephan. Por favor.

— Não faça isso. Não é justo. É manipulação. Eu tenho o direito de ser uma pessoa reservada. Você não deveria querer me forçar a viver de uma maneira diferente da qual escolhi.

— Me diga uma coisa: acha que precisa de mais tempo, ou isso nunca será uma opção? Pretende passar a sua *vida inteira* vivendo uma mentira?

— Pare. Apenas pare. Isso já foi longe demais.

— Percebi que não respondeu, e não estou surpreso. Eu não posso fazer isso, não posso viver uma mentira, Stephan. Me diga qual você escolhe. A mentira, ou a mim. Qual é mais importante para você?

De repente, fiquei furioso, com tanta raiva dele, da sua impaciência, da sua incapacidade de ver o meu lado da moeda, que queria que ele fosse embora. Queria o suficiente para verbalizar isso em um tom gélido.

— Eu escolho ser *eu*, e me *recuso* a ser manipulado por você a viver minha vida como *você* acha melhor. Não somos todos obrigados a marchar na Parada do Orgulho Gay, Javier. Eu nunca vou ser assim. Então, se estiver procurando uma desculpa para ir embora, a porra da porta está bem ali. — Gesticulei com meu braço.

Ele arfou, ficando com uma expressão perplexa, como se eu tivesse lhe dado um tapa na cara.

— Isso não tem a ver com orgulho gay, mas você ao menos se dá conta, ao menos compreende o quanto tem vergonha de ser gay?

Não gostei daquilo. Fui definitivamente atingido em uma ferida que não me sentia confortável em cutucar. Eu o fiz se arrepender de dizer aquilo.

— Acabou. Desça desse seu palanque e vá embora. *Agora.*

Seu rosto franziu.

Fui cruel com ele, quando nunca era cruel. Porém, continuei:

— Estou falando sério. *Acabou.* Estávamos fadados a isso mesmo.

Fiquei entorpecido por um tempo depois que ele foi embora, mas o torpor não durou por muito tempo.

Quando a dor me atingiu, fui para a cama de Bianca, movendo-me como um animal ferido.

Ela me recebeu de braços abertos, e isso ajudou, como sempre ajudava.

17
Ponto fraco

Javier não cedeu, e eu também não.

Contudo, diferente de mim, ele não estava interessado ou disposto a ser civilizado. Se eu entrava em um ambiente, ele se retirava. Se era designado para trabalhar em um dos meus voos, ligava e dizia que estava doente.

Foi um término péssimo, e ficamos juntos por apenas um mês.

Talvez tivesse sido melhor terminar tão abruptamente, não importava o quanto nosso fim não parecesse fazer sentido, porque eu não conseguia imaginar o quanto poderia ter sido pior se tivéssemos passado mais tempo juntos.

Levou um tempo até ele me dirigir a palavra, e descobri rapidamente que preferia o silêncio frígido.

Estávamos em uma festa de Dia dos Namorados. Foi Murphy que organizou, então embora eu não estivesse no clima para comemorar o Dia dos Namorados, acabamos indo.

Vi imediatamente que Javier estava lá, conversando no quintal com alguns de seus amigos.

Eu não queria vê-lo logo nesse dia.

Previ seu desdém de sempre e simplesmente o evitei. Ou tentei.

Já fazia algumas horas, e eu já tinha bebido uns três drinques.

Javier já tinha bebido pelo menos seis. Isso não era um bom sinal.

Eu estava na cozinha com Murphy e um grupo de pilotos, tentando distraidamente acompanhar o que estavam conversando, sobre qual era a melhor forma de construir uma mesa de *beer pong*.

Javier se aproximou, cambaleando um pouco, com uma bebida na mão e os olhos amargos fixos em mim.

Ai, Deus, pensei resignadamente.

— Como vai o seu Dia dos Namorados, Stephan? — ele falou arrastado, ficando diante de mim.

Logo vi no que isso ia dar e me desvencilhei do grupo, conduzindo Javier para um canto quieto na sala de jantar.

Não importava. Javier não estava a fim de falar baixo, independentemente de onde estivéssemos.

— Perguntei como vai o seu Dia dos Namorados — ele repetiu, insolente.

Encarei seu rosto zangado, a tensão em seus traços, e tudo que eu queria fazer era tocá-lo.

Por que tinha que ser assim? Existia alguma forma de consertar isso? Será que ele compreenderia o meu lado, algum dia?

Com a mente rodopiando com perguntas, respondi a dele:

— Não está dos melhores, Javier. Como vai o seu?

Seu lábio se curvou, e seus olhos ficaram marejados.

Tive que desviar o olhar.

— Como vai sua *namorada*? Já a pediu em casamento? — Sua voz saiu alta e zombeteira.

Lancei um olhar de alerta.

— Deixe-a fora disso. Estou falando sério.

— Ou o quê? — ele sibilou, mais baixo dessa vez. — Vai me dar um pé na bunda e voltar para ela, para o conforto da sua vida de mentira?

Ele cambaleou um pouco e, sem pensar, estendi os braços e segurei seus ombros, ajudando-o a se equilibrar.

Com um choramingo, ele se jogou no meu peito.

Eu o abracei por um breve momento antes de me lembrar de onde estávamos, que não tínhamos privacidade, e dei um passo para trás, empurrando-o de mim como se ele estivesse pegando fogo. Como se ele fosse indesejado, apesar do fato de que eu o queria tanto.

Isso, é claro, não ajudou em nada.

Ele me xingou, gritando, me chamando de praticamente todos os nomes possíveis, mas sem me revelar.

Ouvi tudo em silêncio, observando-o, me odiando.

Bianca apareceu no meio de tudo, parecendo estar pronta para a batalha, então eu soube que estava na hora de dar um fim naquilo.

— Chega — eu disse, baixinho.

Ele tinha uma última facada para enfiar em mim antes de ir embora. E foi certeira.

Ele se inclinou para mim, seus olhos pesarosos acabando comigo, e sussurrou:

— Você foi o único cara que amei que me fez sentir que eu valia alguma coisa, por menor que fosse. Acho que o otário fui eu, não é?

Isso me atingiu em cheio. Sentir-se sem valor era meu ponto fraco pessoal.

— Eu sinto muito — sussurrei, sem ter palavras para tranquilizá-lo. Eu não conseguia sequer tranquilizar a mim mesmo. Eu nunca poderia ser o que ele queria.

18
Para protegê-la

PRESENTE

STEPHAN

Certa tarde, James foi me visitar sozinho. Ele ficou um longo tempo me olhando solenemente antes de soltar:

— Obrigado.

Comecei a balançar a cabeça.

— Não precisa me agradecer. Ela é a minha família.

— Ela também é minha família agora. E você a salvou. Obrigado.

Assenti solenemente, analisando-o.

— Foi você que o deteve. Aquele tiro o matou. Sabia disso?

— Sim — eu disse, me perguntando se deveria sentir outra coisa além de alívio por saber que o monstro estava finalmente morto. — Eu me lembro.

Ele se remexeu desconfortavelmente na cadeira ao lado da minha cama.

— Me avise se precisar de alguma assistência. Não sei dizer por experiência própria, mas entendo que isso pode te prejudicar, não importa a justificativa.

— Vou ficar bem. — Respirei fundo. — Não foi a primeira vez que matei por ela. Para protegê-la. Isso já aconteceu uma vez antes.

Ele arregalou os olhos e seu corpo paralisou. Eu tinha conseguido deixá-lo chocado.

Fiz uma careta.

— Foi o homem que a atacou assim que nos conhecemos. Eu afundei o crânio dele. Pude sentir. Levei um tempo para aprender a lidar com aquilo. Eu não o conhecia, não sabia o que o motivava. E se ele só fosse louco? E se os remédios certos pudessem fazê-lo melhorar? Olhando para trás, já me acostumei, mas na época foi difícil, porque eu era um moleque.

Não sei por que senti a necessidade de contar a ele, mas sempre foi fácil abrir meu coração para ele. Fácil demais conversar com ele, mesmo nos momentos em que parecia um conflito de lealdades.

— Você não fez nada de errado.

Apenas meneei a cabeça.

— O que estou tentando dizer é que, naquele tempo, teria sido bom um pouco de perspectiva, um aconselhamento, lidar com o que tinha feito, mas, dessa vez, não. Dessa vez, meu único desejo é ter feito isso na primeira vez em que tive a chance.

19
O monstro

PASSADO

STEPHAN

Fazia um tempo que Bianca e eu estávamos bem, nos mantendo no sistema há mais tempo do que de costume. Estávamos em um lar adotivo, indo à mesma escola pública. Conseguimos permanecer juntos, o que era a parte importante. Tínhamos um teto sobre nossas cabeças e comida.

Estávamos com um casal que tinha um restaurante, e nós dois trabalhávamos lá depois da escola. Eles não deveriam nos fazer trabalhar, pois éramos muito jovens, mas estavam nos mantendo juntos, então não nos importávamos. Eu limpava mesas, lavava pratos, e Bianca servia comida.

Nenhum de nós tinha problema com esse arranjo, no geral. Já havíamos sido obrigados a aguentar coisas muito piores no passado.

Contudo, eu estava um pouco incomodado com a situação naquele dia. Tivera que ficar na escola após as aulas para trabalhar em um projeto, e queria que Bianca ficasse comigo.

Não gostávamos de nos separar. Nunca.

Mas nossos responsáveis adotivos precisaram que ela trabalhasse logo após a escola, então ela tinha ido embora sem mim.

Isso me deixou inquieto, por tantas razões que eu mal podia enumerar, mas uma delas era por simplesmente parecer errado.

Saí de lá o mais rápido que pude, seguindo para o restaurante. Fui pela rota normal, pegando um atalho por um beco diretamente para a entrada dos fundos.

Ouvi antes de ver.

Em todas as vezes em que briguei, por qualquer que fosse o motivo, nunca fora por sentir a fúria cega e atroz que tomou conta de mim quando me dei conta do que estava acontecendo. Nem de perto.

E eu tinha um péssimo temperamento, isso era um fato.

Ouvi alguns barulhos em forma de grunhido mais à frente, dobrando uma esquina, fora de vista.

Eram estranhos. Não gostei deles de cara. E logo entenderia que estavam vindo *dele*.

Se estivessem vindo dela, eu saberia instantaneamente e teria agido de acordo.

Outro barulho do qual não gostei soou novamente, o som de algo socando carne, um golpe forte em um alvo macio.

Estremeci. Alguém estava brigando, e me perguntei se deveria intervir. Decidi que dependeria da situação.

Um rosnado ecoou, seguido de um palavrão emitido por uma voz baixa, ríspida e com sotaque carregado.

Acelerei meus passos. Aqueles barulhos estavam ativando gatilhos de uma lembrança que me fez começar a agir antes de processar tudo. A entrar em pânico antes de realmente *saber*.

E então, ouvi, logo antes de virar a esquina. Ouvi os sons que vinham *dela*. Seus gritos. Seus gritos *de dor*.

Saí correndo, virando a esquina com algumas passadas rápidas.

E os vi. Bianca no chão, seus cabelos cobrindo o rosto enquanto ela se curvava em posição fetal para se proteger do próximo chute violento. Um brutamontes em forma de homem loiro pairava sobre ela. Um monstro. *O* monstro. Tinha ouvido uma descrição suficiente e vi a semelhança para saber de imediato.

Era seu pai, que tinha vindo para machucá-la.

Ele não chegou a acertar aquele chute.

Rugi feito um maníaco e avancei.

Golpeei-o no abdômen e o derrubei. Com força. Caímos longe de Bianca, deixando-a livre do perigo, que era exatamente o objetivo.

Recuei para dar um soco nele, mas seu punho encontrou meu rosto primeiro.

Ele não ia aguentar isso sem revidar, e o desgraçado era enorme.

Não me intimidei. Eu estava cheio de ódio, e ódio era algo que a intimidação não era capaz de penetrar.

Ele havia colocado as mãos nela. Eu não suportava pensar nisso. Tudo que sabia era que o faria pagar. Eu o machucaria. Eu o faria se arrepender.

Baixei a cabeça e comecei a distribuir socos, golpes violentos e rápidos em sua barriga, para fazer o máximo de estrago possível. Eu amaciaria suas entranhas a ponto de deixá-lo mijando sangue por um mês.

Um punho carnudo atingiu a lateral da minha cabeça, mas continuei golpeando e golpeando, cuspindo xingamentos. Ele era enorme e forte, mas não era rápido. Eu era todas essas coisas e, para completar, não estava sentindo dor alguma ainda.

Jurei, naquele exato momento, que o destruiria, ou morreria tentando.

Seu próximo soco atingiu minha têmpora e eu vi estrelas, mas isso não me fez recuar. Pelo contrário... me fez surtar.

Parti para um golpe baixo, acertando um soco em sua virilha.

Ele gritou feito um animal ferido.

Fiz isso de novo, e de novo, e então, acertei seu rosto. Apoiei-me em um dos braços e fiz o máximo de estrago que pude em seu rosto antes que ele conseguisse cambalear e se afastar, levantando-se com dificuldade.

Levantei-me para juntar-me a ele. Cuspi sangue no chão, movi os ombros para soltá-los e sorri para o desgraçado.

Ele me lançou um olhar avaliador que continha uma quantidade considerável de aprovação. O cara respeitava um bom lutador. Provavelmente a única coisa que ele respeitava. Filho da puta.

— Ela é minha filha — ele me disse, e sua voz era profunda e áspera, seu sotaque acentuado. — Este é um assunto de família. Você não precisa interferir.

Vi tudo vermelho, e com um rugido, avancei nele de novo.

— Ela é *minha* família, seu desgraçado! — xinguei, empurrando-o contra a parede do prédio. — Se você encostar nela de novo, eu te mato! *Eu te mato*, seu miserável. Eu juro! — A essa altura, eu estava gritando, com saliva voando para todos os lados, minhas mãos subindo para seu pescoço e apertando.

Ele já estava ficando roxo quando conseguiu me desestabilizar com mais um golpe na cabeça que eu sentiria mais tarde.

Mais tarde. Não agora.

Dessa vez, acertei meu punho no rosto dele com força suficiente para quebrar alguns dentes.

— Você é namorado dela? — ele me perguntou, arfando.

— Sou a família dela — gritei, aproximando-me para começar a golpear sua barriga. Era a minha jogada mais cruel, à qual eu geralmente recorria em última instância, mas era sempre eficiente.

Comecei a espancá-lo repetidamente no mesmo lugar, com a intenção de fazer um estrago permanente. Grunhi com a força dos golpes rápidos e certeiros.

Ele rosnou, agarrou meus cabelos e começou a socar a lateral da minha cabeça.

Tive que recuar. Se ele me desse socos demais assim, me apagaria. Essa não era uma opção.

Olhei em volta, procurando alguma coisa que pudesse usar para golpeá-lo. Eu não estava tentando lutar limpo. Eu queria destruir o desgraçado, de qualquer maneira que fosse necessária.

Havia uma tábua de madeira em cima de uma lata de lixo, estreita o bastante para segurar e manusear. Perfeito. Estendi o corpo e a apanhei, movimentando-a no ar logo antes de ele me atingir, empurrando-me com brusquidão contra a parede.

Soltei a tábua, subindo os braços para proteger minha cabeça.

Eu tinha entrado em modo de defesa, e não fiquei feliz com isso. Com um rugido, avancei para lhe dar uma cabeçada com toda força que pude.

Ele caiu estirado no chão a alguns passos de distância e aproveitei para pegar a tábua novamente.

Movimentei-a para atingi-lo com um golpe com todas as minhas forças, atingindo-o em cheio no ombro quando ele se levantou, e meu corpo se desequilibrou um pouco com a força do impacto.

Ele tentou arrancar a arma de mim, mas a segurei firme, torcendo-a até libertá-la de sua mão e partindo para acertar mais um golpe nele.

Acertei mais três golpes punitivos nele antes de ele começar a se afastar, tentando fugir.

Fui atrás dele. Eu precisava machucá-lo o suficiente para que se lembrasse da dor, e se lembrasse de porque seria melhor evitar chegar perto dela de novo. A dor tinha memória curta, então eu precisava deixar uma marca duradoura.

Eu tinha que quebrar algumas coisas. Alguns ossos dele, especificamente.

Dei um soco na parte de trás da sua cabeça, e quando ele caiu, esmaguei seu joelho com a tábua.

Ele se transformou em um urso raivoso depois disso, vindo para cima de mim de novo, quase me derrubando no primeiro golpe.

Merda. Pisquei várias vezes, lutando para permanecer consciente.

Chutei sua perna machucada, fazendo-o gritar, e avancei novamente com a tábua.

Derrubei-o com um golpe pesado na cabeça, e ele ficou deitado no chão sem reagir por tanto tempo que me fez pensar que ele tinha apagado.

Pairei sobre ele, contemplando sinceramente acabar de vez com sua vida. Ele *nunca* mais a machucaria se estivesse morto. Era tão tentador.

Após um momento, Bianca chamou meu nome.

Corri até ela.

Ela estava sentada. Seus olhos assustados se arregalaram quando me mediram de cima a baixo.

— Você está bem? — ela perguntou.

Se eu não estivesse tão ofegante, teria dado risada.

— Eu que deveria estar te perguntando isso. *Você* está bem?

Ela assentiu, parecendo qualquer coisa além de bem. Parecia abalada e apavorada. Rosto pálido, voz trêmula. Eu ia matá-lo.

— Não podemos mais ficar aqui — ela me disse. — Precisamos desaparecer de novo.

Ajudei-a a se levantar, puxando-a para o meu peito.

— Por quê?

— Ele me encontrou porque uma assistente social contou a ele minha localização. Não podemos confiar em ninguém.

Respirei fundo algumas vezes, tentando me acalmar.

— Ok. Nós vamos dar um jeito. Vamos ficar bem. Só precisamos voltar para casa para pegar algumas coisas, mas sumiremos do mapa assim que amanhecer.

Enquanto falava, olhei para trás, para onde eu o havia deixado, apagado no chão.

Ele se fora.

20
A mesma raiz danificada

PRESENTE

STEPHAN

James estava à minha direita, olhando-me com muita seriedade.

— Eu sei que as coisas entre nós foram complicadas desde o início, com sua necessidade de protegê-la e sem ter como saber se ela precisava ser protegida de mim. Mas agora, tudo isso é passado. Não precisamos mais dificultar as coisas um para o outro. Quero que saiba que nunca mais tentarei me colocar entre vocês dois. Sei o quanto são necessários um para o outro.

Isso era bom. Qualquer outra coisa não teria funcionado. Era impossível separar o que era inseparável.

Tentei me explicar o melhor que pude.

— Fomos crianças descartáveis — eu disse a ele baixinho. — É algo difícil de ser, mas pelo menos tivemos um ao outro. Olhando para trás, posso te dizer que sei com toda *certeza* de que nenhum de nós teria sobrevivido se não tivéssemos nos encontrado. Somos fundamentalmente conectados. Quando nos conhecemos, éramos sementes quebradas, quando ainda estávamos nos tornando alguma coisa. Tivemos que crescer juntos para sobreviver. Partes de nós sempre serão assim, conectadas, crescendo juntas. Somos flores diferentes, mas fomos cultivados a partir da mesma raiz danificada.

21
Minha promessa para você

PASSADO

STEPHAN

Saí do chuveiro, sequei-me rapidamente com uma toalha e vesti uma cueca boxer e uma bermuda limpas.

Um imbecil na boate vomitou na pista de dança e atingiu metade das pessoas ao redor, mas por sorte eu estava perto o suficiente do hotel para voltar correndo e trocar de roupa.

Ainda estava sem camisa, secando o cabelo com uma toalha e me perguntando onde havia deixado meu celular quando ouvi a voz de Bianca no quarto ao lado.

— Ste-Stephan? — ela chamou, hesitante.

Saí do banheiro, surpreso por ela ter voltado tão cedo.

— Oi, princesinha. Um idiota vomitou na minha camisa, então eu tive que voltar para me trocar — falei enquanto me aproximava dela.

O quarto estava à meia-luz, mas conforme me aproximei, pude ver seu rosto com mais clareza.

Senti-me gelar e esquentar logo em seguida, com o coração martelando ao puxá-la para meus braços.

Eu sabia, simplesmente sabia que algo havia dado terrivelmente errado. Ela parecia tão perdida.

— Ah, Bi, o que foi?

Ela começou a chorar copiosamente. Meu coração se descontrolou no peito, e eu também comecei a chorar e tremer.

Meu anjo forte e estoico estava sofrendo. Era demais para mim. Eu não conseguia suportar.

O que aconteceu? Eu estava com medo de perguntar.

Tinha medo do que eu seria capaz de fazer quando descobrisse o que a deixara naquele estado.

— Shhh, vai ficar tudo bem — eu a acalmei. — Vamos sobreviver a isso, Bianca. Seja o que for, vamos sobreviver a isso juntos.

Alguém começou a bater à porta do seu quarto com força.

— Bianca, abra a porta — James gritou, com a voz cheia de desespero.

Parei de respirar e comecei a ver tudo vermelho, enquanto minha cabeça se enchia com uma raiva colossal, cruel, sombria.

— Precisamos conversar — ele continuou. — Precisamos conversar. Não me deixe trancado para fora. Abra a porta. Agora.

Eu a segurei contra mim, tentando me controlar, controlar meu temperamento.

Ele continuou a bater à porta.

Tentamos esperar até que ele desistisse.

Isso começou a ser demais para ela, e de forma repentina e violenta, ela se desvencilhou dos meus braços, lançando-se no chão no lado mais afastado da cama.

Ela dobrou as pernas e as abraçou, baixou a cabeça e, visivelmente tremendo, começou a se balançar.

Quase perdi a cabeça.

No segundo seguinte, eu estava na porta, abrindo-a de uma vez para encarar James.

— Não faça isso — vociferei. — Ela não quer ver você. Olha só pra ela!

James tentou passar por mim, para chegar até ela, mas o detive, empurrando seu ombro com o meu com força suficiente para machucar a nós dois.

— O que foi que você fez? — ofeguei, tentando empurrá-lo pela porta.

Porém, o desgraçado era forte, e tive que me conformar em prendê-lo contra a parede.

Ele parou de me empurrar, como se tivesse desistido, e eu involuntariamente afrouxei meu aperto nele.

Ele se debateu, tentando se desvencilhar de mim.

Eu o contive novamente, embora por pouco.

Ele não fez menção alguma de me machucar, estava apenas tentando freneticamente chegar até ela.

Mas isso não ia acontecer. De jeito nenhum.

Eu estava evitando olhar em seus olhos, e quando finalmente fiz isso, vi que estavam suplicantes.

— Me deixa vê-la — ele implorou entre dentes. — Eu só quero melhorar as coisas. Não estou aqui para fazê-la sofrer, Stephan.

Aquilo me fez explodir.

— Você já fez isso! Olhe para ela! O que você fez?

Não, espere. Eu não precisava saber, não deveria saber, antes que ele fosse embora. Eu acabaria realmente perdendo o controle.

— *Você precisa ir embora*!

— Estou vendo-a — ele disse, parecendo tão torturado quanto eu me sentia. — Bianca — ele a chamou. — Apenas me ouça. Aquela mulher era só uma amiga.

Senti-me enjoado e tão furioso que não pude me conter. Recuei e avancei em seguida, enfiando o punho na barriga dele. Eu teria continuado, mas queria respostas, e mais alguns golpes como esse o deixariam incapaz de fornecê-las.

— Que mulher? — rosnei, ofegando em seu rosto.

— Por favor, me deixe falar com ela. Eu não aguento vê-la sofrendo assim. Está me matando.

— Então saia. Você a deixou assim, e precisa ir embora. Se ela quiser conversar, ela tem o seu número.

— Bianca — ele tentou novamente, sua voz falhando.

Eu o arremessei com força contra a parede e prendi sua garganta com o cotovelo. Sabia que isso deixaria minha barriga e as laterais do meu corpo desprotegidos, mas ele não aproveitou essa deixa. Na verdade, não fez movimento algum para me machucar, apenas continuou a lutar para passar por mim.

Só por cima do meu cadáver.

— Apenas diga que você vai me ouvir, Bianca — ele pediu a ela. — Se não for agora, então mais tarde. Mas me prometa que não vai me repudiar completamente. Me prometa e eu saio. Se é isso que você quer.

— Eu vou te dar a minha palavra — ela disse, e o som da sua voz quebrada era como adagas no meu coração. — Assim como você me deu a sua quando disse que éramos exclusivos.

— Filho da puta! — rugi, dando mais um soco violento na sua barriga.

O desgraçado continuou tentando.

— A gente era — ele arfou. — A gente é. Eu nunca menti para você. Sempre falo a verdade sobre tudo, mesmo quando dói, porque eu quero que você confie em mim.

— Você disse que não namorava — ela mandou de volta, com um novo nó sufocando sua voz, finalmente um pouco de raiva para acompanhar a dor. — Isso é uma mentira, já que eu conheci sua acompanhante desta noite.

Xinguei-o, batendo-o contra a parede.

— Seu desgraçado — ofeguei em seu rosto. — Você me jurou que não iria fazê-la sofrer, mas eu não a vejo sofrer assim desde a última vez que ela apanhou do pai.

James paralisou e, em seguida, murchou o corpo, parando completamente de lutar. Não liguei. Continuei empurrando-o.

Cretino. Eu estava tão feliz por vê-la se apaixonando por um cara para o qual eu insisti que ela desse uma chance. Uma chance a *isto*.

Eu queria machucá-lo. *Eu queria fazê-lo sangrar*. Eu sabia que estava a um passinho de perder completamente a cabeça.

— Bianca, por favor, você não pode simplesmente me deixar. Apenas concorde em falar comigo de novo, quando você sentir vontade. Eu vou te deixar escolher a hora e o lugar, mas não posso simplesmente deixar você ir sem lutar.

— Tudo bem, se você me responder a uma pergunta antes. — Sua voz estava mais forte agora, embora a inexpressividade em seu tom ainda fosse preocupante.

— Qualquer coisa — ele concordou sem hesitar.

— Em primeiro lugar, você concorda em não chegar perto de mim, assim o Stephan pode te soltar?

— Se é isso que quer, sim.

Eu não queria soltá-lo. Na verdade, eu queria colocar as mãos em seu pescoço e estrangulá-lo, mas esse desejo foi um alerta do quanto eu precisava me afastar dele.

Abruptamente, eu o soltei e comecei a andar de um lado para o outro, com a atenção focada nele, para o caso de ele tentar se aproximar dela.

A cada passo que eu ficava mais longe dele, me dava conta do quanto tinha ido longe. Senti-me enjoado. Eu odiava violência, mas parecia não conseguir escapar dela. Eu era um homem violento.

— Você pode ir à minha casa na segunda à tarde, às cinco. Aí podemos conversar. — Sua voz estava firme agora. E quanto mais ela se acalmava, mais eu me arrependia por ter perdido as estribeiras.

— Mais cedo, por favor. — James teve a coragem de abusar de sua vantagem. — Esperar até segunda-feira vai ser pura tortura.

Ela balançou a cabeça.

— Não. Segunda-feira. Agora, responda à minha pergunta.

Ele concordou com a cabeça, enfiando as mãos nos bolsos, parecendo tão impotente quanto eu me sentia.

— Você comeu a Jules?

— Sim — ele respondeu.

Minhas mãos se fecharam em punhos e eu quase avancei nele novamente.

— Mas faz muito tempo — ele acrescentou.

— Quando? — Bianca insistiu.

— Há pelo menos um ano. Não sei exatamente quanto tempo.

— Foi apenas uma vez? — Dessa vez, seu tom estava mais afiado.

Ele fechou os olhos.

— Não, mas nunca significou nada, eu juro.

— Então, você dorme com ela há anos e ia sair com ela depois que eu fosse embora, e isso não significa nada? — ela questionou.

— Eu sei que parece ruim, mas não é assim. Eu a conheço desde o colégio e as nossas famílias têm laços muito antigos. Parker, o irmão dela, é um amigo próximo. E ela é apenas uma amiga para mim. Eu juro.

— E é óbvio que você come suas amigas. — Sua voz ficou vazia, e eu soube que ela estava se fechando para ele. A essa altura, ela estava apenas fortalecendo seu caso contra ele.

— Não mais. Qualquer coisa que tive com ela não significa nada. Nunca significou.

— E você só me conhece há uma semana — ela retrucou. — O que isso diz sobre nós?

Dava para ver que ela não queria mais papo com ele. Fiquei preocupado com o que havia lhe custado para descartá-lo tão rápido.

Ele não tinha terminado de tentar fazê-la mudar de ideia. Ele não a conhecia como eu a conhecia. Agora, era apenas um caso perdido.

— Por favor, não faça isso — ele implorou. — É diferente. *Nós* somos diferentes.

Ela ficou de costas para ele.

— Por favor, vá. Eu falo com você na segunda-feira. E, por favor, não apareça em nenhum dos meus voos. Se você aparecer, eu vou trabalhar na classe econômica para ficar longe de você.

Ele a encarou por um longo tempo, parecendo tão desolado que quase senti pena dele.

Quando ele finalmente foi embora, fui até ela. Curvei-me e peguei-a em meus braços, carregando-a para a cama. Abracei-a com força, sentindo-me impotente.

Quando ela começou a chorar novamente, não aguentei e fui às lágrimas também.

Mas enquanto ela soluçava, me dei conta de uma coisa. Ela não o tinha descartado de vez ainda. Não estaria chorando como se seu coração estivesse se partindo se esse fosse o caso.

Eu não sabia o que pensar, o que esperar. Não dava para saber, pela conversa entre os dois, o quão grave havia sido a traição de James e que parte disso era apenas um mal-entendido.

Senti-me desleal por sequer questionar isso, mas tive tanta esperança neles, por ela, que era difícil simplesmente deixar para lá.

Ela não quis falar sobre o assunto, e não insisti.

Na verdade, mal falamos qualquer coisa, mas, quando estávamos caindo no sono, quando toda a energia havia sido drenada de nós dois, ouvi-a entoando baixinho:

— Você está bem, eu estou bem, nós estamos bem.

Fiquei de coração partido. Fazia anos que eu não a ouvia dizer isso.

Na manhã seguinte, ela estava melhor, porém continuava sem querer falar sobre o assunto. Não tentei arrancar dela, e tive que interferir várias vezes quando o capitão Damien se aproximava.

Ele era um bom amigo e conhecia Bianca bem o suficiente para perceber que havia algo de errado assim que pousou os olhos nela na manhã seguinte.

Ele me lançou um olhar. Balancei a cabeça.

— Posso ver que ela está chateada. Ela terminou com aquele cara? — ele me perguntou na primeira chance em que pôde falar comigo sem ela por perto.

Suspirei.

— Não é um bom momento, cara. Se eu fosse você, deixaria para lá.

Eu sabia que ele a procuraria mesmo assim, tentaria reconfortá-la. Eu esperava que ele conseguisse mesmo, mas duvidava de que fosse possível.

James já havia me mandado várias mensagens antes mesmo de decolarmos naquela manhã.

JAMES: Eu sinto muito, muito mesmo.

JAMES: Ela está bem hoje? Disse alguma coisa?

JAMES: Obrigado por cuidar dela. Por estar ao lado dela.

JAMES: Não consigo expressar em palavras o quanto me arrependo de como as coisas ocorreram ontem à noite.

JAMES: Por favor, acredite em mim quando digo que me importo profundamente com ela, e entendo por que você ficaria chateado comigo. As coisas parecem muito diferentes do que realmente são, e não te culpo por querer protegê-la. Sinto muito por ter chegado a esse ponto.

JAMES: Eu gostaria de conversar com você, quando puder.

JAMES: Posso te ligar?

JAMES: Meus amigos me disseram que ela parece pálida e exausta. Ela está bem? Está comendo? Por favor, certifique-se de que ela esteja se cuidando.

Quando chequei meu celular novamente, após pousarmos, vi que ele havia tentado me ligar várias vezes durante o voo. Não fiquei muito surpreso.

Senti-me dividido. Eu acreditava nele, acreditava que ele se importava com ela profundamente, acreditava que ele tinha as melhores intenções.

Parecia que eu estava sento desleal, e fiquei em dúvida se deveria sequer falar com ele, mas Bianca me disse que eu deveria lidar com ele do jeito que eu achasse melhor.

Ela caiu na cama por horas após a viagem, mas fiquei acordado, olhando para meu celular e ruminando sobre qual seria a coisa certa a fazer.

— Posso explicar meu lado da história? — Foi a primeira coisa que ele disse quando eu finalmente atendi seu telefonema.

Era exatamente com isso que eu estava preocupado.

— Eu vou te ouvir, mas você precisa entender que não vou levar nada do que você disser para ela. Ela não quer ouvir, nem mesmo de mim, se essa é a sua intenção.

— Não é. Eu sei o que você é para ela, e preciso que entenda o que estou tentando ser para ela. Respeito seu papel na vida dela, e gostaria de começar a conquistar meu lugar nela também, porque não pretendo ir a lugar algum. Você e eu não deveríamos ficar em desacordo.

Soltei um suspiro agitado. Ele parecia tão sincero. Ou era um ator excepcional ou estava mesmo falando sério, fervorosamente. E que motivo ele teria para mentir? Por que ele se daria ao trabalho?

— Me diga quem era aquela outra mulher ontem à noite — pedi, contrariado. — A que Bianca parece pensar que você está namorando.

— Eu não estou! Ela é uma velha conhecida, e isso é *tudo*. Tínhamos um compromisso social de longa data para um evento de caridade que acabou sendo marcado para ontem à noite. Eu... Stephan, você tem que entender que tenho um passado, um passado sórdido, mas é o meu *passado*. Eu prometi exclusividade à Bianca, e me manterei fiel a isso. Ela é... muito especial para mim. Quero criar algo duradouro com ela. É *tudo* que eu quero.

Merda. Eu acreditava nele, e isso só complicava ainda mais as coisas.

— Eu não sei o que te dizer — falei, sentindo-me dividido.

— Não há conflito aqui, Stephan. Conversar comigo não significa ser desleal a ela. Nós dois queremos as mesmas coisas para ela.

— Você tem que saber que não posso simplesmente acreditar na sua palavra.

— Compreendo. Tudo que eu quero é uma chance. Uma oportunidade para conquistar a sua confiança e a dela de volta. — Houve um longo suspiro do outro lado da linha, e em seguida: — Estou apaixonado por ela. Completamente. Absolutamente. Pretendo me casar com ela.

Arregalei os olhos.

— Ela vai fugir correndo se ouvir você falar assim, sabia?

— Eu sei. Ela é arisca. Entendo isso. As coisas aconteceram rápido demais para ela, quando eu deveria ter ido mais devagar, mas os meus sentimentos são verdadeiros. Eles não vão a lugar algum, nem eu.

— Por que disse a ela que não queria namorá-la, então? Por que está escondendo o seu relacionamento com ela?

— Toda mulher com quem sou visto acaba sofrendo com um assédio destrutivo. A imprensa inventa coisas. Publica coisas sobre as mulheres com quem saio, coisas que eu não suportaria ver serem ditas sobre ela. Eu também sou muito protetor com ela, Stephan. Esse é todo o objetivo. Protegê-la.

— Você se saiu bem mal nisso.

— É, eu sei. Mas posso melhorar. Só preciso de mais uma chance.

— O que, exatamente, acha que posso fazer? Minha lealdade é toda dela, sempre. E é a ela que você precisa convencer.

— Pretendo fazer isso. Mas estou vendo como isso funciona, e preciso da sua bênção. Nós dois sabemos disso.

— Porra, James. Que caos. Eu não posso te dar nada, não como as coisas estão, não até você acertar as coisas com ela. Você a magoou, e agora precisa consertar isso.

— Sempre. Eu *sempre* vou consertar, Stephan. Esta é a minha promessa para você.

22
Assumindo

PASSADO

Eu estava no hospital quando recebi a mensagem. Era de um número estranho, então, a princípio, nem vi do que se tratava.

James e eu estávamos revezando nossa vigília com Bianca, que havia sido brutalmente atacada dias antes.

Às vezes, ficávamos um de cada lado dela, segurando suas mãos, porque nenhum de nós aguentava ficar longe dela quando ela obviamente precisava muito, mas, em várias vezes, como agora, a enfermeira precisava checá-la e um de nós tinha que sair para que ela pudesse fazer isso.

Dessa vez, tive que me afastar dela. Era difícil fazer isso, mas sabia que era necessário. Tive que aprender a dividi-la, por mais que isso fosse contra o grão de complexidade que definia meu relacionamento com Bianca.

Eu estava em um momento ruim, mas não por causa disso. Foi o ataque que me deixou em um estado sombrio, o fato de que alguém havia ferido Bianca.

Os últimos dias tinham sido um borrão terrível. O pesadelo de tê-la encontrado no chão, agredida e inconsciente. Chamei uma ambulância, e assim que estava prestes a entrar no meu carro para segui-la até o hospital, James chegou, parecendo aflito ao vê-la sendo levada.

Viemos juntos para o hospital, passamos juntos pelo suplício de descobrir todos os danos que ela havia sofrido. Não dava para saber qual de nós ficou mais arrasado.

Eu não conseguia acreditar no que tinha acontecido e no quanto falhei em protegê-la. Chegara tarde demais por uma questão de minutos.

Eu sabia que James sentia a mesma coisa. De certa forma, estávamos formando um laço através disso, um autodesprezo e um senso de incapacidade, pensando em como essa coisa impossível nunca deveria ter acontecido.

Chequei meu celular novamente enquanto andava de um lado para o outro do lado de fora do quarto dela, mais para passar o tempo do que qualquer outra coisa. Li todas as minhas outras mensagens antes de dar uma olhada na que viera de um número desconhecido.

> ***Aqui é o Javier. Número novo. Só queria saber se vc tá bem. Fiquei sabendo sobre a Bianca. Ela está bem?***

Aquilo fez meu coração acelerar. Salvei seu novo número na minha lista de contatos.

Ele não me contatava há tanto tempo. E ali estava ele, sendo gentil comigo, perguntando como eu estava.

Tentei não deixar que aquilo me desse esperança demais.

> ***STEPHAN: Estou bem. O estado dela é delicado, mas vai ficar bem.***

Sua resposta foi quase instantânea.

> ***JAVIER: Graças a Deus! Obg por me responder. Estava tão preocupado. Não acredito que ela foi atacada. Envio orações e muito <3 pra vcs.***

Aquilo aqueceu meu coração consideravelmente.

> ***STEPHAN: Obg. É muito bom ter notícias suas. Obg.***
>
> ***JAVIER: Se precisar de alguma coisa, é só me dizer. Ou se quiser apenas conversar. Estou aqui por vc. Estarei de folga até quarta-feira, então posso até mesmo ir te encontrar, se quiser.***
>
> ***STEPHAN: Obg. Eu gostaria muito. Ver você me faria bem.***
>
> ***JAVIER: Posso ir te visitar no hospital? Se não puder, vou entender.***

STEPHAN: Não, seria ótimo. Eu adoraria. Pode visitar a qualquer momento. Ficarei aqui até ela receber alta, daqui a alguns dias.

JAVIER: Pode ser agora?

Isso ficou intenso rápido, pensei, nem um pouco triste com isso. Muito pelo contrário.

STEPHAN: Sim, perfeito. Seria bom ter uma companhia.

Ele levou apenas vinte minutos para chegar, mas, por algum motivo estranho, pareceu uma eternidade.

Eu havia me fechado para ele há muito tempo, mas descobri que deixá-lo entrar novamente, mesmo um pouquinho, fez meus sentimentos voltarem em ondas gigantes. No tempo entre as mensagens e o contato direto, a expectativa para vê-lo novamente estava quase sufocante, tanto que cada um dos meus poros se abriu para permitir que todos os sentimentos me inundassem, como se estivesse compensando o tempo perdido.

Eu sentia falta dele.

Não me permitira sequer pensar nisso antes, mas deixei-me pensar e sentir agora.

Eu sentia falta dele.

Por que eu tinha terminado tudo? Tinha sido mesmo necessário?

No momento, pareceu necessário, como se eu tivesse sido forçado a fazer isso.

Mas por quê?

Tinha sido meu orgulho teimoso ou autodepreciação que alimentou o término? Sempre presumi que tinha sido as duas coisas.

Mesmo agora, após ter tido mais de um ano para pensar nisso, eu não tinha certeza.

Talvez não tivesse sido nem uma coisa, nem outra.

O garoto assustado e rejeitado que ainda existia em algum lugar dentro de mim, que sabia que era tão desprezível que sequer tivera comida e abrigo... aquele garoto achava que era pânico, um pânico irracional da ideia de viver meu segredo às claras. De mostrar ao mundo como eu amava.

Aquele garoto me assustava pra cacete, tanto que eu raramente deixava que ele desse alguma opinião, mas, às vezes, ele estava certo.

Bianca ainda estava dormindo. James estava acampado ao lado dela, com a aparência péssima. Avisei a ele e saí para o estacionamento para receber Javier.

Encontrei Javier assim que passei pela entrada. Ele carregava um buquê de girassóis gigante o suficiente para encher seus braços.

— São para Bianca — ele me falou, enquanto eu simplesmente o encarava.

Ele estava lindo. Tão lindo que senti vontade de fazer algo completamente insano, como beijá-lo.

— Obrigado — eu disse, as palavras saindo baixas e roucas.

Ele me fitou de volta, com incerteza no olhar. Ele estava ali para me dar apoio, mas eu podia ver que ele tinha achado que se depararia com uma rejeição educada.

Jesus, eu não sabia o que fazer com ele. O que fazer comigo.

Por ora, conformei-me em levá-lo para dentro.

Não falamos muita coisa ao levarmos as flores para o quarto dela. Já estavam em um vaso, então encontramos um lugar perfeito para colocá-las.

Apresentei Javier a um James abatido. Bianca ainda estava inconsciente, então Javier e eu voltamos para o corredor para conversarmos.

— Você está lindo — eu confessei finalmente, para quebrar o gelo e porque era verdade.

Um dos cantos de sua boca repuxou-se em um sorriso torto.

— Obrigado. Você também está lindo. Parece triste e cansado, mas lindo.

Fiz uma careta.

— Os últimos dias têm sido dureza.

— Nem consigo imaginar. Que tipo de louco atacaria logo a Bianca? Ele não sabe que você vai simplesmente destruí-lo com as próprias mãos, a essa altura?

— Pois é — eu disse, sem querer elaborar.

Ele examinou meu rosto.

— Se acha que vou dizer alguma coisa a alguém, não se preocupe. Pode confiar em mim, se quiser falar sobre isso.

Fiz um aceno curto com a cabeça.

— Obrigado. Não quero falar agora, mas posso querer... em algum outro momento.

Andamos pelo corredor e eu nos conduzi de volta para o lado de fora. Eu precisava de ar. Odiava hospitais.

Encontramos um banco do lado de fora e nos sentamos em silêncio. Ele não sentou perto de mim. Estávamos sendo bastante cautelosos.

Acho que nenhum de nós sabia o que ia acontecer.

— Obrigado por mandar mensagem para saber como estou e por vir — falei, sentindo como se estivesse sendo redundante, mas não sabia mais o que dizer. Nenhum assunto era seguro para nós.

— Por nada. Mandei mensagem assim que soube. Mas... você disse isso porque já quer que eu vá embora?

— Não! Não foi isso que eu quis dizer, de jeito nenhum. Gosto de ter você aqui. Espero que possa ficar por um tempinho.

— Eu posso.

Fomos engolidos por mais uma onda de silêncio. Estava cheio de coisas que eu tinha medo de dizer.

Por fim, eu falei. A coisa que eu precisava dizer, a coisa que eu deveria ter dito há muito tempo.

— Sinto muito pela forma que as coisas terminaram entre nós.

Ouvi seu arfar e estendi a mão para pegar a sua, que segurou a minha calorosamente, sem hesitar.

— Eu não queria que acabasse — acrescentei. — Não estava pronto para as coisas que você estava me pedindo para fazer, mas queria que estivesse.

— Não, *eu* que sinto muito — ele disse, com a voz densa. — Eu fui muito escroto com você. Me arrependo muito. Eu só estava magoado demais.

— Me desculpe por isso. Eu também estava magoado. E você estava certo.

Eu só não estava pronto para ouvir ainda.

— Não, eu não estava certo. Você estava. Você tem direto à sua privacidade, a ditar como quer viver a sua vida.

Respirei fundo e abri para ele meu sorriso mais sincero, que eu sabia que era quebrado, mas era meu, e era verdadeiro.

— Eu queria voltar com você. Não estou com pressa. Podemos ir devagar, mas eu gostaria de fazer as coisas darem certo entre nós. Eu nunca te esqueci.

De repente, ele pressionou o corpo no meu com força, seu rosto enterrado no meu pescoço.

— Sim, sim, sim — ele concordou contra a minha pele. — Eu quero muito isso. Quero tanto. É o que eu sempre quis.

Virei o rosto e o beijei, apenas pressionando meus lábios nos dele rapidamente antes de me afastar.

Ele estava sem fôlego quando disse:

— Você não tem que fazer uma superprodução por isso. Não precisa fazer uma festa, nem nada. Na verdade, não precisa dizer nada a ninguém. Só pare de esconder, pare de mentir sobre isso.

Ele tinha razão. Tinha tanta razão, e eu estava finalmente pronto para enxergar isso. Eu estava permitindo que meu passado determinasse como viver minha vida. Era assim há muito tempo.

— Se assumir não é tão doloroso quanto você pensa — Javier falou, em um tom brincalhão. — Você mal vai sentir. Acredite em mim.

— Eu me assumi uma vez — confessei, observando seu rosto, afastando-me um pouco, puxando minha mão da sua. — Para os meus pais, quando tinha catorze anos.

Aquilo o surpreendeu completamente, a julgar por sua expressão perplexa.

— Foi mesmo?

Assenti.

— Eu sei que você ama os seus pais, e já me disse o quanto te apoiaram, mas precisa saber que isso não acontece para todo mundo.

— Eu sei. Minha mãe é incrível. Estou ansioso para você conhecê-la.

— Meus pais não foram assim. Eu sabia que não seriam, mas contei mesmo assim. Sabe por quê?

Ele negou com a cabeça, seus olhos sérios examinando meu rosto cautelosamente.

Tensionei a mandíbula, cerrei os punhos.

— Porque eu estava sofrendo. Fisicamente. Mentalmente. Estava confuso e rodeado por pessoas que nunca aceitariam o que eu era. Quem eu era. Já te contei que meu pai era abusivo. Pensei que ele ia me matar quando contasse a ele. Na verdade, parte de mim, uma grande parte de mim, esperava que ele fizesse mesmo isso. — Pigarreei. — Na verdade, não esperava. Eu *queria* que ele fizesse isso.

Ele piscou rapidamente, e desviei o olhar antes de continuar.

— Então, eu contei a ele, confessei tudo. Caímos na porrada. Não pude evitar. Revidei a surra que ele me deu. Não importava o quanto eu me odiasse, sempre tive um instinto de defesa. De sobrevivência. Não sei por quanto tempo brigamos. Lembro que o dia estava claro quando começou e escuro quando perdi a consciência. Acho que minha mãe finalmente se cansou de esperar que ele me derrotasse, porque me acertou atrás da cabeça com uma frigideira.

Javier estava chorando. Ele estendeu a mão para segurar a minha, e eu o deixei.

Meus olhos estavam secos.

— Acordei no celeiro onde ele trabalhava, no quintal. Ele tinha me amarrado em uma cadeira e amarrado a cadeira em um tronco de madeira. Eu não conseguia mover os braços ou as pernas. Havia apenas uma luz fraca no celeiro, mas pude vê-lo quando acordei. Ele estava diante de mim, sentado, me olhando com ódio. Nojo. Tanto nojo. Como se eu fosse tudo que ele odiava e temia na vida, respirando o mesmo ar que ele, seu próprio sangue.

"*Deus*, ele me odiava. Juro que, até hoje, consigo *sentir o gosto* daquele ódio, mastigá-lo até a bile subir por minha garganta para me fazer engasgar. Era o que ele sentia por mim, mas era tão forte que acho que ele projetou isso *em* mim. É difícil saber que o seu próprio pai se sente assim em relação a você e não sentir o mesmo, não se odiar ao menos um pouco."

Respirei fundo algumas vezes, tentando ignorar os barulhos angustiantes que Javier estava fazendo por mim.

— Eu te contei que meu pai era eletricista? — perguntei a ele.

Ele estava soluçando tanto que mal conseguiu emitir um:

— Não.

— Bom, ele era. Não era muito bom nisso. Ou, pelo menos, não bom em fazer disso seu trabalho. O irmão dele teve que ajudá-lo várias vezes a pagar as contas. Mas acho que ele era bom o suficiente para improvisar uma *coisa*. Uma geringonça em formato de grade. Ele instalou tudo no celeiro, prendeu às minhas têmporas e grudou umas coisas no meu peito. — Gesticulei para o meu torso.

— Meu Deus — ele arfou, horrorizado.

Retorci a boca.

— Acho que era sua versão caseira de terapia de eletrochoque. Ele já sabia antes de eu contar. Andava fazendo pesquisas e ouviu falar que dava para curar uma pessoa com o tipo certo de dor. Bom, sei que essa não é a ciência por trás disso, mas foi o que pareceu na época. O que ele fez parecia tortura. Meu pai não era cientista.

— *Foi* tortura — Javier soluçou. — Ele *torturou* você. — Ele disse isso como se não conseguisse acreditar, como se fosse horrível demais isso ter acontecido com alguém que ele conhecia. Alguém que era importante para ele.

Era a história da minha vida. Poucas pessoas se identificavam com as coisas que eu passara.

— Bom, ele disse que era o jeito de me curar. Não funcionou, obviamente. Acho que nem ele mesmo acreditou que funcionaria. Eu cheguei a ler sobre isso depois, e ele nem estava tentando usar os métodos de praxe. Só ficou me dando choques, de novo e de novo, e disse coisas horríveis para mim. Ele fez isso até eu ficar inconsciente de novo.

"Não sei quem me desamarrou, mas, quando acordei, eu estava deitado no chão. Entrei em casa e fiz uma mala. Meu pai tentou me impedir de ir embora. Brigamos novamente, mas ele finalmente se cansou de mim e me mandou ir embora e nunca mais voltar. Então, eu fui. Me virei sozinho depois disso. Um fugitivo sem-teto. Sozinho, até conhecer Bianca."

— Eu sinto muito — Javier disse, apertando-me como se quisesse nos fundir. — Me desculpe. Eu nunca deveria ter te pressionado. Eu não sabia. Não sabia.

Abracei-o de volta, deixei-o me reconfortar, e reconfortei-o.

Um tempinho havia se passado quando falei novamente.

— A boa notícia é que me assumir agora *vai* ser bem melhor do que na primeira vez.

Ele não achou muito engraçado.

23
Meu privilégio

PRESENTE

JAMES

Despertei de maneira violenta.

Um tipo desesperado de ansiedade tomava conta de mim. Tentei enterrar a sensação o máximo que pude, mas ela sempre voltava, ficando bem próxima à superfície.

Eu estava sozinho na cama, quando não deveria estar.

Tive a prudência de vestir rapidamente uma bermuda atlética folgada antes de ir para o quintal. Não havia funcionários da segurança dentro da casa à noite, mas havia vários em volta da propriedade, vigiando com atenção o tempo todo.

Saí correndo até a guarita de segurança mais próxima, mas um Clark quase sem roupas me encontrou antes que eu a alcançasse. Ele morava em uma grande casa de hóspedes situada próxima aos fundos da propriedade. Era seu lar, mas também continha a maior guarita da propriedade. Peguei um vislumbre de alguém atrás dele, cuja presença e estado despido me surpreendeu, mas tomei o cuidado de não ficar encarando.

— Ela está com ele — disse brevemente.

Assenti e, respirando fundo para me equilibrar, dei meia-volta.

Bati à porta apenas uma vez antes de Javier abri-la.

— Ela está bem — ele falou, hesitante. — Os dois estão bem. Eu estava prestes a te ligar.

— Onde? — perguntei, ainda agitado por ter acordado sozinho, sentindo um pânico do qual eu duvidava que me deixaria por completo.

— No nosso quarto.

Passei por ele, seguindo para lá.

Nem me passou pela cabeça pedir permissão.

Eu tinha o direito de estar onde quer que Bianca estivesse. Essa era a ordem do universo.

Pela primeira vez desde o momento em que despertei sozinho, senti uma calma me preencher diante da visão com a qual me deparei no quarto.

Nós os encontramos aconchegados, Bianca deitada no peito nu de Stephan e o rosto dele enterrado nos cabelos macios dela.

Eles eram lindos juntos assim. Ver aquilo fez minhas entranhas se retorcerem.

Qual era a reação normal de alguém ao encontrar o amor da sua vida na cama com outro homem? Bom, para mim, não era difícil imaginar como seria se o outro homem fosse qualquer outra pessoa. Mas Stephan era, é claro, a exceção a todas as regras e os limites.

— Foi nessa que entramos — Javier falou baixinho, com os olhos grudados neles. — Eles são um pacote. Não podemos dizer que não fomos avisados. E não estou triste com isso.

— Bianca não seria Bianca sem Stephan — eu disse suavemente, minha voz sucinta.

Javier assentiu solenemente.

— E, claramente, ele preferiria morrer a perdê-la.

— Eu devo *tudo* a ele.

Era uma dívida que estava agora tão impregnada ao meu ser que eu a sentia profundamente, uma parte de mim que residia na minha medula óssea.

— Ele não vê dessa forma.

Esse era um momento raro em que podíamos conversar.

— Espero que saibam que qualquer coisa que tenho é de vocês. *Qualquer coisa*, qualquer desejo ou necessidade que tiverem, qualquer coisa no mundo, saibam que terão.

— Nós sabemos. Obrigado.

— Não estou falando da boca para fora. É literalmente mesmo.

Ele abriu um sorriso largo.

— Ah, eu sei. Estamos morando em uma mansão que você comprou para nós. Não dá para ser mais literal do que isso. Mas, apesar disso, somos pessoas simples. Não precisamos de muita coisa para aproveitar a vida.

— Bem, nunca hesitem em vir até mim se precisarem de algo.

Ele assentiu, voltando a atenção para eles.

— Eles precisam um do outro. Nunca vi nada parecido, mas sei, com toda certeza, que, se um deles tivesse morrido naquele tiroteio, o outro não teria sobrevivido. Eles se conheceram quando estavam quebrados e consertaram um ao outro. O que tiveram que passar para se consertarem fez com que se fundissem em algo que não pode, nem deve, se separar.

— Talvez vocês devessem ficar na minha casa por mais um tempo — eu disse sarcasticamente.

Eles estavam hospedados em nossa casa desde o tiroteio. Essa foi a primeira noite que voltaram para a deles. Claramente, essa havia sido uma decisão prematura.

— Sabe, eu também não posso viver sem ela — falei suavemente. — Tem de haver outras maneiras pacíficas de dividirmos, porque ela sair da minha cama para ir para a dele *não* é uma delas.

Javier deu uma risada suave.

— Sim, dá para ver. Então, o que vamos fazer? Devemos nos mudar de volta esta noite?

Lancei um olhar breve para ele antes de retornar a atenção para minha mulher, presa nos braços de outro homem. Não queria sequer pensar em perturbar seu descanso. Ela precisava muito disso.

Javier suspirou.

— Não podemos ficar simplesmente olhando para eles a noite toda. E essa cama não é grande o suficiente para quatro pessoas.

Não comentei que havia muitas outras camas. Eu tinha quase certeza de que Javier odiava dormir sem seu Stephan ferido tanto quanto eu detestava pensar na minha cama sem Bianca nela.

Eu estava decidido, mas não revoltado ou chateado, não por isso. Cometi esse erro lastimável no início, achando que paciência e Stephan eram a minha lição, o preço a pagar para ficar perto dela.

Fui tolo o suficiente para achar que tolerar a proximidade deles era algo a suportar, a enfrentar.

Não era assim.

Isso era meu privilégio.

Tentei ser sensato e me conformei em dormir na casa deles, acampando no quarto de hóspedes mais próximo.

Isso durou por volta de uma hora antes que eu me instalasse do lado de fora do quarto deles, recostado à parede, braços cruzados nos joelhos.

Inclinei a cabeça para trás e fechei os olhos, caindo em um sono cheio de interrupções durante algumas horas.

Entrei novamente no quarto quando ouvi as vozes deles.

Ainda estavam aninhados juntos na cama, falando baixinho, rostos próximos.

Eles pararam quando perceberam que eu estava pairando próximo à cama.

— James — Bianca disse suavemente, deitando de costas. — Me desculpe. Eu atrapalhei o seu sono quando saí?

Lancei um olhar exasperado para ela, trocando minha atenção para Stephan em seguida.

— Vamos voltar para a nossa casa. Você e Javier também. Claramente, nós separamos vocês dois cedo demais.

Ele apenas aquiesceu.

Estendi as mãos e puxei Bianca dos braços dele, pegando-a no colo.

Assenti para ele uma vez, beijando carinhosamente o topo da cabeça dela antes de começar a carregá-la de volta.

— Você está chateado? — ela perguntou enquanto eu andava.

— Sim, mas não com vocês. Foi uma forma desconcertante de acordar, mas vou sobreviver.

— Me desculpe. Eu só acordei, lembrei, me dei conta de que ele não estava na casa e senti que tinha que vê-lo, tinha que tocá-lo para me tranquilizar.

— Acredite, eu conheço esse sentimento.

Nossa equipe de segurança estava na atividade com força total. Tivemos que contratar várias pessoas extras, todas escolhidas cuidadosamente por Clark, e eu ainda estava me acostumando com os novos rostos. Não era uma adaptação fácil, especialmente agora que estavam todos alinhados no caminho da casa de Stephan para a nossa enquanto eu carregava Bianca seminua em meus braços.

Ela estava usando apenas uma camisola fina com uma calcinha fio-dental minúscula por baixo. Quase a repreendi por isso, com todos os seguranças que tínhamos pela propriedade, mas segurei a língua. Ela não estava pensando, apenas reagindo, e eu sabia muito bem como era isso.

— Ela está bem, senhor? — um deles indagou.

Meus olhos pousaram no jovem que havia feito a pergunta. Ele parecia verdadeiramente preocupado, como se se importasse além do que o trabalho requeria. Aquilo acionou meus alertas, mas me acalmei a tempo.

Sabia mais do que qualquer pessoa o quão irracionalmente ciumento eu podia ser quando se tratava de Bianca. Estava tentando melhorar isso, já que era uma condição ruim tanto para o meu relacionamento quando para o meu bem-estar.

Eu disse a mim mesmo que o homem estava apenas fazendo seu trabalho, embora parte de mim não acreditasse nisso.

Lembrei-me de que o nome dele era Joseph. Vinte e cinco anos, arrumadinho. Loiro e bonito, de um jeito vazio. Um homem indecifrável, exatamente o tipo pelo qual eu mais me sentia ameaçado.

— Ela está bem. Nos deem privacidade.

Eles se dispersaram como uma nuvem silenciosa, e tentei me livrar dos pensamentos sombrios.

Levei-a para nosso quarto e a acomodei na cama.

— Quer que eu pegue algo para você? Está com dor?

Ela admitiu estar com uma dor considerável, então eu lhe trouxe seus remédios e água. Ela os tomou e se deitou.

Juntei-me a ela com cautela, puxando-a para meus braços com delicadeza.

Ela, por sua vez, aninhou-se em mim de uma forma nada delicada, grudando o corpo exuberante ao meu, que estava tenso. Era tão torturante quanto prazeroso.

— Eu quero você — ela declarou contra meu pescoço, serpenteando sua mão para baixo no meu corpo.

Abafei um gemido e segurei sua mão, mandíbula cerrada, corpo pulsando.

— Não. Ainda é cedo demais, amor. Você precisa descansar. E se curar.

Ela devia ter concordado, porque adormeceu entre uma respiração e outra.

Eu, infelizmente, não dormi, embora esse arranjo fosse muito melhor do que aquele em que estive mais cedo.

Na manhã seguinte, durante o café da manhã, mencionei:

— Acho que Blake e Clark estão dormindo juntos.

— Eu já imaginava — Bianca disse, sem pestanejar. — Eles estão muito apaixonados. Loucos um pelo outro.

— Há quanto tempo isso vem acontecendo?

— Desde o tiroteio, eu acho. Nada como quase perder uma pessoa para que você veja como realmente se sente por ela.

Nem me fale, pensei.

24
Meu eu voraz

Um período infinito se passou, depois do tiroteio.

Semanas que pareceram eras. Um tempo que eu passara agonizando e me preocupando.

Eu havia me acostumado quase completamente a trabalhar em casa, já que sequer consideraria sair do lado de Bianca enquanto ela se recuperava. Meus negócios sofreram alguns pequenos percalços por isso, mas nada catastrófico. Tudo se tornou bastante relativo.

E daí se algumas pessoas me ajudavam a administrar as coisas e eu tinha perdido o controle sobre alguns mínimos detalhes que costumavam me consumir? Eu sequer conseguia me lembrar por que era tão importante administrar tudo sozinho.

Qual era a pior coisa que poderia acontecer? Eu ficar insignificativamente menos podre de rico?

Estávamos jantando a sós, e Bianca estava muito quieta. Quieta demais. Ela estava perdida em pensamentos novamente, embora suas preocupações fossem o completo oposto das minhas.

Ela se preocupava *comigo*. Meus níveis de estresse, minha privação de sono, minhas necessidades não atendidas.

Era algo difícil de me acostumar, já que não conseguia me lembrar da última vez, antes de Bianca, que alguém se preocupou comigo.

Ninguém desde a minha mãe, eu supunha.

Ela pigarreou e encontrou meu olhar perturbado com o seu nivelado.

— Ouvi você falando ao telefone mais cedo com o seu gerente de Detroit. Me pareceu que a situação seria melhor resolvida se você estivesse lá pessoalmente. Acho que deveria ir. Não pode ficar em casa comigo para sempre. Estou perfeitamente autossuficiente agora, e mesmo que eu não estivesse, tenho Stephan e Javier logo ali do lado, sem contar toda a equipe de funcionários.

Eu sequer considerei isso. Ela podia estar pronta, mas eu não estava.

— Talvez daqui a uma semana ou duas — eu disse a ela. Não que estivesse falando sério; só queria encerrar o assunto.

Voltei a atenção para minha comida, sentindo sua presença de forma aguda ao meu lado. Eu era um homem focado, mas não conseguia estar no mesmo ambiente em que Bianca sem dar ao menos metade da minha atenção a ela.

Sua presença era um vazio enorme para a minha concentração. Minha maior distração.

Ela pousou seus talheres, recostando-se na cadeira.

— Você não gostou? — perguntei, olhando para seu jantar quase intocado. Ela tinha comido apenas cerca de um terço do filé e menos da metade dos legumes.

— Estava muito bom. Eu só não estava faminta. Acho que é preciso gastar energia para abrir o apetite.

Ouvir as palavras "faminta" e "apetite" saírem da sua boca suculenta em sua voz suave foi o suficiente para me deixar duro, embora o fato fosse que isso não era muito difícil de acontecer ultimamente.

Olhei para ela, mantendo os olhos fixos no seu rosto.

Eu havia dado uma única olhada no vestidinho que ela estava usando mais cedo e decidi sabiamente não olhar para ele de novo.

Meu controle estava por um fio *muito fino*, e aquele vestido, ou mais especificamente o corpo que ele revelava era mais provocativo do que eu podia aguentar.

Era um exagero, de verdade.

Inflamatório, quando eu já estava pegando fogo.

Ainda assim, se eu permitisse que minha mente divagasse por ao menos um *segundo*, podia visualizar seu corpo naquele vestido perfeitamente.

Era de um tom claro de pêssego, que ficava lindo nela, feminino e solto, com babados no pescoço e bainha, e tão minúsculo que poderia ser uma camisa. Tive que forçar minha mente a não pensar em como suas pernas longas e nuas ficavam nele.

Ele também deixava suas costas quase completamente expostas; uma faixa em formato de T era tudo que lhe cobria do ombro até as covinhas acima da bunda, o que era um tormento por inúmeras razões, dentre elas o fato de que suas costas me deixavam louco e por significar que ela estava sem sutiã, e *isso* me deixava tomado pela insanidade.

O decote era decente o suficiente, mas as laterais do vestido tinham um corte severo por causa das costas, deixando as laterais dos seios expostas, tanto que bastava um único movimento errado para que o tecido deslizasse.

Respirei fundo algumas vezes para me ancorar, buscando meu controle.

Permiti-me olhar brevemente de relance para seu pescoço despido. Sua gargantilha estava guardada desde o tiroteio.

Ver seu pescoço sem ela sempre fazia meus dedos coçarem incessantemente.

Isso também me fazia pensar nas outras coisas que ela perdera durante a longa estadia no hospital.

Como seus dois piercings de mamilo, o que me fazia pensar em seus seios, que eram a última coisa em que minha mente deveria focar.

Contra a minha força de vontade, olhei rapidamente para a pele clara de um de seus peitos redondinhos que estava quase saindo do maldito vestido.

E senti-me começar a *tremer*.

Desviei o olhar, soltando meu garfo e faca, tentando esconder o tremor que me percorreu inteiro e parecia estar mais aparente em minhas mãos.

— James — ela disse, a voz quieta e séria, quase me censurando, como se soubesse o que estava me afetando.

Como se ela tivesse a cura e bastasse eu apenas estender a mão e pegar.

Ela tinha, é claro, mas eu não me deixaria pegar. Não ainda.

Era cedo demais.

Ela tinha quase morrido e precisava de tempo para se recuperar, um tempo em que precisava se manter imaculada do meu desejo egoísta e insaciável.

Não olhei-a diretamente, mas nem preciso dizer que eu estava totalmente ciente quando ela se levantou e veio ficar de pé ao meu lado.

Inspirei fundo e expirei em seguida, acalmando-me e absorvendo-a de uma vez só.

Ela tocou o topo da minha cabeça devagar com seus dedos elegantes.

— Oh, James — suspirou, seu tom delicado o suficiente para me trazer dor.

Ela acariciou meus cabelos, pressionando minha cabeça tensa em seu busto suave, tanto oferecendo apoio quanto buscando socorro.

Fechei os olhos com força.

Colocar meu corpo voraz em seu corpo ferido era uma imagem clara e cristalina em minha mente.

Obsessiva e repetidamente, dia e noite, dormindo ou acordado, eu imaginava isso.

Esse meu desejo sedento e extraordinário era quase demais para aguentar.

Não havia passado por uma fase de celibato assim desde que me tornara sexualmente ativo, na adolescência. No começo do nosso relacionamento, quando Bianca me deixou, cheguei perto, mas essa temporada já durava mais do que aquela.

Era uma provação.

Eu batia uma pelo menos cinco vezes por dia para aguentar essa readaptação, mas era tão satisfatório quanto comer papelão no lugar de bife.

Minhas mãos traidoras se moveram para agarrar a parte de trás das suas coxas nuas, mantendo-a apoiada em mim.

Após um ardente e torturante momento, afastei-me bruscamente.

Ela me soltou, voltando para sua cadeira.

Olhei para ela, fazendo meu olhar pousar no lado enfaixado do seu rosto, coisa que eu geralmente evitava, mas não agora, porque precisava me lembrar por que eu tinha que colocar suas necessidades acima das minhas.

Seu ferimento ainda estava coberto por curativos depois da última rodada de cirurgias reconstrutivas, cobrindo um dos lados da face, desde a maçã do rosto até a mandíbula.

Era uma visão preocupante. Não porque era medonha, já que, na verdade, nem era possível ver a ferida por estar coberta tão meticulosamente, mas porque era um lembrete claro e gritante do que tinha quase acontecido.

Esse lembrete era atenuante, exatamente do que eu precisava no momento.

Terminei de comer e Bianca pediu licença baixinho, retirando-se da mesa.

Eu sabia para onde ela estava indo, e forcei-me a ir para a direção oposta.

Se a seguisse até seu estúdio de pintura, a observasse trabalhar em uma tela usando a porra daquele vestido, eu com certeza perderia todo o controle.

Ela não estava recuperada o suficiente para que eu pudesse me descontrolar.

Eu tentava não segui-la, não sufocá-la, porque não era o que ela queria, mas era uma luta constante contra mim mesmo não ir ver como ela estava.

Então, fui para meu escritório e tentei trabalhar.

Isso durou trinta segundos.

Bastou esse tempo para que minha mente voltasse a divagar pensando nela e na imagem do meu corpo voraz em seu corpo em recuperação, então decidi que estava na hora de mais uma sessão de masturbação.

Tinha acabado de tirar a ereção dos confins opressores da calça quando a porta do meu escritório se abriu sem aviso.

Isso era incomum. Bianca nunca vinha ao meu escritório.

Ela entrou e fechou a porta atrás de si. Não parecia minimamente surpresa com o que eu estava fazendo, enquanto me senti ruborizar de constrangimento.

Seus olhos se fixaram nos meus, sem vacilar enquanto se aproximava.

Eu havia afastado minha cadeira da mesa para me preparar para a punheta pós-jantar. Havia espaço suficiente para que ela coubesse ali.

Foi o que ela fez, ficando de frente para mim e inclinando-se para trás até empoleirar a bunda na beirada da mesa.

Ergui meu olhar desesperado para o seu, que estava devastador.

Nossos olhares se sustentaram conforme ela ergueu seu vestidinho fino para se expor.

Com um suspiro de derrota, deixei-me olhar, mas somente por um breve momento.

Sem calcinha, como eu suspeitara.

Meus olhos retornaram aos seus, suplicantes.

Não conseguia lutar contra ela *e* contra mim.

Já era difícil ter que lidar *comigo*, mas isso *nunca* se comparou a resistir a *ela*, nem por um segundo desde a primeira vez em que coloquei os olhos nela.

— Você precisa de mais tempo para se recuperar, amor — eu disse, voz desesperada, coração batendo forte.

— Shhh — ela entoou, estendendo os braços para mim e deixando o vestido cair novamente no lugar, mal cobrindo o que deveria cobrir.

Com um arrepio, aproximei-me dela, deslizando a cadeira para frente e ficando entre suas pernas. Apoiei a bochecha contra sua coxa desnuda macia e tentei agarrar-me a qualquer resquício do meu controle. Porém, *falhei*.

Ela acariciou meus cabelos com os dedos.

Não demorei muito a erguer o rosto e observá-la novamente.

— Segure na beirada da mesa — falei rispidamente, erguendo a saia do seu vestido com mãos instáveis, fartando-me com a visão.

— Parei de tomar os analgésicos — ela me informou.

Ergui o olhar abruptamente, inflando as narinas ao assimilar o que ela queria que eu fizesse. Nós dois sabíamos que eu não a tocaria estando debilitada.

— Por quê? — perguntei, só para ter certeza.

— Não gosto deles, e a dor está razoável.

— Você não pode fazer isso. Não pode se fazer sofrer por minha causa.

— Não faça isso ser sobre você. Eu sempre fui assim. Nunca suportei medicação para dor, não importa o motivo, então assim que a dor fica tolerável, eu paro.

Fechei os olhos com força e respirei fundo, tão dividido que duvidava de mim mesmo.

— Por favor, sr. Cavendish — ela sussurrou.

Ela era implacável.

E eu estava perdido.

Virei o rosto, enterrando-o entre suas pernas, saboreando-a.

Meu gemido foi quase alto o suficiente para abafar o seu.

Uma provinha transformou-se em um banquete e eu ataquei com lambidas, uma das minhas mãos beliscando a ponta do meu pau para conter meu orgasmo enquanto usava a outra para enfiar os dedos nela.

Ela se desfez rápido, enquanto eu a fodia com dois dedos e pressionava a língua repetidamente no seu clitóris inchado.

Afastei o rosto para olhar para ela ao deixar minhas mãos imóveis, levando-a até a beira do abismo.

Não precisei dizer. Ela sabia o que fazer.

Ela implorou.

Com um sorriso, retirei meus dedos de dentro dela.

Ela choramingou de protesto, exatamente o que eu estava esperando. Antecipando.

Eu queria estar dentro dela antes que gozasse. Não era mesquinho quando se tratava do seu prazer, mas fazia muito tempo e eu não conseguia esperar nem mais um minuto para tomá-la.

Meu pau já estava livre e pronto, mas tirei minha camisa e me levantei.

Não tirei seu vestido, mas puxei a parte da frente e juntei-a entre seus seios, despindo-os para mim. Diante da visão, gemi, estremeci e curvei-me para chupar o mamilo de um de seus globos trêmulos com pressão suficiente para fazê-la emitir um gemido alto e rouco. Apalpei o outro, preenchendo a mão e apertando sua carne flexível.

Soltei um xingamento e encontrei os botões em sua nuca, abaixando a parte de cima do vestido e desnudando seu torso. Juntei seus peitos e alternei chupadas de um para o outro.

Ela ofegou meu nome, ainda implorando.

Endireitei as costas e, soltando um palavrão, obedeci.

Encontrei seus olhos devastadores ao mergulhar nela, preenchendo-a finalmente. Sua boceta apertada me envolveu com um aperto receptivo. Sentir aquilo com que eu vinha somente fantasiando tão vividamente nas últimas semanas era celestial.

Nenhum de nós foi capaz de reprimir os barulhos. Após algumas estocadas acompanhadas de gemidos e palavrões, deitei-a na mesa, alinhando seus quadris.

— Braços acima da cabeça — falei bruscamente, observando seus peitos balançarem conforme ela obedecia. — Mantenha-os assim — ordenei, voltando a fitar seu rosto ao me inclinar para frente e pressionar meu peito ao seu, alinhando-os até meu rosto estar a meros centímetros de distância do seu.

Beijei sua boca em um toque extremamente delicado, mais doce do que apaixonado.

Era tudo que eu teria por um bom tempo, já que era uma das áreas lesionadas. Seus lábios pareciam bem, permaneciam cheios e completos, mas, por dentro, eu sabia que vários dos seus dentes haviam sido reconstruídos junto com metade da mandíbula. Ainda levaria um bom tempo para que ela ficasse cem por cento curada.

Nem mesmo o lembrete de suas feridas aplacou meu fervor naquele momento. Eu já estava movimentando os quadris pra valer, metendo nela com uma despreocupação irracional.

Olhei em seus olhos enquanto a penetrava, tentando com todas as minhas forças esperar que ela chegasse ao ápice primeiro.

Foi por pouco. Eu poderia ter gozado no segundo em que a ponta do meu pau fez contato direto com sua boceta.

Liberei-me no instante em que senti sua entrada estreita me apertar quando ela atingiu o orgasmo. Jorrei fundo dentro dela, esvaziando até a última gota, movendo-me por mais alguns minutos depois disso, indo até o fim.

Beijei sua boca com delicadeza novamente, um toque breve antes de puxar seu vestido de onde estava amontoado em sua cintura, descê-lo por suas pernas e retirá-lo, jogando-o por cima do meu ombro.

Levei a boca para seu corpo novamente, devorando cada centímetro à mostra da sua pele trêmula.

Tomei-a como um homem faminto. Nenhuma parte do seu corpo foi poupada desde a base da mandíbula até a planta dos pés.

Saí dela conforme fui descendo, e nós dois gememos diante da sensação de perda.

Seus braços ainda estavam obedientemente juntos acima da cabeça enquanto eu descia por sua barriga, chupando, lambendo, beijando, *inalando*.

Eu estava ofegante como se tivesse corrido por um quilômetro quando levantei buscando ar.

— Vamos para a cama — eu disse, a voz densa.

O dano já estava feito, a represa tinha arrebentado e, como eu já sabia, assim que comecei, não consegui parar. Eu nos levaria à completa exaustão, nos esfregaria um no outro até ficarmos em *carne viva* antes de ficar satisfeito.

Endireitei as costas e fixei meus olhos inebriados com uma atenção obcecada em seu sexo rosado conforme ela baixou os braços e sentou-se na mesa.

Algo chamou minha atenção pelo canto do olho.

Juntei as sobrancelhas ao virar a cabeça levemente para ver o que era.

Meu olhar prendeu-se a uma gotícula de sangue que havia caído de dentro de um dos punhos fechados e pingado na beirada da mesa.

Minha respiração ficou presa e agarrei uma de suas mãos, forçando-a a abrir. Encontrei uma bagunça sangrenta na palma, com quatro marcas de corte na pele.

Soltei um palavrão com raiva e verifiquei a outra mão. Estava igual.

Nem consegui olhar para seu rosto ao me afastar, indo buscar o kit de primeiros socorros com pressa.

Não falei nada ao cuidar dos ferimentos, cerrando a mandíbula com força para evitar que palavras comprometedoras escapassem de mim.

Por fim, quando terminei e senti que havia conseguido ficar adequadamente calmo, olhei para ela e inquiri:

— Você fez isso de propósito?

Ela apenas me encarou por um longo tempo, com uma expressão enigmática.

Lambendo os lábios, ela fez que sim.

Aquilo me fez sentir desesperado e um tanto furioso.

Eu a tinha transformado nisso? Sim, ela tinha uma inclinação clara quando me conheceu, mas temi que esse fosse um novo território, onde ela *precisava* da dor com o prazer.

Será que sempre foi assim, ou só agora eu estava enxergando?

Me dei conta de que esse aspecto *sempre* estivera ali, em certo nível, mas será que estava piorando?

Respirei fundo algumas vezes para recuperar o equilíbrio e controlar a raiva. Era uma raiva aguda que vinha de um medo sufocante.

Eu *tinha* que ser bom para ela, precisava ser, mais do que qualquer coisa de que já precisara antes.

Mas essa era uma evidência do contrário.

Quando falei, minha voz estava dura e fria, com uma autoridade à qual eu precisava que ela respondesse de acordo.

— Você não pode se machucar assim, está entendendo? Tem coisas que *nunca* devemos fazer. — Meu tom passou de frio para ríspido. — Nós não tiramos sangue. Não perfuramos. Essas não são saídas aceitáveis para o que sentimos ou precisamos. Está me entendendo?

Ela assentiu, ficando com a respiração presa.

— É só que... faz tanto tempo. Eu fiquei viciada nessa sensação. Estava tentando buscá-la e acabei indo longe demais. Eu deveria ter feito o que você estava fazendo e começado a me masturbar no banho.

Eu não soube como responder àquilo. Ela sempre sabia como me deixar sem palavras.

O que ela não entendia era que eu ficava em pânico por pensar que a desapontara nisso. Ela tinha essa natureza, era uma verdadeira purista a esse estilo de vida, e isso me apavorava.

Eu sabia que ela gostava de sentir mais dor do que eu aguentaria infligir nela. Ela não usava sua palavra de segurança, então eu tinha que determinar o limite para nós dois.

Aquilo me deixava horrorizado.

E com mais tesão do que por qualquer outra coisa que eu já vivenciara antes.

Endureci a mandíbula.

— Nunca mais faça algo assim de novo. Entendeu?

Ela assentiu.

— Diga em voz alta.

— Eu não vou me machucar de novo. Terei mais controle.

Fiquei encarando-a, repreendendo-a silenciosamente com meu olhar.

— Eu juro, sr. Cavendish.

25
Minha vontade aguda

PASSADO

JAMES

Analisei o salão, coçando distraidamente as cicatrizes nos meus pulsos. Não eram cicatrizes recentes, já estavam curadas havia anos, mas ainda me incomodavam.

Obriguei-me a parar, como sempre fazia, temendo fazer com que as marcas constrangedoras ficassem ainda mais perceptíveis.

Segui para uma demonstração particularmente interessante, uma das várias espalhadas pelo salão.

Um homem havia amarrado uma mulher a um tronco grosso de madeira. Ele batia nela com muito entusiasmo.

Aquilo fez meu sangue bombear intensamente nas veias. Eu tinha vindo ao lugar certo, sem dúvidas.

Já fazia um tempo que eu estava obcecado por BDSM, e agora que tinha dezoito anos, tinha permissão para entrar em alguns clubes mais da pesada.

Não tinha feito muita coisa ainda. Algumas palmadas, bastante falas sacanas e pervertidas, e uma quantidade excessiva de sadomasoquismo. Conseguia acabar convencendo até mesmo a mais baunilha das garotas baunilha a me deixar amarrá-la.

Já havia praticado todos os fetiches de praxe.

Mas não queria as coisas de praxe. Queria o excepcional, uma dose muito mais pesada daquilo que havia me deixado obcecado, fissurado. Eu precisava de mais.

Era uma vontade das mais intensas, do tipo que fazia a primeira provinha ser incomparavelmente deliciosa, tão deliciosa que assim que você experimentasse, acabaria indo até o fim, e que se danassem as consequências.

Eu era um homem de extremos, e queria ir até o fim.

Dentro de mim, havia uma raiva, um ódio, um inferno que não precisava de combustível. Nunca precisara, pelo que eu podia me lembrar. Parecia se alimentar sozinho.

Esse inferno nunca desaparecia, mas cada gota de controle que eu exercia e mantinha o deixava mais tolerável. Grande parte disso, de todas as coisas que eu fazia com o meu corpo, tinha a ver com controle.

Havia uma novinha gostosa ao meu lado, assistindo ao casal no palco. Levei cerca de meio segundo para notá-la, e quando o fiz, virei-me com um sorriso, medindo-a de cima a baixo.

Ela usava um conjunto interessante de tiras de couro, grampos de mamilo e botas de cano alto que iam até as coxas.

Eu não era completamente ignorante em relação a esse estilo de vida. Sabia o que eram submissas e Dominadores, e sabia que essa novinha gostosa era a primeira, e eu era o segundo.

Parecia tudo bem simples, para mim.

— Sou o James — disse para ela, me aproximando.

Ela se sobressaltou, arregalou os olhos para mim e também se inclinou, deixando nossos rostos mais próximos.

— Sou a Rose. Você tem um orientador?

— Como é?

— Alguém para nos apresentar.

Balancei a cabeça, aproximando-me ainda mais.

— Não tenho. É um prazer conhecê-la, Rose. — Baixei meu tom de voz para um sussurro cúmplice. — Viu o que eu fiz? Nós mesmos podemos nos apresentar.

— Oh — ela reagiu, mordendo o lábio. Eu podia ver que ela me queria, e duvidava que me diria não.

— Você está aqui com alguém? — perguntei, para ser educado. Eu não sabia quais eram as regras, então fui pelo caminho habitual.

Ela negou com a cabeça.

— Quer foder?

Ela arfou diante da pergunta grosseira.

Sorri, curtindo o choque em seu rosto.

— Eu gostaria de fazer mais. Gostaria de te amarrar em uma dessas exibições e fazermos nossa própria demonstração, em algum momento, mas agora, estou com tesão, e tudo isso pode esperar. Então, o que me diz, Rose? Quer foder?

Com mais um arfar trêmulo, ela assentiu.

Coloquei-a sobre uma mesa que continha uma variedade impressionante de chicotes. Estava terminando de fodê-la sem dó, na verdade tinha acabado de fazê-la gozar, quando ouvi alguém pigarrear alto atrás de mim.

Com uma pontada vaga de irritação pela interrupção, ergui um dedo, indicando que responderia logo, e terminei.

Saí dela, removi a camisinha, joguei-a em um cesto de lixo que havia debaixo da mesa e vesti minha calça antes de finalmente olhar para o intruso.

Era uma mulher pequena e linda. Tinha cabelos pretos cheios e compridos e exibia uma quantidade impressionante de tatuagens nos braços.

Ela não parecia contente.

Abri um sorriso sem graça para ela.

— Posso ajudá-la?

— Você é novo — ela observou.

— Sim. Sou o James. Prazer em conhecê-la.

Ela balançou a cabeça, parecendo exasperada, e lançou um olhar para Rose.

— Vá se limpar, querida — disse em um tom suave. — Isso não foi culpa sua.

Rose se retirou, lançando-me um último olhar por cima do ombro. Abri para ela um sorriso que dizia que não tínhamos terminado ainda.

— Você sabe que o que acabou de fazer poderia causar sua expulsão desse círculo, não sabe?

Inclinei minha cabeça para o lado.

— Interessante. Qual parte?

— Abordar uma submissa sem um orientador. Isso não é uma espelunca qualquer. Este não é um lugar onde você pode agir como costuma.

— Ela foi acessível.

— Essa não é a questão.

Abri um sorriso perverso.

— Parece que você também está precisando de uma boa foda. Fui relapso. Você é uma mulher linda. Tenho certeza de que podemos encontrar uma solução.

Ela estava balançando a cabeça antes mesmo de eu terminar.

— Você é mesmo novo nisso, hein?

— Sim. Só vi esse clube aqui com um tríscele na porta e pensei: o que custa experimentar?

— Se não vai levar isso a sério, é melhor ir embora.

Lancei um sorriso conciliatório.

— Só estou brincando. Não tive a intenção de fazer mal algum. Qual é o seu nome?

Ela retribuiu com um sorriso caloroso.

— Sou a Frankie. E vou te fazer um grande favor, James.

Estava na ponta da minha língua sugerir um favor sexual específico que eu não me importaria que ela me fizesse, mas me segurei.

— Que favor seria esse?

— Vou te colocar debaixo da minha asa antes que você se meta em encrenca. Pode me agradecer depois.

E, no fim, foi o que fiz.

26
Minha posse

PRESENTE

Durante um bom tempo, depois do tiroteio, não consegui dormir a noite inteira.

Bianca dormia feito um bebê na maioria das noites, como nunca dormira antes, como se todas as preocupações que ela já tivera tivessem desaparecido com a morte do pai.

Mas eu, não. Eu estava mais desassossegado do que nunca. Um milagre a salvara, não eu, e me sentia impotente por causa disso.

Não era um sentimento que me caía muito bem.

Na verdade, ele fazia minha pele se arrepiar de desconforto. De raiva.

Fazia meses desde o ataque. Ela e Stephan estavam curados fisicamente e, pelo que parecia, emocionalmente também, mas eu sentia as feridas como se fossem novas. O que havia *quase* acontecido me assombrava. Eu era um homem que precisava de controle, e me fora mostrado, da maneira mais sombria possível, que eu não tinha *nenhum*.

Sentei-me a poucos passos de distância da nossa cama, observando Bianca dormir. Ela estava nua, com apenas um lençol cobrindo-a. Eu me encarregara disso. Fiquei olhando seu corpo esguio mudar de posição na cama, uma das pernas compridas se erguendo um pouco para me dar um vislumbre da parte rosada entre suas pernas.

Sentia-me como a porra de um tarado.

Na verdade, eu era mesmo um, observando-a por horas a fio, noite após noite.

Fiquei tenso quando me dei conta de que ela havia acordado. Minha insônia a preocupava, quando ela merecia paz mais do que qualquer um.

Ela sentou na cama, e vi seus seios pesados balançarem com o movimento.

— James. — Sua voz era suave.

— Amor — respondi, sentindo o humor sombrio que havia tomado conta de mim crescer em um instante. Somente olhar para ela era o suficiente para isso.

Ela engatinhou pela cama em minha direção. Sempre tivera uma capacidade excepcional de fazer justamente a coisa que mais me enlouquecia, e isso só melhorou com o passar do tempo. Ela não escondeu seu corpo de mim ao se mover. Na verdade, ela posou para mim, e até mesmo a exposição do seu corpo era um ato de submissão. Como se pudesse ler meus pensamentos, como se até mesmo eles fossem um comando, ela fez uma pausa na beira da cama, separando suas pernas para me agraciar com a vista antes de levantar, aproximando-se da minha poltrona.

Levantei-me para encontrá-la, meu corpo rígido de tensão, meu pau pulsando como se eu não tivesse gozado ao me enterrar nela apenas horas antes.

Estava como uma estátua quando ela se aproximou da minha orelha, e juntei as sobrancelhas de maneira inquisitiva. Seus lábios tocaram minha orelha.

— Me machuque — sussurrou irregularmente.

Fechei os olhos com força, meu queixo caiu e um arrepio percorreu meu corpo inteiro.

Eu vinha evitando as coisas mais agressivas desde que ela fora ferida, mas, *Deus*, como eu sentia falta.

— Não temos que fazer isso, Bianca. Não é necess...

Ela agarrou meus cabelos, puxando meu rosto para sua bochecha ferida. Ela cravou a mandíbula em mim com tanta força que eu sabia que devia tê-la machucado. Estava quase cicatrizada por completo, mas eu sabia que ainda estava sensível.

— Eu preciso disso — ela disse no meu ouvido com a voz rouca. — Sempre precisarei. Por favor.

Recuei um pouco e minhas mãos tremeram ao segurar seu rosto, buscando desesperadamente em seus olhos aquilo que eu queria ver. Desejo. *Isso.* Ela precisava disso tanto quanto eu. Mais ainda, até.

— Suba na cama — falei com a voz pesada.

Ela obedeceu, afastando-se, mantendo os olhos em mim o tempo todo.

— Deite de costas. Abra as pernas. Bem mais. Braços acima da cabeça.

Estávamos na propriedade de Vegas, sem um quarto andar, então precisei apenas ir até uma cômoda para encontrar o que precisava.

Amarrei-a à cama, querendo tanto que tudo fosse perfeito que me vi nervoso, atrapalhando-me no processo.

Ela colocou os braços acima da cabeça, juntos, e eu os amarrei à cabeceira da cama.

Afastei bastante seus pés, abrindo suas pernas ao máximo. Corri um dedo pela parte interna de uma de suas coxas, onde a pele estava esticada, arrepiando-me de prazer diante da forma com que meu toque a fez estremecer.

Curvei-me e dei um beijo breve naquele lugar.

— Tão sensível aqui — murmurei em sua pele. Sabia exatamente por onde começar.

Afastei-me e a observei após terminar de prendê-la, minhas pálpebras pesadas, meu sangue pulsando.

Cada gota de nervosismo se esvaiu diante daquela visão. Vê-la amarrada tanto me acalmava quanto me deixava em chamas.

Ela retribuiu meu olhar sem vacilar, seu corpo se remexendo inquieto, quadris se contorcendo, seios subindo e descendo, a carne rosada molhada e exposta.

Escolhi um chicote simples de couro, um gato de nove caudas delicado, para acostumá-la novamente aos poucos.

Apoiei-me em um dos cotovelos entre suas pernas, arrastando as caudas finas do chicote pelos lençóis, provocando levemente a parte interna de suas coxas.

E então, abruptamente, movimentei o chicote e o estalei, observando seu rosto quando meu golpe atingiu a cama.

Ela se sacudiu, lançando-me um olhar selvagem quando se deu conta de que eu não a havia tocado.

Abri um sorriso que a fez se contorcer, voltando a arrastar as caudas do chicote em sua pele sensível, indo e voltando, do joelho à virilha.

O tormento da expectativa era tão doce quanto o golpe do chicote.

Meu pau pulsou, meu coração martelou.

Com um sorriso perverso, bati as caudas contra a cama novamente. Com força.

Ela arfou, circulando os quadris.

Tracei o chicote por sua perna, roçando seu sexo brevemente e subindo em direção à barriga.

Encontrei seu olhar ao erguê-lo, repentina e abruptamente, golpeando a parte interna da coxa com um rápido movimento de pulso.

Ela se contorceu e gemeu.

Movimentei o pulso novamente, atingindo sua outra coxa, e então, lenta, quase preguiçosamente, comecei a chicoteá-la.

Não ergui meu cotovelo, não usei a outra mão ao amaciar lentamente sua pele pálida.

Não era uma punição. Já tínhamos passado disso. Era muito mais do que o jogo de dominação e submissão habitual.

Bianca era uma purista, uma masoquista que gostava de ser dominada sexualmente.

Não precisávamos de nenhum artifício, de nenhuma entrelinha para justificar as coisas que precisávamos um do outro.

Olhei para suas coxas, observando o chicote enquanto a golpeava.

A parte interna das coxas, desde alguns centímetros acima dos joelhos até pouco antes da virilha, estavam com marcas rosadas das chicotadas quando terminei.

Mesmo assim, ela não queria que eu parasse. Gemeu em protesto assim que parei.

Lancei um olhar reprovador ao me inclinar para frente, mudando de posição na cama até minha boca pairar sobre sua carne escorregadia.

Soltando um gemido suave, curvei-me e comecei a chupar seu clitóris com força.

Ela já estava pronta e gozou gritando após algumas chupadas brutas.

Eu também havia chegado ao limite.

Ergui-me e subi por seu corpo. Deixei que permanecesse amarrada enquanto a fodia com força, chupando sua língua enquanto metia meu pau duro em sua entrada macia repetidamente.

Afastei-me para observar seu rosto quando sua boceta começou a se apertar ao meu redor. Estoquei mais forte ainda, girando os quadris para atingir suas paredes internas.

Gozei com força.

Meti nela de forma bruta e ejaculei bem fundo, liberando todo o meu sêmen, deixando que ela me ordenhasse até a última gota.

Ela ficaria dolorida no dia seguinte. Cada vez que se movesse, seu corpo a lembraria de como a comi repetidamente durante a noite, de como eu tinha a posse total do seu corpo.

Era justo. Afinal, ela havia reivindicado posse total da minha alma.

Somente minutos depois, após recuperar o fôlego, saí de cima dela e fui para o closet.

Quando voltei, parei para admirá-la por um bom tempo. Ela ainda estava amarrada, corpo mole, olhos sonolentos, mas fixos em mim.

Abri o porta-joias grande que tinha em mãos, observando seu rosto.

Ela arfou.

Peguei sua gargantilha delicada, aproximando-me da cama. Subi entre suas pernas para pairar sobre seu corpo, apoiando-me em um cotovelo e colocando a gargantilha em seu peito com a mão livre.

— Está pronta para voltar a usar isto?

Seus olhos brilharam ao me fitar.

— Sempre — ela disse, com deleite. — Eu nunca quis tirar.

Eu também não queria isso. Tiveram que cortar no hospital, na verdade. Precisei mandar fazer vários reparos nela, mas estava linda como sempre.

Coloquei uma perna em cada lado do seu corpo, usando as duas mãos para posicioná-la em seu pescoço, acariciando com os dedos.

— Você não vai fechá-la? — ela perguntou.

Aquilo aqueceu meu peito. Sua boa vontade. Seu entusiasmo por algo que, um dia, a intimidara.

Sorri, fitando em seus olhos.

— É claro, amor.

Tive que desamarrá-la para alcançar sua nuca. Ela curvou-se para frente com avidez, afastando os cabelos para mim.

Um arrepio de alívio e satisfação me percorreu ao fechar a gargantilha.

27
Meu veredito

Estávamos no apartamento de Nova York pela primeira vez desde o tiroteio, e ela estava curada o suficiente para podermos aproveitá-lo muito bem.

Mal tínhamos começado a viajar novamente e estava mais do que claro que nós dois estávamos ansiosos por isso.

Eu estava transbordando com a expectativa.

Bianca estava toda risonha. Ela nunca fora assim. Mal conseguia ficar quieta. Era adorável. E sexy.

Agarrei os cabelos da sua nuca, prendi um dedo na gargantilha e observei seu rosto, vendo para qual lugar no quarto seus olhos iriam primeiro.

Estávamos no vão da porta do nosso quarto de jogos negligenciado.

Fiquei tenso quando ela olhou de maneira desejosa para a mesa de piercings.

Ela havia mencionado algumas vezes recentemente que queria colocar piercings nos mamilos de novo. Tudo havia sido removido quando ela teve que entrar em cirurgia, depois do tiroteio.

Eu estava dividido quanto a isso. Também me passara pela cabeça.

E eu finalmente havia tomado uma decisão.

— Você não vai gostar disso — comecei. — Mas decidi não colocar piercings nos seus mamilos de novo.

— O quê? Por quê?

— O momento em que coloquei aqueles piercings em você é uma lembrança ruim. Eu enlouqueci. Perdi o juízo. Perdi a paciência. Perdi o controle. Fui longe demais com você, de certa forma. Já pedi desculpas várias vezes por isso, e você parece ter superado... mas aquilo é uma lembrança difícil para mim, então decidi que não é a marca que quero colocar em você.

— Não sou eu que decido?

— Você sempre pode dizer não, a qualquer coisa, mas não pode forçar um sim. Já me decidi. Além disso, também aprendi com aquela perda de controle. Não voltarei a pôr as mãos em você quando estiver zangado, seja por prazer ou dor. É uma regra que eu deveria ter estabelecido desde o início. Nunca tinha me deparado com isso. Sempre houve uma desconexão emocional entre mim e minhas submissas. Isso me deixou despreparado para lidar com minhas emoções quando se tratou de você. O massacre subsequente de sentimentos foi... uma regulação.

Ela parecia surpresa.

— O que te deixar mais confortável.

— É isso que me deixa mais confortável. O fardo é meu, e essa é a solução à qual cheguei.

— Então, nada de piercings. Esse é o veredito final?

Sorri, observando seu rosto ao falar:

— Eu não disse "nada de piercings".

Isso pareceu intrigá-la.

— O que tem em mente?

— Você confia em mim?

Ela não hesitou.

— Claro que sim.

Meu peito preencheu-se de felicidade. Inclinei-me para frente, beijando-a suavemente. Não aprofundei o beijo. Eu ainda tomava muito cuidado com seu rosto.

Ela não estava mais com curativos, já havia feito todas as cirurgias, as feridas estavam curadas. Tinha uma longa cicatriz na bochecha, mas não a deixava desfigurada, o que era um milagre, considerando tudo. Eu não achava que a cicatriz maculava sua beleza de modo algum, mas ainda tinha receio de tocá-la.

Para mim, o que acontecera com ela ainda era uma ferida aberta.

Como se pudesse ler meus pensamentos, uma de suas mãos cobriu a minha e, puxando-a para seu rosto, ela pousou minha palma em sua bochecha cicatrizada.

Afastei-me, erguendo a outra mão e segurando seu rosto entre as palmas.

— Você pode tocá-la. Não me incomoda. Não vou quebrar.

Tracei sua cicatriz carinhosamente.

— Também não dói quando nos beijamos? Não está sensível?

— Não. Não está. Você não precisa se conter tanto.

Então, eu a beijei por um longo tempo, deixando que o beijo se aprofundasse até a paixão tomar as rédeas. Estávamos inspirando as respirações um do outro, minha boca reaprendendo a sua depois de tanto tempo longe.

Por fim, eu a conduzi até a mesa de piercings. Prendi seus pulsos, mas deixei suas pernas livres, e as abri bem.

— Mantenha-as abertas — ordenei, começando a me preparar.

Ela se contorceu enquanto eu calçava um par de luvas de látex.

Segui os passos meticulosos e cuidadosos para colocar um piercing em seu umbigo.

Quando terminei, endireitei as costas e esperei.

— Só isso? — ela perguntou, remexendo-se, inquieta.

Abri um sorriso largo.

— Não exatamente. — Belisquei o capuz do seu clitóris, esfregando a carne macia. — Alguma objeção? — indaguei ao preparar a área.

— Você vai colocar um piercing no meu *clitóris*? — ela questionou, soando um pouco assustada com a ideia.

Esperei um pouco para responder, curtindo sua impaciência enquanto continuava a trabalhar nela.

— Não no seu clitóris. Não quero que corra o risco de perder qualquer sensação nele. — Belisquei a parte onde colocaria o piercing. — Vou colocar no capuz do seu clitóris. Isso intensifica a sensibilidade, se for feito da maneira certa.

Ela engoliu em seco, seu peito subindo e descendo.

— Você já fez isso antes?

— Não, mas fiz meu dever de casa. Estou convicto de que posso fazer. Alguma objeção?

Ela respirou fundo, fechou os olhos e se submeteu a ponto de ficar com o corpo mole e relaxado.

— Nenhuma objeção. Por favor, sr. Cavendish.

28
Em paz

PRESENTE

STEPHAN

Diante das pessoas que amávamos, em um dia perfeito em dezembro, em um resort privado em Bali, nosso pequeno pedaço de paraíso, aceitei Javier como meu marido, e uni minha vida à dele.

Não fizemos votos oficiais, mas sim espirituais, que era o que realmente importava para mim.

Sem o mínimo *resquício* de vergonha, na frente de todas aquelas pessoas, eu disse "aceito" e beijei meu noivo.

Nos beijamos como se estivéssemos aprendendo naquele momento. Como se a sensação da minha boca pressionada à dele fosse uma nova invenção. Moldei meus lábios aos deles e o beijei como se nada mais existisse, nem passado nem futuro, como se esse fosse o ato final e único. Esse beijo foi um voto. Uma promessa. O sacramento e a cerimônia que firmaram nosso vínculo.

Esse beijo foi tudo.

Em seguida, demos uma festa e tanto.

Foi uma comemoração de pura alegria.

Dançamos. Bebemos. Uivamos para a lua. Nos deleitamos. Amamos.

A festa durou quatro loucos e maravilhosos dias.

Nunca estive tão feliz. Nunca me senti tão em paz com toda e cada parte de quem eu era, do que passara, do que viria a seguir. Nunca fui tão receptivo a tudo que me fazia ser eu.

Bianca fez o discurso de madrinha do noivo na festa. Foi curto e sucinto.

Ela odiava falar em público, mas não hesitou em fazer isso por mim.

Ela ergueu sua taça de champanhe e virou-se para mim, com os olhos brilhando. Estava deslumbrante usando um vestido azul-claro justo de corte simples, os cabelos soltos e esvoaçantes com a brisa do mar.

— Acho que todo mundo sabe que Stephan e eu somos unha e carne há um bom tempo. Apoiamos um ao outro desde que éramos adolescentes. Há mais de uma década e continuamos.

As pessoas aplaudiram e gritaram, e ela sorriu para mim, com amor cintilando nos olhos, tão claro e verdadeiro que eu poderia ter estendido a mão e tocado aquele sentimento, segurado em minhas palmas.

— Eu sempre tive orgulho de te chamar de meu melhor amigo — ela falou diretamente para mim. — *Sempre*. Um orgulho indescritível. Você é a pessoa mais bondosa que já conheci. Sua bondade me curou. Nunca houve um melhor amigo mais amoroso do que você. O seu amor foi capaz de, literalmente, me manter respirando neste mundo, mais de uma vez.

Obviamente, meus olhos marejaram. Bianca raramente falava assim, e nunca na frente de outras pessoas. Eu sabia o quanto devia estar sendo difícil, e isso fez com que seu discurso fosse ainda mais especial.

— Você sempre me aceitou — ela prosseguiu. — De uma maneira absoluta e incondicional, abraçou todas as partes do meu ser, as boas e as ruins, as fáceis e as difíceis. Essa aceitação me salvou. Nós dois passamos por maus bocados por um bom tempo, mas ter você comigo, me amando, cuidando de mim... nós dois sabemos que eu não estaria aqui se não fosse por você. Mas, mesmo você sendo tão bom... — Sua voz falhou um pouco, e ela respirou fundo para continuar. — Mesmo você sendo tão bom, tão merecedor de amor, sabemos que foi uma longa jornada até você finalmente aprender a amar e aceitar a *si mesmo*.

Ela virou-se para Javier, fixando seus olhos claros nos dele, que brilhavam, derramando lágrimas por seu rosto.

— Você foi o único responsável por ajudá-lo a completar essa jornada. Obrigada, Javier. *Muito* obrigada. Não consigo expressar em palavras e provavelmente nunca poderei mostrar de forma adequada o nível de gratidão que sinto pelo que fez, por ajudar meu amigo mais amado a finalmente aprender a aceitar e amar a si mesmo. Estou muito grata e muito feliz por lhe dar as boas-vindas à nossa família.

29
Minhas lealdades divididas

PRESENTE

JAMES

Limpei a boca com um guardanapo, coloquei-o sobre a mesa com cuidado e olhei para meu amigo, sentado de frente para mim.

Nos encontrávamos para almoçar com certa frequência, então eu não tinha como prever isso.

Fitei Tristan. Ele era um dos meus amigos mais próximos, e me perguntei por que estava fazendo isso comigo, me colocando nessa situação às vésperas do meu casamento.

Suspirei.

— Tristan, essa parte é com a Bianca...

— Mentira. Ela odeia organizar essas coisas. Quem vai cuidar desses detalhes será você ou a cerimonialista.

Fiz uma careta, massageando a têmpora, sentindo-me dividido entre a necessidade de proteger Danika e respeitar seus desejos, e uma compaixão forte por Tristan e o que eu sabia que ele sentia por ela. Eu era uma das poucas pessoas que sabia o que acontecera entre eles.

— Eu não acho que isso vá acontecer como você pensa — eu disse, meu tom cauteloso. Delicado.

— Não estou pedindo para controlar essa parte. Essa parte é o meu fardo. Só estou pedindo que me coloque sentado ao lado dela. Só isso, algum contato, uma oportunidade de fazê-la falar comigo de novo. — Ele engoliu em seco, desviando o olhar. — Por favor.

Como eu poderia dizer não a isso? Havia uma súplica em sua voz que eu não podia negar.

Tentei uma última vez, por Danika.

— Tristan, por que não pode simplesmente deixar isso para lá?

Mas eu sabia. Mesmo após seis longos anos, anos de uma separação amarga, um impasse infinito, silencioso, hostil pesando em cada um desses anos, Tristan era um homem obcecado.

— Olha — ele começou, hesitante. — Mesmo que ela nunca... mesmo que eu... aff, tem algumas coisas que preciso mudar. Eu... eu não sou quem eu era. Não sou o viciado que partiu o coração e arruinou a vida dela. Sei que não sou. Mas preciso que *ela* saiba disso. Os olhos dela acabam comigo toda vez que olho para eles. Preciso ao menos olhar naqueles olhos e ver que ela compreende que mudei.

Assenti.

— Desfecho — tentei.

Ele gesticulou impacientemente.

— Não, não a porra de um desfecho. Desfecho é uma bobagem. Um mito, porra. O que estou querendo é paz. Qualquer coisa próxima a uma absolvição. Só se ama assim uma vez — ele me explicou. — Não sei quanto às mulheres, mas não acho que homens foram feitos para sobreviver a isso mais de uma vez. Mas tudo bem. Vale a pena. Mesmo que isso acabe com você, vale a pena. Não deixe de dar valor a isso por um *segundo* sequer.

Pobre coitado. Eu sentia pena dele, agora mais do que nunca.

— Lamento muito, meu amigo. Lamento tanto por você e Danika terem tomado caminhos diferentes.

Seus olhos ficaram selvagens.

— Não. — Ele balançou a cabeça. — Não. *Não.* Não estamos em caminhos diferentes. *Ela é* o meu caminho.

Como eu poderia dizer não quando sabia exatamente como ele se sentia? Eu simplesmente não tinha coragem. Eu podia ser um homem muito rígido, mas não com aqueles com quem me importava, não com aqueles que eu amava.

— Jure que nunca mais vai magoá-la. De nenhuma forma. Prometa. — Eu tinha que dizer isso, mesmo sabendo como ele reagiria. Por isso minha lealdade estava dividida.

Seu olhar ficou feroz, seus ombros tensionando, como se ele precisasse de cada músculo em seu corpo para controlar a reação instintiva para manter-se adequado ao restaurante tranquilo. De repente, o ambiente ficou pequeno demais para ele.

— Você acha que precisa me dizer isso? Acha que cabe a *você*? — Uma raiva impotente pingava de suas palavras. Ele estava mais furioso consigo mesmo do que comigo, porque nós dois sabíamos por que tive que pedir aquilo.

Ele a quebrara uma vez, e embora eu tivesse fé nele agora, em quem tinha se tornado, eu precisava ouvir as palavras da sua boca.

Não pestanejei diante da sua ira, encontrando seu olhar selvagem com muita calma.

— Ela é minha amiga. Eu me importo com ela, e você está me pedindo para te ajudar a se reaproximar dela. Você não está me colocando em uma situação confortável, e eu simplesmente preciso te ouvir dizer essas palavras.

Ele respirou fundo algumas vezes, desviando o olhar, sua raiva se dissipando, e pude ver o bom senso retornando.

— Eu juro. Não vou magoá-la. Vou passar o resto da minha vida tentando me redimir pelas vezes em que fiz isso.

Assenti, satisfeito com sua resposta.

— Dá um tempo, James — ele disse, dessa vez sorrindo, um sorriso quebrado, controlando sua raiva como o adulto maduro que se tornara. — Fico ouvindo todas essas histórias sobre você bancar o cupido. Por que está hesitando tanto em usar esse talento a meu favor?

Sorri.

— Sou novo nisso. Ainda não sou qualificado para interferir na bagunça que é a sua vida amorosa. Preciso de um esforço extra para uma tarefa dessas.

— É uma postura terrível. Cadê o cretino arrogante que conheci e aprendi a amar, que pensa que pode dominar o mundo?

Ignorei aquilo, suspirando profundamente, pensando na minha futura esposa.

— Bianca não vai gostar disso. Ela se tornou bastante protetora em relação à Danika.

Bianca reagiu como imaginei, embora eu tenha feito o melhor que pude para colocá-la em um bom estado de espírito antes de lhe contar.

Cheguei do trabalho mais cedo e perambulei pela casa até encontrá-la brincando no closet, de costas para mim.

Permaneci no vão da porta, observando-a silenciosamente por um bom tempo.

Seu vestido de noiva estava exposto, um véu em sua cabeça e mais acessórios de cabelo espalhados sobre a mesa grande do closet, como se ela estivesse tentando decidir o que usar.

Ela usava uma lingerie branca de renda que presumi ter sido escolhida para usar sob o vestido de noiva ou depois da cerimônia de casamento.

Eu amava vê-la usando renda. Renda clara, que contrastava perfeitamente com sua pele pálida impecável. Renda antiga era a minha favorita, que aperfeiçoava um pouco mais sua pele, mas a que ela estava usando agora também me agradava. Uma renda macia e elástica, completamente branca. Cada pedaço da peça gritava *noiva*.

Meu sangue acelerou nas veias e meu pau começou a inchar e pulsar no mesmo ritmo errático do meu coração.

Meus olhos desceram para a meia-calça coberta de renda que ia até o meio de suas coxas quando ela se curvou.

Aproximei-me alguns passos para ver o que ela estava fazendo. Estava fechando as fivelas de um par de sapatos de salto brancos.

Seus cabelos longos caíam em cascata por seu ombro enquanto ela brincava de se arrumar com seus adornos de casamento.

Deus, eu nunca presenciara uma visão tão adorável como aquela.

Ela parecia pura e pecaminosa ao mesmo tempo. Era a combinação mais inebriante.

Eu queria devorá-la mais do que queria respirar, mas me contive, saboreando a visão primeiro. Inalando o banquete antes de me esbaldar nele.

Meu pau pulsava persistentemente quando comecei a desabotoar minha camisa devagar. Retirei meu cinto, e o som dele caindo no chão ecoou.

Ela deu um pulo, colocando uma mão no peito de repente. Quando se recuperou, me lançou um olhar fulminante.

— Qualquer dia desses, eu vou mesmo colocar um sino em você.

Aquilo me fez dar uma risada surpresa.

Ela baixou o olhar para a parte da frente da minha calça, onde a ereção fazia uma barraca no tecido.

Ela entreabriu os lábios e sua respiração acelerou.

— Não dá azar eu te ver com a lingerie que você vai usar quando eu te foder no casamento?

Ela ergueu as sobrancelhas.

— Você está confundindo as coisas. Não se deve foder em casamentos.

— Fazer amor.

Ela riu, e o som era como música para os meus ouvidos.

— Não se deve fazer amor em casamento também.

— Por que não?

— É... inapropriado. E além disso, não tem onde fazer. Geralmente é um lugar cheio de outras pessoas.

— Na festa de casamento, então.

— *Depois* da festa, talvez.

Sorri carinhosamente para ela. Ela me conhecia melhor do que isso, mas não insisti. O assunto surgiria depois. Com certeza.

— Suba na mesa — ordenei abruptamente.

— O quê?

Peguei uma banqueta que era usada para alcançar sapatos nas prateleiras mais altas e coloquei diante da mesa enorme do closet.

— Fique de pé aqui — falei com um sorriso. — Tire os sapatos — acrescentei quando ela começou a se mover.

Ela mordeu o lábio e o fez.

Olhei para ela assim que subiu, sondando a posição.

Fiquei sobre a banqueta e gesticulei para que se aproximasse o suficiente para que eu pudesse me inclinar e beijar sua barriga, passando a língua no piercing em seu umbigo.

— Seu vestido de noiva vai ser fino demais para esconder grampos de mamilo?

— Sim — ela ofegou.

— Hummm, ok. Vou dar um jeito — eu disse e, então, puxei sua calcinha com os dentes.

Coloquei uma de suas pernas sobre meu ombro, agarrei sua bunda com as duas mãos e caí de boca em sua boceta, chupando, me *esbaldando* em sua carne doce e rosada.

Usei a língua para roçar a barrinha do seu piercing em seu clitóris enquanto enfiava os dedos dela, levando-a para a beira do precipício.

Quando ela estava perto, afastei a boca, puxei os dedos de dentro dela e retirei sua perna do meu ombro.

Estendi os braços para ela, que inclinou-se para eles, cambaleante. Eu a coloquei no chão.

Tirei minha calça. Havia um banco comprido e estreito em uma das paredes e o puxei. Um dos lados era mais alto que o outro, e me recostei nele. Ele foi feito para sentarmos e calçarmos botas, mas tinha outros usos melhores também.

Coloquei os braços atrás da cabeça e olhei para ela.

— Sente em mim — ordenei.

Ela montou no meu colo facilmente com suas pernas compridas. O banco facilitava isso.

Agarrei seus quadris e olhei para seu rosto enquanto ela esfregava sua boceta na ponta do meu pau.

Ela ainda estava usando o sutiã branco de renda, e não o tirei. Era transparente o suficiente para que eu pudesse ver seus mamilos túrgidos pressionando o tecido.

— Me dê sua boca — comandei.

Ela inclinou-se para frente, roçando seus lábios nos meus suavemente.

Separei seus lábios e enfiei a língua entre eles. Subi as mãos de seus quadris para seu rosto ao penetrá-la.

Ela gemeu na minha boca. Eu a segurei parada naquela posição, sem mover meus quadris, apenas mantendo-a empalada em mim e beijando-a sem parar.

— Precisamos discutir alguns detalhes do casamento — falei entre beijos.

Ela grunhiu, e não foi um ruído de prazer.

Afastei-me, voltando as mãos para seus quadris e mantendo meu olhar em seu rosto. Comecei a movê-la lentamente subindo e descendo no meu pau grosso, estabelecendo um ritmo que mais provocava do que satisfazia. E sentir minha espessura deslizar em seu canal estreito fazia com que cada movimento lento, entrando e saindo, fosse uma tortura.

Acelerei o ritmo, estocando com mais força, impulsionando e recuando, de novo e de novo, sem me cansar.

Parei abruptamente, subindo as mãos para seus cabelos. Puxei-a para mais uma série de beijos longos e inebriantes.

Ela gemeu alto quando invadi sua boca com a língua. Eu a beijei sem me mover dentro dela, até deixá-la na beira do clímax.

Afastei a boca, agarrei sua bunda e comecei a mover minha pélvis novamente, em estocadas leves.

Acelerei, metendo com mais firmeza, mas somente por um curto tempo.

Parei, segurei sua nuca e puxei-a para mais um beijo profundo e marcante.

Repeti o processo de provocação várias vezes.

Eu estava fazendo-a subir e descer lentamente no meu pau quando, de repente, ela choramingou:

— Isso é uma punição?

— Não — eu disse, surpreendendo a mim mesmo. — Só um pouquinho de tortura. Saboreando o êxtase, amor. Eu já te disse o quanto amo quando encontro você brincando de vestir para o casamento, ó minha noiva?

Ela quase sorriu, mas como eu a tinha colocado em um estado de agonia arrebatadora, sua expressão estava mais para uma careta de dor.

Gemi. Pude sentir minhas bolas se contraindo, meu corpo esperando para gozar, mas a tirei de cima de mim.

Ela choramingou um protesto e eu lhe lancei um olhar de alerta ao levantar.

Prendendo um dedo em sua gargantilha, puxei-a do closet para o quarto.

Ordenei que ela ficasse parada ao lado do poste da cama e fui até a cômoda de brinquedos.

Sua meia-calça de renda branca estava me enlouquecendo, e mal tirei os olhos dela para pegar amarras.

Algemei seus braços acima da cabeça, prendendo-as a um gancho alto no poste da cama.

Enchi uma mão com um de seus peitos fartos, usando a outra para esticar seu pescoço, esfregando a glande em sua entrada escorregadia. Com um grunhido, mergulhei nela de uma vez, movimentando-me rápido e bruto dessa vez, fodendo-a com propósito.

Apertei seu pescoço quando ela começou a gozar, exercendo apenas força suficiente para intensificar seu prazer ao chegar ao ápice.

Gozei logo em seguida, gemendo e curvando-me para morder o tendão do seu pescoço.

Mais tarde, durante o jantar, contei sobre o pedido de Tristan.

Ela pareceu tão em conflito quando eu me senti.

— Danika não vai gostar disso — ela disse sucintamente. — Não podemos fazer isso a menos que ela concorde.

— Eu vou falar com ela.

Ela fez uma careta.

— Eu posso falar... se você quiser.

Dei risada, incapaz de esconder meu sorriso. Nós dois sabíamos o quanto ela odiaria essa tarefa. Eu também não ia gostar, mas é claro que faria para poupá-la.

Danika aceitou melhor do que eu esperava, certificando-se rapidamente de me tranquilizar de que se comportaria e não causaria nenhum drama durante o casamento.

— Mesmo que tenha que sentar ao lado dele? — perguntei com cautela, sentindo como se estivesse pisando em um campo minado.

Estávamos no cassino. Eu havia ligado para chamá-la até o escritório durante o expediente, porque parecia algo que eu deveria contar pessoalmente.

Ela respirou fundo, mas então assentiu, sem o mínimo resquício de chateação.

— Tudo bem.

— Mesmo que tenha que entrar com ele no casamento?

— Tudo bem por mim, James. Se eu não conseguisse ser gentil com uma pessoa por um dia, o dia do seu casamento, que tipo de amiga eu seria?

Fiquei imensamente aliviado. Estava esperando o pior.

— Obrigado — disse a ela sinceramente.

— Sem problemas — ela respondeu com um sorriso, deixando-me chocado, e voltou ao trabalho.

30
Meu pecado e templo

O discurso de Stephan na nossa festa de casamento pareceu ter sido redigido sob medida para me fazer passar vergonha. Foi curto, mas com um baita impacto, mirado diretamente em mim.

— Acho que todo mundo aqui sabe que eu faria qualquer coisa por Bianca — ele começou, abrindo um sorriso suave para ela. — E não é segredo algum que posso ser bastante protetor quando se trata dela. Acho que ninguém vai achar que estou mentindo quando eu disser que levaria um tiro por ela com todo prazer.

Várias risadas ecoaram. A história deles era bem conhecida entre nossos amigos.

— Também não é segredo algum que a acho a mulher mais maravilhosa desta Terra. Melhor amiga do mundo, na minha opinião.

Ele virou-se para mim.

— Nunca pensei que encontraria alguém que a merecesse. Sempre imaginei que, se ela finalmente encontrasse um cara de quem gostasse, eu teria que engolir e aguentar, porque simplesmente presumi que não gostaria dele. Quem poderia amá-la tanto quanto ela realmente merecia ser amada, tanto quanto *eu* a amava? Quem corresponderia a isso? Quem no mundo poderia ser bom o suficiente para a minha Bianca? E então, ela conheceu James. Um homem tão perfeito para ela, tão *bom* para ela.

Aquilo me atingiu, e me vi piscando rapidamente.

— Isso eu nunca teria como prever — ele continuou. — Admito que não foi tudo tão fácil desde o início. Tivemos alguns obstáculos para superar. — Ele sorriu de orelha a orelha. — Talvez eu tenha tentado enforcá-lo.

As pessoas caíram na risada.

— Mas foi só uma vez.

Mais risadas. Ele esperou os convidados ficarem quietos, sorrindo o tempo todo.

— Bianca e eu temos uma amizade que nem todo mundo consegue

entender, carregada de anos de uma história que nos fez incapazes de ficar longe um do outro por qualquer período de tempo. E uma coisa que sempre me preocupou, até mais do que a possibilidade de odiar o cara que ela acabaria escolhendo, foi a ideia, a quase certeza de que ele não compreenderia ou toleraria o que Bianca e eu significamos um para o outro.

Ele falou diretamente para mim, com os olhos brilhando.

— Mas eu não precisava ter me preocupado. Você é *exatamente* a pessoa de que ela precisava em sua vida, por tantos motivos. Obrigado por ver o mesmo em mim. Obrigado por nunca tentar diminuir o que ela e eu somos um para o outro. *Muito* obrigado por nunca questionar ou reclamar desse pacote dois em um que acabou recebendo.

Fiz um aceno de cabeça para ele, com os olhos marejados.

Ele ergueu sua taça para mim.

— Bem-vindo à família, irmão.

Puxei o corpo de Bianca para o meu, beijando sua têmpora e escondendo meu rosto em seus cabelos loiros e macios enquanto dançávamos. Eu tinha a intenção de me comportar por mais algumas horas, ou mais algumas músicas, pelo menos. Sério, eu tinha. Mas não deu certo.

— Você está molhada? — perguntei em seu ouvido.

Ela hesitou em meio a um passo de dança. Eu a tinha pegado desprevenida.

— Eu vou te levar para o bosque e devorar você. Vou te amarrar, te possuir, marcar cada centímetro seu como meu. *Minha.*

Ouvi sua respiração entrar e sair irregularmente, então esperei um pouco para que ela se reajustasse, ainda dançando com ela, nos embalando lentamente no ritmo da música.

— Tenho o lugar perfeito — acrescentei. — Temos que andar um pouco, mas precisamos de distância.

Deixei-a processar aquilo antes de completar:

— Não vamos conseguir conter o barulho.

Pude senti-la tremendo.

Sorri contra seus cabelos.

Não inventei desculpas para ninguém. Era nosso casamento, e voltaríamos porque uma coisa era certa: não dormiríamos esta noite.

Eu simplesmente saí da pista de dança com ela, escapulimos de fininho da festa e levei-a para o bosque.

Eu havia colocado uma lanterna para nós em um lugar na trilha que levava das tendas da festa até a casa. Havia luz da lua suficiente para que eu pudesse ver a trilha, mas não muito além disso. Eu encontraria a lanterna pela minha memória, já que a havia escondido apagada.

Estávamos nos aproximando do local quando ouvi um barulho que me fez parar completamente.

Pressionei Bianca contra mim, cobrindo sua boca com a mão.

— Shhh — sussurrei em seu ouvido.

Ouvi novamente, identificando uma voz suave no escuro, uma voz que eu reconhecia.

— Tristan — Danika disse suavemente.

A pouca distância dali, pude enxergar a sombra de um casal se abraçando.

Alguns segundos depois, ouvimos o som de lábios se encontrando, seguido de alguns gemidos apaixonados inconfundíveis.

— Puta merda — sussurrei no ouvido de Bianca.

Ela não respondeu. Não podia. Eu ainda estava com a mão em sua boca.

Comecei a me aproximar um pouco do lugar onde estava a lanterna, imaginando que, a essa altura, se não saíssemos dali, ouviríamos os dois transando muito em breve.

Danika começou a gemer alto, e não era de dor.

Tristan gemeu quase tão alto quanto.

Mais lamúrias altas, mais um gemido profundo e desesperado.

Aproximei-me mais um pouquinho.

Uma das sombras pareceu subir na outra, e eles começaram a se distanciar.

Tristan tinha colocado Danika no colo e a carregou dali. Como a porra de um homem das cavernas. Cobri a boca com a mão livre para abafar uma risada.

Bianca começou a lutar contra meu braço e retirei a mão da sua boca.

— Aquilo era Danika... com Tristan? Eles estavam...? — Bianca fez uma longa pausa, claramente sem palavras. — Mas que raios foi aquilo?

— Foi algo que já estava mais do que na hora de acontecer.

— Você aprova isso? Os dois *transarem*?

— Plenamente.

— Bom, não acho que concordo. Ele a magoou. Muito. Sou time Danika nessa história.

Suspirei.

— Ele a magoou, mas as pessoas mudam. Ele não vai magoá-la daquela forma de novo. Tenho certeza disso.

— Então, você é time Tristan?

Puxei-a contra mim no escuro, encontrando e beijando a pontinha do seu nariz. E passando a mão na sua bunda.

— Sou time felizes para sempre, amor. E por mais impossível que pareça agora, aqueles dois não serão felizes com mais ninguém além de um com o outro.

Ela emitiu um som de dúvida.

— Acho que você está enganado.

— Bem, somente o tempo vai dizer.

— Acho que deveríamos impedi-los. Danika vai se arrepender depois.

Comecei a andar, puxando-a comigo.

— Eu acho que não. Não vamos interferir.

— Não foi o que você disse quando Tristan armou o lugar onde sentar a favor dele. Você estava muito disposto a interferir nisso.

Abri um sorriso no escuro, e sabia que ela podia ouvi-lo em minha voz quando falei.

— Time felizes para sempre, amor.

Passei um braço em torno da sua cintura e comecei a puxá-la novamente.

Encontrei a lanterna escondida, acendi-a e segui para a mata, distanciando-nos da casa e da festa de casamento. Ali não havia mais trilha, mas eu conhecia o caminho.

Caminhamos por cerca de cinco minutos em silêncio antes de chegarmos a uma clareira. O som de um riacho ali perto e nossos passos pelo mato eram os únicos barulhos que nos acompanhavam.

— Fique aqui — disse a ela, e acendi as quatro tochas no chão que eu trouxera mais cedo.

A clareira era pequena, rodeada por um círculo de árvores. Eu havia escolhido essa área porque era isolada, e uma das árvores tinha galhos que tinham a altura e a força perfeitas para o que eu planejava.

Estava tudo posicionado: uma barra espaçadora com algemas de tornozelo de couro branco, um *armbinder* feito sob medida para combinar com seu vestido e um chicote branco.

Peguei o *armbinder*. Era uma luva em formato de cone que abraçava seus braços desde as pontas dos dedos a logo acima dos cotovelos.

Puxei-a para ficar debaixo de um galho baixo forte, puxei seus braços para trás e comecei a amarrá-los firmemente.

— Você planejou isso muito meticulosamente — ela comentou, sem fôlego.

Abri um sorriso perverso para ela.

— Está surpresa?

Ela deu risada, um som alegre.

— Eu não deveria.

— Enquanto você estava fazendo maquiagem e penteado para o casamento, eu estava planejando sadomasoquismo e devassidão no bosque.

Ela soltou outra risada feliz. Ecoou bem alto.

Puxei seus braços para cima e pendurei-a na árvore a pouca distância do chão, uma posição que a deixava esticada e impotente.

Empurrei o chicote em sua boca, fazendo-a mordê-lo, e deixei lá. Esta noite, ele não seria usado para bater. Esta noite, ele teria outras utilidades.

Uma expectativa sombria e pesada pulsou em meu corpo, fazendo-me latejar.

Circulei-a.

Ajoelhei-me atrás dela, entrando debaixo de sua saia comprida, com a barra espaçadora no ponto. Beijei a parte de trás de cada uma das pernas cobertas pela meia-calça e, então, coloquei e prendi seus tornozelos no aparelho, abrindo bem suas pernas com ele.

Ergui a saia do vestido e pressionei-me com força contra ela por trás. Não tirei nada, apenas coloquei minha ereção pesada para fora, empurrei sua calcinha para o lado, segurei cada extremidade do chicote, retirando-o de sua boca e arrastando-a até seus quadris, usando-o como uma alça com minhas duas mãos, retirando assim um pouco da pressão em seus ombros, e comecei a fodê-la com força.

Ela já estava encharcada quando iniciei o contato, mas não foi nada suave. Foi brusco, frenético e rápido. Meti nela em um ritmo que deveria levá-la junto comigo ao limite do orgasmo, a pressão intensa dentro dela me apertando e me sugando a cada estocada desesperada.

Atingi-a bem fundo, despejei meu sêmen em seu ventre enquanto ela se comprimia ao meu redor e me ordenhava com seu próprio clímax, e recomecei.

Abaixei seus braços, usei o *armbinder* para prendê-los agora na parte frontal do seu corpo e coloquei-os acima da cabeça, pendurando-os bem alto e bem firme.

Liberei-a da barra espaçadora, endireitei-me, coloquei suas pernas em volta da minha cintura e penetrei-a novamente.

Agarrei seus cabelos com uma mão, acariciando sua bochecha com a outra e olhando-a nos olhos enquanto a possuía.

Dessa vez, duramos mais tempo, entrando e saindo dela por longos minutos, perdido em seus olhos. Eles eram janelas pálidas da sua alma e pude enxergá-la claramente, sem impedimentos. Foi um momento extremamente íntimo.

Ela era meu pecado e meu tempo. Eu a idolatrava e corrompia. Glorificava e profanava. Reverenciava e degradava.

Nela, eu havia encontrado meu paraíso particular na Terra.

— Você é minha, sra. Cavendish — eu disse a ela, com a voz cheia de admiração.

— Sim — ela sussurrou. — Sim, sr. Cavendish, e você é meu.

Arqueei as costas e gozei, sem desviar meu olhar dela.

Eu a fodi e fiz amor com ela de novo e de novo, marcando-a como minha com meu pau, preenchendo-a com meu sêmen, ganancioso em meu modo de reivindicar e possuir.

Eventualmente, cedi e a conduzi, com cabelos desordenados, vestido amassado e pernas bambas de volta para nossa celebração, de mãos dadas, saciados e contentes.

Eu me sentia tão completo, tão feliz, tão sortudo.

31
Meu paraíso

A lua de mel foi feita sob medida para atender à minha ideia de paraíso.

Cinco dias. Sem funcionários. Nenhuma alma viva além de nós dois em uma ilha que pertencia a mim.

Ela não tinha permissão de usar roupas, nem mesmo durante as refeições.

Perdi-me em sua maciez. Completamente e para sempre.

Mergulhamos um no outro por dias, em uma celebração perfeita à nossa união.

O primeiro dia foi um prazer de sensações, e deleitei-me em seu corpo até ela pedir piedade.

Em determinado momento, seu corpo cedeu. Acabei me deixando levar demais, e ela desmaiou.

Fiquei um pouco em pânico, mas consegui fazê-la acordar e a coloquei sentada, tão aliviado e cheio de remorso que tremia.

— Me desculpe. Fiquei fora de mim. Você está bem?

Ela disse que estava.

Deixei-a descansar.

No segundo dia, nós dormimos, acordamos uma vez para comer, eu a fiz gozar com minha língua e, em seguida, dormimos mais.

No terceiro dia, fizemos uma caminhada pela praia por horas, revelando todos os nossos segredos e dançando pelados pela areia. Foi uma efusão alegre das nossas almas, um dos dias mais memoráveis e profundos da minha vida.

Fizemos amor na praia e acabamos ficando com areia em lugares interessantes.

Entramos na água, nossos corpos nus juntos enquanto a água fria ondulava à nossa volta. Eu a segurei assim por horas, olhando para o mar, para o céu e admirando a maravilha que era a vida.

No quarto dia, fomos andando até uma lagoa escondida. Passamos o dia nadando e curtindo uma preguiça.

No quinto dia, mal saímos do quarto.

Eu a deixei dormindo por uns cinco minutos para pegar água para nós e voltei faminto por ela, como se estivéssemos separados há dias ao invés de minutos.

Sentei-me cautelosamente ao lado do seu corpo adormecido.

Curvei-me sobre ela, roçando seus lábios com os meus e, então, lentamente, deslizei a língua na sua boca.

Ela se sobressaltou ao acordar, mas pegou o ritmo do beijo rapidamente. Gemi quando começou a chupar minha língua.

Segurei seu rosto próximo ao meu enquanto passava a língua por seus lábios. Afastei-me um pouco para olhar em seus olhos sonolentos.

Deslizei os dedos até seu sexo, acariciando suas dobras macias preguiçosamente.

Ela se remexeu na cama, ficando com as bochechas vermelhas.

Encontrei seu clitóris com meu dedo indicador e o circulei. Senti-o inchar sob o meu toque.

— Sentiu minha falta? — perguntei a ela, massageando com mais firmeza.

— Sim e não.

— Ambos? Por que ambos?

— Sim, por causa disso. — Ela arfou quando enfiei um dedo nela. — E não, porque eu precisava dormir um pouco.

Sorri. Seu argumento era válido. Eu vinha agindo como um animal, reivindicando seu corpo de todas as formas concebíveis, dia e noite, desde que ela se tornara legalmente minha.

Por falar nisso...

Fiquei de pé ao lado da cama, pairando sobre ela, usando apenas uma calça branca de linho e um desejo latente.

— Sente-se — eu disse a ela. — Coloque-o para fora — ordenei, apontando para o volume proeminente na parte frontal da minha calça.

Ela obedeceu, parecendo hipnotizada, olhos cintilando de paixão.

Seus dedos se atrapalharam um pouco com as tiras, e a lateral do seu pulso roçou em minha ereção. Empurrei-a com mais veemência na direção dela, cerrando a mandíbula, reprimindo um grunhido quando ela a libertou, ficando a centímetros do seu rosto. Um sussurro escapou dos seus lábios.

Bianca respirou fundo, como se inalasse meu membro.

Eu estava completamente ereto, inchado até meu tamanho completo, minha glande larga se esticando em direção aos lábios separados de Bianca.

Ela lambeu seus lábios deliciosos e me encarou como se estivesse faminta.

Minhas bolas se contraíram, e meu comprimento enrijecido pulsava inquietamente, balançando com a força do seu próprio peso.

Ela arfou quando uma gota de líquido pré-gozo vazou da minha glande dolorida, erguendo o olhar para mim como se pedisse permissão.

Impulsionei meus quadris para frente.

— Lamba — ordenei rispidamente.

Com um suspiro feliz, ela me lambeu com sua língua rosada macia. Seu olhar de felicidade plena era gratificante, para dizer o mínimo. Ela continuou a lamber com um entusiasmo lento e concentrado, até que a mandei parar.

Ela afastou-se, fitando meu pau, que continha mais líquido pedindo sua atenção.

Ela mordeu os lábios e olhou para meu rosto, pedindo permissão.

Assenti.

— Vá em frente. Lamba tudo de novo.

Ela obedeceu, com lambidas longas e lentas. Tensionei a mandíbula, fechando as mãos em punhos.

Ela se afastou, e meu pau liberou mais pré-gozo para tentá-la.

— Tem mais — eu disse com a voz rouca. — Lamba tudo. Até a última gota.

Com um gemido, ela lambeu tudo.

— Muito bem, amor, agora chupe a pontinha.

Nós dois gememos quando ela envolveu meu pau inchado com seus lábios macios. Ela ergueu o olhar para mim enquanto chupava, sua língua acariciando a parte de baixo da minha glande a cada sugada voraz.

— Mais fundo — arfei. — Eu quero sentir o fundo da sua garganta.

Inclinando a cabeça para frente, ela me tomou mais fundo lentamente, sua garganta apertada envolvendo a extremidade do meu pau, sua língua se movendo avidamente pela parte inferior do meu comprimento. Vínhamos trabalhando em sua habilidade de fazer garganta profunda. Ela já tinha ido bem longe em pouco tempo.

Empurrei ainda mais fundo, e ela chupou ganânciosamente cada centímetro.

Gemi e segurei a base do meu membro, apertando com força, tentando conter meu orgasmo por mais alguns extasiantes e torturantes momentos em sua boca.

Ela gemeu, tomando-me ainda mais fundo.

Em um movimento instintivo, enfiei tudo na garganta dela.

Ela começou a engasgar e eu recuei, pedindo desculpas e xingando baixinho.

— Você pode usar as mãos agora — falei, e foi o que ela fez, tomando-me novamente em sua boca quente enquanto suas mãos acariciavam e me apertavam enquanto eu sentia meu sêmen chegando à extremidade do meu pau.

Alisei seu rosto e a exaltei conforme ela extraía um orgasmo rápido e poderoso de mim e o deixava descer por sua garganta.

Empurrei-a para trás e ajoelhei-me entre suas coxas, lambendo-a, chupando seu pequeno piercing, golpeando seu clitóris com a língua, até ela gozar gritando.

Fiquei sobre seu corpo, juntando minha boca à sua e deslizando a língua para dentro com um gemido baixo. Nos beijamos como se precisássemos disso para respirar, sentindo nossos gostos nos lábios um do outro.

O combinado era irmos embora da ilha naquela noite.

Mas ligamos o foda-se e ficamos mais cinco dias.

32
Meu casamento

Casamento não é fácil. Não foi feito para ser. É escolher uma parceria em vez de uma aventura solo. É escolher levar outra pessoa em consideração em *toda* decisão que tomar pelo resto da vida, em vez de fazer o que simplesmente parece certo para *você*. É escolher ser altruísta em vez de egoísta.

E, assim como todos os casamentos, o nosso tinha seus desafios.

Nenhum de nós havia tentado ter um compromisso romântico com outra pessoa antes. Fiz uma quantidade absurda de sexo com tantas parceiras que perdi as contas, mas isso nem de longe serviu para me preparar para uma parceria pelo resto da vida com uma mulher que eu adorava a ponto de ficar no limite da insanidade.

Deduzi que precisávamos de uma curva de aprendizagem. *Merecíamos* uma.

E então, aprendemos juntos.

Havia mais partes boas do que ruins, muito mais, sempre, mesmo nos tempos mais difíceis. Mais coisas que eu amava do que coisas que não suportava, tantas coisas favoritas em relação a ela, à nossa vida juntos, que eu não conseguiria apontar menos de uma dúzia que ficavam no topo do meu ranking.

Eu adorava acordar ao lado dela, puxar seu corpo nu para perto do meu, sentindo-o aquecido de sono, e começar a despertá-lo ao tocá-la. E eu adorava tocá-la, de qualquer forma, fosse sexual ou inocentemente.

Possessivamente.

Cobiçosamente, com ternura, com adoração.

Reverentemente.

Eu adorava como ela olhava para mim. Ela me devorava com aqueles lindos olhos, engolindo-me por inteiro, devorando-me vivo, sua alma amorosa me fitando sem filtro algum.

O modo como ela me analisava como se estivesse estudando meus movimentos. Ver-me colocar um terno era como um pornô para Bianca. A cada peça que eu vestia, ela ficava mais excitada. Era um milagre eu conseguir sair de casa vestido.

Ela era completamente encantada com minha aparência, e eu não podia conter minha satisfação com aquilo.

— Você tem um tom de pele perfeitamente uniforme. Nunca vi nada assim — ela disse certo dia, enquanto eu me aprontava para uma reunião no trabalho. Seu tom estava cheio de luxúria, seus olhos fixos no meu torso nu segundos antes de eu vestir uma camisa. Aquilo me distraiu. Sua atenção com minha carne, sua luxúria por mim, sempre parecia ter esse efeito.

Cheguei duas horas atrasado para aquela reunião.

Passei a me atrasar muitas vezes.

Eu amava dominá-la sexualmente, ansiava por isso, precisava diariamente, mesmo ao entregar a ela, com todo prazer, a posse total da minha alma.

Tinha tantas coisas que eu amava, coisas sem as quais não viveria, não *conseguiria* viver.

Mas, obviamente, havia coisas que não aceitávamos, não suportávamos, hábitos que nós dois possuíamos que eram difíceis de perder.

O que ela não suportava: se eu escondesse algo dela, mesmo algo minúsculo, só para poupar seus sentimentos.

E quando eu me enraivecia a ponto de ficar frio com ela e me recusar a tocá-la, isso a chateava quase tanto quanto a excitava.

O que eu não suportava: seus momentos de retraimento silencioso. Sua necessidade por espaço.

E, é claro, o pior de tudo, para nós dois, era o meu ciúme.

33
Meu ódio

Eu o odiava. *Odiava*. Ele queria o que eu tinha, o que eu *precisava*.

Podia ver aquele desejo nele, sentir o cheiro saindo dos seus poros.

Ele não conseguia esconder de mim. Estava encantado por ela. Gamado. Apaixonado.

Quem melhor do que eu para reconhecer *esses* sinais?

Joseph. O desgraçado do Joseph, o segurança amigável. Um sorriso tão descontraído, olhos tão suaves pela minha *esposa*.

Ele já estava por perto há tempo demais quando me dei conta disso, e agora eu não podia demiti-lo do nada sem parecer um maníaco ciumento para Bianca.

Porque ela *gostava* dele. Eu sabia que sim. Ela era *apegada* a ele. Ele era seu guarda-costas favorito. Ela gostava da companhia dele, o achava engraçado e um "cara legal".

Ela sempre escolhia ele e Blake quando precisava de um segurança para acompanhá-la a algum lugar. Sempre.

Mas eu o odiava, e esse ódio já durava um tempo.

Dois anos, para ser preciso. Eu me lembrava do momento *exato*. Podia ver em câmera lenta na minha memória.

Foi na noite em que eu a carregara, seminua, da casa de Stephan de volta para a minha.

— Ela está bem, senhor? — ele perguntara, com uma suavidade em sua voz que o entregava mesmo naquele tempo, quando ele mal a havia conhecido.

E eu sabia que ele a vira daquele jeito, seu corpo lindo e exuberante pouquíssimo coberto, embora tivesse desviado o olhar quando olhei diretamente para ele.

Ele se apaixonara pelo meu anjo ferido desde o primeiro instante.

Por que eu não o demitira ali mesmo, porra?

Se eu tivesse feito isso, teria me poupado de toda essa raiva impotente, dessa luta diária em ter que tolerar a presença dele.

Ódio.

Ódio puro e vivo quando o pegava olhando para ela.

Ódio agudo e de cerrar os dentes quando eu sabia que ele estava em casa com ela, e eu tinha que sair, ou quando ele saía com ela quando eu não podia ir.

Bianca, que normalmente era muito perceptiva, parecia completamente alheia a isso.

E então, o ultraje dos ultrajes foi quando peguei-a pintando-o.

Foi na propriedade de Vegas. Eu tinha chegado em casa e não a encontrei de imediato. Procurei e perguntei aos funcionários até ser direcionado ao pátio grande dos fundos, local onde ela costumava trabalhar.

Paralisei quando os vi, sem acreditar no que estava diante de mim.

Meu ódio vinha crescendo há um tempo, a cada olhar carinhoso que ele direcionava a ela, cada risada que eu o ouvia arrancar dela.

Vinha crescendo há anos, durante os quais me perguntava com frequência se estava louco, debatia se era apenas minha imaginação, procurando sinais, evidências disso toda vez que o via.

Todo esse ódio veio de uma vez para a superfície, quase jorrando de mim enquanto eu observava aquela cena.

Pelo menos, eu não estava louco. Isso me trazia apenas um pouco de alívio.

Ali estava ele, sem me ver, olhando diretamente para ela, com o coração nos olhos, tanto desejo neles que tive que me conter para não socá-lo ali mesmo.

Ela, por sua vez, não estava olhando para ele. Sua cabeça estava baixa, sua concentração total na tela.

Meu peito descia e subia com a respiração pesada. Afrouxei a gravata, tentando trazer mais ar para meus pulmões, sentindo como se tivesse feito um grande esforço, porque de certa forma eu tinha mesmo.

Foi um esforço e tanto me agarrar a um controle por uma linha muito tênue.

Ele continuou fazendo isso, devorando a cabeça baixa dela com os olhos, movendo-os cheios de amor por cada mecha de seus cabelos soltos, cabelos que ele não tinha permissão para sequer encostar.

Mas aqueles olhares eram piores do que um toque.

Ela estava trabalhando em pé, como costumava, paleta em uma das mãos, pincel na outra, absolutamente imersa no que estava fazendo.

Era o momento em que ficava mais linda, com sonhos nos olhos emotivos, e eu sabia que parecia tão apaixonado quanto Joseph toda vez que a olhava.

Ela estava descalça, usando uma blusa de alças branca e fina manchada de tinta e um short bege folgado. Nada indecente demais, mas suas pernas estavam expostas e suas curvas, acentuadas. Seus peitos macios e redondinhos estavam uma delícia sob aquele tecido franzino.

Aproximei-me por trás dela, então ele me viu primeiro. De maneira instantânea e acusatória, sua expressão se fechou, ficando impassível, neutra em sua tentativa de esconder seus sentimentos de mim.

Mas eu não podia esquecer o que tinha acabado de vê-lo fazer.

Lutei para não fazer uma expressão de nojo para ele e desviei a atenção para ela.

Analisei seu trabalho em andamento por cima do seu ombro por um tempo antes que ela percebesse minha presença.

Era um retrato dele dos ombros para cima. Ele estava sorrindo na imagem, com um brilho no olhar, mas não aquele que *eu* havia testemunhado, o que era alguma coisa, pelo menos.

A pintura estava muito boa, é claro, mas muito avançada, quase finalizada.

Essa não era a primeira sessão deles.

Olhei para ele, com a mandíbula tensa, narinas infladas, e somente o encarei por um longo tempo, sem me dar ao trabalho de esconder o que havia em meu olhar, assim como ele fazia.

Finalmente, ela me notou. Sobressaltou-se um pouco, girando e levando sua mão que segurava o pincel ao peito.

— Eu juro que vou mesmo colocar um sino em você qualquer dia desses — ela disse, sorrindo para mim, parecendo tão feliz em me ver, sem culpa ou artifício em seus olhos.

Isso fez com que meu coração ficasse menos sufocado.

Eu não disse uma palavra. Apenas me aproximei, pressionando meu corpo ao seu, segurei seu rosto entre as mãos e comecei a beijá-la.

Passei a língua em seus lábios e, em seguida, enfiei-a em sua boca, gemendo alto ao sentir seu sabor.

Ela ainda segurava sua paleta e o pincel, então abriu bem os braços para evitar manchar meu terno de tinta, com o corpo rígido colado ao meu.

Tudo bem. Interpretei como um desafio pessoal.

Chupei sua língua, acariciando-a.

Minha excitação pairava pesada e evidente entre nós, mesmo através das roupas, e pressionei-me contra seus quadris persistentemente.

Aprofundei o beijo, impulsionando a língua na dela, persuadindo-a a chupá-la.

Ela remexeu-se e aquiesceu, hesitante. Não tinha esquecido que não estávamos sozinhos. Ainda estava ciente da presença dele.

Mordi seu lábio, uma mão descendo por seu corpo para apalpar sua bunda, agarrando com firmeza para segurá-la no lugar enquanto esfregava minha rigidez em sua maciez, cutucando, movendo do seu quadril para sua pélvis, curvando meus joelhos até estar fazendo contato direto com seus nervos mais sensíveis, friccionando com tanta força que pude sentir a bolinha do seu piercing no meu pau sedento.

Puxei seus cabelos, apertei sua bunda, chupei sua língua e circulei meus quadris.

A paleta e o pincel caíram no chão, e as mãos dela subiram para agarrar as lapelas do meu paletó, segurando-se como se sua vida dependesse disso.

Sorri e me afastei, procurando Joseph.

Ele não tinha se retirado, ou virado de costas, como deveria ter feito.

Em vez disso, ele nos encarava diretamente.

Respirei fundo e afastei-a de mim.

Ela estava zonza, olhos desfocados, lábios separados.

E o melhor de tudo: ela tinha se esquecido completamente *dele*.

— Suba e vá para a cama — disse a ela, minha voz baixa e rouca, mas com volume suficiente para ecoar. — Fique pronta para mim.

Ela assentiu, ofegando, e obedeceu.

Não a segui imediatamente.

Puxei minha gravata impacientemente, afrouxando-a, e em seguida, abrindo os dois primeiros botões da camisa.

Enfiei as mãos nos bolsos, lançando um olhar maligno para *ele*.

Ele me fitou de volta, ainda ali parado. Ele parecia querer dizer alguma coisa, mas segurou a língua.

Encarei-o por cinco minutos seguidos, desafiando-o a dizer qualquer coisa, nenhum de nós proferindo uma só palavra durante aquele período de tempo longo e desconfortável.

Finalmente, abri um sorriso sugestivo, passando uma das mãos pelo cabelo, sem desviar o olhar dele.

Retirei meu paletó e terminei de tirar a gravata. Comecei a desabotoar minha camisa, ilustrando claramente o que pretendia fazer em seguida.

— Não espere acordado — falei, zombando, e me afastei.

Fiz uma breve parada na cozinha para passar as instruções para o jantar e, então, subi para o segundo andar, sentindo o desejo pulsar em mim.

Encontrei-a na cama pronta para mim.

Ela havia obedecido perfeitamente e não usava nada além dos piercings e da gargantilha.

Estava sentada na beira da cama, mãos nos joelhos, pernas levemente separadas, costas arqueadas, mamilos enrijecidos.

Mesmo com as pernas abertas, expondo seu sexo, não pude ver se ela estava molhada, mas apostava que sim.

Fizéramos algumas reformas na casa, já que passávamos um bom tempo ali. O quarto ao lado daquele havia sido renovado e agora eles eram conjugados.

Abri a porta para o outro quarto. Olhei para ela e ergui as sobrancelhas.

— Para a *outra* cama — eu disse com um sorriso perverso.

O adjacente havia sido transformado em um quarto de jogos equiparado ao *quarto andar*, e o espaço era dominado por uma cama enorme e em formato de gaiola.

Ela se levantou e observei seu corpo delicioso conforme ela atravessava o quarto.

Agarrei seu pulso quando ela passou, detendo-a.

Virei-a para mim, descendo os dedos para seus mamilos, beliscando com força.

Ela arqueou as costas e pressionou-se contra meu toque.

Puxei-a para o quarto de jogos, pegando seus grampos de mamilo favoritos. Eles eram rosa-coral, quase da exata cor dos seus mamilos.

Prendi-os em dois movimentos suaves, abrindo a mesma gaveta para pegar uma corrente prateada fina que tinha quatro pontas, cada uma com uma joia minúscula presa.

Ela gemeu quando viu.

Prendi primeiro em sua gargantilha, em seguida uma ponta em cada mamilo. A outra foi para seu piercing lá embaixo. Era do tamanho perfeito para puxar cada zona o suficiente para provocar.

Dei um passo para trás, admirando meu trabalho hábil.

— Ajoelhe-se na cama de frente para mim — mandei, tirando minha camisa.

Aproximei-me da cama, observando-a, sentindo minhas bolas apertarem.

Enquanto ela me encarava, coloquei meu pau para fora completamente, prendendo minha calça debaixo do escroto. Agarrei-me, uma mão acariciando meu comprimento com firmeza, a outra em minhas bolas.

Eu a observei, pensando no que queria fazer, qual prazer depravado seria o melhor para acalmar o desejo diabólico que me dominava.

Continuei com a mão no meu pau, me masturbando.

Seus olhos estavam grudados ao movimento.

— Você gosta de me ver batendo uma — comentei.

Ela lambeu os lábios e assentiu, olhos ainda vidrados.

Fui até outra gaveta e peguei um vibrador em forma de dedo, moldado especificamente para estimular o clitóris. Aproximei-me o suficiente para jogá-lo na cama ao lado dela.

— Use — falei sucinto, afastando-me imediatamente. — Não para se provocar. Quero que o aplique diretamente.

Eu estava diante da parede onde todas as amarras estavam penduradas, escolhendo uma corda, quando pausei ao ouvir sua respiração ficar irregular.

Ela estava perto.

— Não goze — ordenei. — E não diminua a pressão.

Ela não conseguiu evitar um murmúrio delicioso de protesto, mas eu sabia que ela obedeceria.

Voltei para a cama e coloquei as amarras ao lado dela.

Sem mais uma palavra, arranquei o brinquedo de sua mão e o joguei para fora da cama.

Segurei seus ombros, inspirando seu cheiro, latejando em sincronia com sua respiração.

— Resista — eu disse com prazer, e soltei-a.

34
Minhas correntes

Ela obedeceu, resistindo contra mim. Fez isso perfeitamente, tentando passar por mim e se levantar da cama.

Não usei as mãos, e sim meu corpo para mantê-la encurralada a princípio, recorrendo às minhas mãos somente depois de tê-la presa sob mim, meu peito em suas costas.

Prendi-a rudemente de bruços e atei-a com amarras macias de couro, seus pulsos presos aos tornozelos em suas costas, barriga na cama.

Ela estava envolvida, me batendo mesmo depois de eu confiná-la. Foi uma delícia, e exatamente do que eu precisava.

Segurei-a pelos tornozelos e a ergui antes de baixar a boca até seu sexo, começando a foder sua boceta com minha língua por trás.

Ela gemia, falhando ao tentar conter seu orgasmo.

Eu não tinha dito ainda que ela podia gozar.

Disse então, soltando um suspiro contra seu centro quente e molhado.

Ergui a cabeça quando ela terminou, baixando seus tornozelos lentamente e pausando a cerca de quinze centímetros do colchão. A partir daí, soltei-a bruscamente.

Segurei seus tornozelos novamente e montei nela assim mesmo, enquanto ela ainda estava sem fôlego e completamente impotente.

Penetrei-a como um animal no cio, socando, metendo, tomando posse da sua maciez com a minha rigidez, sem piedade, brutalmente.

Eu estava completamente insaciável, marcando meu território da maneira mais primitiva de todas: com meu sêmen bem fundo dentro dela. Repetidamente.

Permaneci dentro dela por um longo tempo depois que gozei, descendo as mãos para massagear sua bunda enquanto sua boceta me ordenhava até a última gota.

Quando finalmente saí de dentro dela, agarrei seus tornozelos, erguendo seus quadris e inclinando-os para trás, segurando-a dessa forma, fitando seu sexo enquanto ela se debatia em minhas mãos.

Desfiz suas amarras e deitei cada um dos seus membros delicadamente sobre a cama. Ela não se mexeu, ainda de bruços.

Fui até o outro quarto, fechando minha calça no caminho. Lavei as mãos no banheiro e, em seguida, fui para nosso closet.

Peguei roupas limpas para ela, uma nova camisa para mim e retornei para onde ela estava deitada, ainda inerte onde eu a deixara.

Comecei a vesti-la sem dizer uma palavra.

A princípio, ela não percebeu que havia algo estranho comigo. Não era exatamente incomum eu chegar em casa do trabalho e querer *possuí-la*.

Dei um puxão leve na corrente fina que ainda estava presa a ela, deslizando meus dedos para baixo até o local onde estava fechado em seu sexo, massageando para esfregá-lo em seu clitóris ultrassensível.

— Está muito sensível?

— *Sim.* — Ela estremeceu.

— A corrente dói?

Ela me lançou um olhar que me deixou sem fôlego.

Deus, essa mulher tinha o poder de me desmontar todo. Me destruir. Por completo.

Meu sorriso foi direto, olhos carinhosos.

— Deixe-me reformular. Dói de uma maneira que você não goste?

Seu silêncio foi a resposta. Deixei a corrente nela.

Terminei de vesti-la rapidamente.

— Hora do jantar — eu disse brevemente.

Ela reclamou um pouco, mas não a deixei tomar banho.

Pude ouvir vários funcionários da equipe de segurança na cozinha ao passarmos. Isso não era incomum. Eles trabalhavam vinte e quatro horas por dia, sete dias por semana, mas somente Clark e Blake tinham uma casa na propriedade. O restante trabalhava por turnos, vinham e voltavam, e comiam na nossa casa.

Segurei o braço de Bianca e a levei para lá, para jantar na copa menos formal, em vez de em uma das salas de jantar.

Os funcionários, que estavam fazendo piadas e se divertindo uns com os outros, ficaram em silêncio ao entrarmos, e os três seguranças começaram a se retirar do cômodo.

— Não precisam sair — falei, com os olhos em Joseph, que estava encostado à bancada e me observando cautelosamente. — Que tal juntarem-se a nós para o jantar?

Isso não era tão incomum. Às vezes, nós jantávamos mais informalmente, às vezes convidávamos os empregados, a quem tratávamos mais como amigos e família, especialmente desde que Bianca entrara em minha vida.

Mas pude ver, ao analisar Joseph, que ele sabia por que eu estava fazendo isso.

Manejei os lugares para que Bianca ficasse à minha direita e Joseph à direita dela.

Observei-o. Vi-o olhar para ela sorrateiramente. Eles estavam lado a lado. Tão perto, comigo *bem ali, porra*, e ainda assim ele não podia se conter.

Deus, ele provavelmente conseguia sentir o cheiro de sexo nela. Isso provavelmente o fazia querê-la ainda mais, mesmo sabendo que outro homem havia se encarregado de deixá-la com esse cheiro.

Estendi a mão direita debaixo da mesa e toquei a perna dela, subindo, entrando em seu short, provocando suas dobras molhadas com meus dedos.

Ela encontrou meu olhar frio, e vi o momento em que se deu conta de que eu estava aborrecido.

Encarei seus olhos quando encontrei a corrente logo acima do seu sexo e *puxei*.

Seus olhos ficaram vidrados, seu queixo caiu.

Olhei de relance para Joseph. Ele estava nos observando, seu rosto vermelho de raiva.

Ele sabia que eu estava tocando-a sob a mesa. Vi em sua raiva estampada nos lábios apertados, vi a desaprovação em seus olhos, os ciúmes.

Ótimo. Essa lição era primitiva, mas precisava ser ensinada, por mais grosseira que fosse.

Eu não me sentia nada civilizado.

Tinha uma necessidade sufocante de marcar meu território.

Todos esses impulsos animalescos sobrepujavam muitas das minhas inclinações normais. Normalmente, eu a protegia. Mas, para ele, esse filho da puta que questionava minha posse, eu queria exibir minha posse dela de forma gritante.

O jantar foi servido. Pedi ao cozinheiro que fizesse hambúrgueres e batatas fritas, um pedido fora do comum para mim, mas que combinava perfeitamente com a situação.

Puxei minha mão de debaixo da mesa quando estava na hora de comer, chamando a atenção dela para que me visse lamber os dedos para limpá-los.

Ela estremeceu, respirando de forma ofegante.

Devorei o hambúrguer com vontade, saboreando lentamente cada mordida, observando-os o tempo todo: a reação dela a mim, a fixação dele nela.

Um por um, os empregados terminaram de comer e pediram licença para voltarem ao trabalho.

Todos, menos Joseph.

Lancei um olhar irritado e frio para ele, e estendi uma das mãos para agarrar os cabelos de Bianca. Inclinei-me para ela e puxei-a para mim, dando-lhe um beijo longo, quente e marcante.

Afastei-me levemente e aproximei seu ouvido da minha boca. Respirei fundo algumas vezes, inspirando-a antes de falar.

— Você está com o meu cheiro. Como se pertencesse a mim. Porque você é *minha*. Vá tirar a roupa, suba na cama, a *outra* cama, e espere por mim. Eu vou te amarrar e fazer você me chupar. E isso é só o começo, amor. Vou gozar dentro de cada parte de você antes da noite acabar.

Ela se afastou, examinou meu rosto por alguns instantes e, então, se retirou.

Não a observei enquanto saía dali. Estava ocupado demais observando-o olhá-la sair.

Esperei até ter certeza de que ela estava longe o bastante para não me ouvir falar e, então, inclinei-me para ele.

— Você está dando esses olhares apaixonadinhos para a minha *esposa* — rosnei para ele.

Ele me encarou de volta, parecendo ultrajado.

— Estou bem ciente. Também estou ciente da forma como você a trata. Como um objeto para ser abusado. Eu vejo as marcas que deixa nela. Eu vejo *tudo*.

Aquilo me fez soltar uma risada gutural à custa dele.

— Ah, essa é boa — eu disse, com um desdém frio em cada sílaba. — Um puritano trabalhando para mim. Que tal isto: mantenha essa sua mente recatada longe do meu quarto e da minha *mulher*, seu filho da mãe.

Tive que cerrar os punhos para me impedir de atacá-lo, porque não era o que eu precisava fazer.

Eu precisava fazê-lo falar. Adoraria mais que qualquer coisa que ele me desse qualquer desculpa para demiti-lo, algo que eu pudesse usar que fosse mais substancial, em termos de evidência para Bianca, do que o jeito como ele a olhava.

— Você achou o quê, que entraria em cena e a salvaria de mim? — desdenhei. — Ela é *minha*. Você acha que eu abuso dela? Então enfie isso na sua cabeça: ela está absolutamente *presa* a mim, acorrentada a mim *pelo resto da vida*, e tudo que usei para acorrentá-la ao meu lado vai *muito além de algo que você possa quebrar*.

Ele não disse mais nada, porém eu podia ver que queria muito.

Em vez disso, ele se levantou e saiu.

Não era o que eu queria, e fiquei bastante insatisfeito.

— Achei que você tivesse decidido há muito tempo que não faria nada disso quando estivesse zangado — Bianca me disse, mais tarde aquela noite.

Estávamos na banheira. Peguei um dos seus pés e comecei a massageá-lo.

Eu estava tentando relaxar, superar minha raiva, mas nem mesmo vários orgasmos e um banho quente estavam me curando.

Eu era péssimo em relaxar, sempre havia sido.

— Eu disse que não faria quando estivesse zangado com *você* — rebati, beijando a planta do seu pé.

— Você vai mesmo tentar dizer agora, com o jeito como agiu a tarde inteira, que nenhuma parte dessa raiva está direcionada a mim?

Encarei-a com firmeza.

— Sim, é isso que estou dizendo. Nenhuma gota da minha raiva é para você.

Ela suspirou.

— É o Joseph, não é? Não pode demiti-lo por algo tão *bobo*. Você sabe que não. Isso é loucura. Ele trabalha para nós há *anos*. Não pode demiti-lo só porque eu fiz uma pintura dele. É isso que faço. Pinto coisas, pinto pessoas. Nem é culpa dele. Fui eu que pedi que ele posasse para mim.

— Não é por isso que eu o demitiria.

Ela fez uma expressão genuinamente confusa, que me ajudou muito a me sentir bem melhor.

— Não entendo.

Observei seu rosto, perguntando-me se ela realmente não sabia.

Se, de alguma forma, não soubesse, eu não seria a pessoa que lhe contaria. Não queria ver sua reação aos sentimentos dele por ela.

E se ela ficasse tentada? E se sentisse algo por *ele*?

Sem mais uma palavra, saí da banheira e fui para a cama.

Alguns dias depois, abordei Stephan para falar sobre esse assunto, querendo sua opinião sobre a situação e como lidar com ela.

Nos encontramos para almoçar no bar dele no meu cassino. Fui direto ao ponto.

— Joseph se tornou um problema — falei sem rodeios.

Ele fez uma careta. Claramente sabia a que eu estava me referindo.

— Bianca o vê como um amigo. Um bom amigo. Não pode simplesmente demiti-lo.

Apertei a mandíbula. Aquilo não ajudou.

— Ela sabe que ele está apaixonado por ela? — perguntei baixinho.

Ele não pareceu surpreso com a informação, mas negou com a cabeça.

— Não, não, acho que não. Se ela fizesse alguma ideia de como ele se sente, não seria tão aberta e amigável, não passaria tanto tempo com ele.

Estremeci.

— Ela passa tanto tempo assim com ele?

— Não. Pare. Não faça isso com você mesmo. Ela não passa uma quantidade excessiva de tempo com ele. É só que, você sabe, ele trabalha na casa, leva ela para os lugares. Ele é o *guarda-costas* dela. É o trabalho dele. Mas você não tem com o que se preocupar. Ela nunca...

Eu soube que estava de péssimo humor quando até mesmo Stephan estava me deixando agitado. Não me lembrava da última vez em que falara com ele sobre alguma coisa e ele não me fizera sentir melhor sobre a situação.

— Você acha que essa situação é aceitável? — perguntei, mordaz. — Acha que isso vai acabar bem? Está ficando cada vez *pior*, dá para ver.

Ele não discordou, mas também não me deu uma solução.

Depois, falei com Clark.

— Você sabia que contratou uma pessoa que tem uma grande aversão ao meu estilo de vida? — perguntei a ele.

Ele não pareceu surpreso. Sua boca se retorceu, demonstrando irritação e um toque de resignação.

— Agora, eu sei. Faz um tempo que venho percebendo, mas não sabia no começo. Mas todos assinaram contratos de confidencialidade.

— Sim, eu sei. Meu problema não é esse. Não consegue adivinhar o que é?

Ele esfregou a têmpora, parecendo cansado.

— É, consigo. Não sei o que fazer em relação a isso. Demitir é a solução mais fácil, com uma indenização, mas você vai ter que se resolver com a Bianca. Eles são bons amigos, sabe?

Dei uma risada amarga.

— É, eu reparei.

— Falei com ele sobre isso — Clark acrescentou. Isso era novidade para mim. — Disse que ele precisa se esforçar mais para ficar apenas à espreita. Fazer companhia à esposa do chefe não é função dele.

— Não, não é. Você também disse a ele que não é função dele *cobiçar* a minha mulher?

— Sim. Em muitas palavras. Ele disse que ia melhorar. Teremos que esperar e ver, a menos que queira que eu cuide disso mais agressivamente. Você que sabe. É só me avisar.

Balancei a cabeça.

— Não. Vamos esperar e ver, como você disse.

Eu confrontava Joseph em toda oportunidade que tinha, mas ele estava melhorando bastante em guardar seus pensamentos e reações e vinha se controlando mais, depois daquilo. Eu não sabia se era por causa de Clark ou porque ele havia finalmente ativado seu senso de autopreservação.

Por mais que isso fosse contra a corrente, não fiz nada, apenas observei e esperei, sentindo-me enjoado toda vez que pensava nele passando tempo com ela.

Era uma agonia para mim. Me deixava inquieto o tempo todo. *Ele estava com ela agora?* Será que conquistaria a afeição dela aos poucos?

Será que já havia conquistado?

35
Minhas propensões

Alguns dias depois, cheguei em casa no início da tarde e ela estava andando a cavalo.

Assim que descobri onde ela estava, segui direto para lá, sem nem ao menos me dar ao trabalho de trocar meu terno por outra roupa.

Nossa treinadora de cavalos, Cosette, estava com ela no curral, ajudando-a a fazer os últimos ajustes.

Joseph estava lá.

Ele estava encostado à cerca, com os cotovelos apoiados na primeira barra, assistindo-as treinarem.

Aproximei-me do curral, mas continuei andando ao chegar lá, seguindo para a sala de arreios. Peguei a primeira chibata que vi e voltei para fora.

Fui para o lado dele, com os olhos em Bianca cavalgando, uma visão indecente pra caralho, e comecei a bater a chibata em minha palma.

Espiei-o pelo canto do olho, vi quando ele percebeu o que eu estava fazendo, estava ciente de sua mandíbula cerrando, punhos se fechando.

Sorri, virando o rosto para olhar para ele.

Ele retribuiu meu olhar, claramente agitado.

— Muito além de *algo que você possa quebrar* — reiterei minhas palavras de dias antes, suave e sucintamente.

A ira flamejou em seus olhos, mas ele segurou a língua, infelizmente.

Afastei-me dele, entrando no curral e atravessando o espaço enorme até onde as mulheres estavam.

Cosette estava no centro do cercado, gritando instruções para Bianca. Dava para ver, com apenas algumas palavras, que essas mulheres eram próximas. Havia tanto carinho e camaradagem na forma como ela instruía minha esposa.

Cosette era uma mulher pequena, com um físico delicado, e de alguma forma sabia muito bem usar seu porte pequeno para cavalgar com extrema habilidade, controlando animais poderosos com um só movimento.

Eu a contratei dois anos antes, por indicação de Pete, quando me dei conta de que não permitiria que Pete ensinasse minha mulher a andar a cavalo.

Ele jurara que Cosette era a melhor, e tinha razão.

Ela virou-se para sorrir para mim conforme me aproximei. Era uma mulher linda, com traços delicadamente definidos, seus cabelos lisos com um corte descolado, curto atrás e nas laterais, com uma franja comprida que emoldurava seu rosto e enfatizava suas bochechas firmes.

— Estamos terminando — ela me avisou. — Ela está fazendo um grande progresso.

Apenas assenti, virando-me para observar minha esposa, ainda batendo a chibata na palma.

Bianca guiou seu cavalo para minha direção.

— Você vai estragar mais um terno — ela disse, sorrindo para mim.

Retribuí o sorriso.

— Sim, vou, sim.

Ela não fazia ideia.

— Venha aqui — falei, abaixando a chibata para não assustar o cavalo quando ela o aproximou.

Segurei sua perna com a mão esquerda, erguendo a chibata para dar um leve tapinha em seu ombro. Usei uma pressão leve para que ela se inclinasse para mim.

Ela se abaixou até nossas bocas se encontrarem. Enfiei a língua em sua boca quente e molhada, descendo a chibata por suas costas para provocar sua bunda.

Após um momento, afastei-me, prendi a chibata no meu cinto e a retirei da sela, pressionando-a contra mim.

Olhei para Cosette.

— Gostaríamos de ter os estábulos somente para nós um pouco.

Ela não se abalou nem um pouco. Já trabalhava ali há um tempo. Sabia como éramos.

— Claro. Deixarei vocês a sós.

Virei o rosto, afagando as costas de Bianca. Joseph ainda estava na cerca, ainda observando. Canalha atrevido.

Desci a mão até a bunda de Bianca e apertei com força. *Minha.*

— Ele não deveria ficar te vendo fazer isso — eu disse baixinho, com a voz ríspida.

Ela enrijeceu, virando a cabeça para ver.

— Joseph? Do que está falando? Ele está apenas fazendo o trabalho dele, patrulhando a propriedade.

Esforcei-me muito para controlar minha respiração e meu tom.

— Então, ele está só dando uma passada. Não estava assistindo *todo* o seu treino?

Ela fez uma pausa, e eu rangi os dentes.

— Acho que estava. Mal notei. Ele é inofensivo.

Range, range, range.

— Vá esperar por mim na sala de arreios — ordenei, dando um beijo em sua testa e empurrando-a naquela direção.

Segui na direção oposta, caminhando até estar a poucos passos de distância da ruína da minha existência.

Puxei a chibata do meu cinto e comecei a estapear minha palma ruidosamente com ela. Não me dei ao trabalho de mascarar minha expressão para ele, e sabia o que ela me fazia parecer.

Selvagem.

Primitivo.

Estalo, estalo, estalo.

— *Gostou do show*? — perguntei a ele em um tom incisivo.

Ele não respondeu, apenas alternou olhares do meu rosto para minhas mãos, para cima e para baixo.

Estalo, estalo, estalo.

— Você assistiu ao treino dela inteiro?

Silêncio.

Estalo, estalo, estalo.

— Você sempre a assiste cavalgar quando não estou em casa? — perguntei.

Ele respirou fundo, mas continuou em silêncio.

Pá! A chibata atingiu a cerca de repente, bem ao lado da sua mão.

— Me responda. É uma ordem.

Ele fez uma expressão de nojo para mim.

— Não sempre, mas com frequência. E, sim, eu assisti ao treino inteiro e gostei do show.

Minhas narinas inflaram conforme senti minha vitória. Eu estava quase tão exultante quanto furioso.

Ele parecia tão perto de perder o controle quanto eu.

— Bom, espero que tenha aproveitado — eu disse, a voz baixa e cruel. — Porque foi a *última vez, porra*. Você nunca deve assisti-la cavalgar! Se eu souber que você ficou a menos de trinta metros de distância do estábulo enquanto ela estiver treinando, vou expulsá-lo da propriedade. Entendido?

Por um minuto feliz, pensei que ele ia perder a cabeça, dizer alguma coisa que eu poderia usar no meu caso contra ele, mas, infelizmente, ele não o fez.

Em vez disso, abriu a boca uma vez, fechou em seguida, fez um aceno curto com a cabeça e saiu dali.

Juntei-me a ela na sala de arreios, ainda batendo a chibata na palma. Minha voz estava densa de luxúria.

— Abaixe a calça e apoie as mãos na parede.

Meu terno *estava* arruinado quando terminamos. Ternos feitos sob medida não eram criados pensando em foder em um estábulo. E com certeza não eram feitos para rolar pelo feno, ficar de quatro na terra, foder feito animais… a lista continuava.

O estrago feito no terno tinha valido completamente a pena.

Ela mal conseguiu andar do estábulo até a casa. Teve que se apoiar em mim o tempo todo.

Ela estaria dolorida no dia seguinte, tanto pelo excesso de foda bruta quanto pelas palmadas.

Tínhamos planos para jantar com Stephan e Javier. Eu tinha quase esquecido até vê-los esperando por nós na varanda dos fundos.

Clark estava com eles, conversando e rindo. Vi que Blake também estava lá.

E Joseph.

Stephan começou a balançar a cabeça conforme nos aproximamos.

— Não vou perguntar — ele disse com uma risada na voz.

— É o melhor que você faz — respondi. — Estaremos prontos para o jantar em trinta minutos. Precisamos tomar um banho. Estamos *imundos*. — Meus olhos pousaram em Joseph ao dizer a última parte, e sorri friamente quando o vi se encolher.

Aquela alfinetada realmente o atingiu, porque, no dia seguinte, ele certificou-se de me procurar com a clara intenção de me dizer poucas e boas.

Ele me encontrou no meu escritório em casa. Bateu à porta, e eu permiti que entrasse.

— Você faz ideia do quanto é egoísta por mantê-la ao seu lado? — perguntou, emotivo.

Isso claramente vinha corroendo-o por dentro. Esse homem estava consumido por pensamentos sobre a minha esposa.

Senti um ódio cru me percorrer.

— Ela poderia ter coisa *melhor*, e você sabe disso — ele continuou. — Ela poderia encontrar um cara legal, um sujeito normal que a amasse e a tratasse com respeito, alguém que não a sujeitasse às coisas desprezíveis que você faz com ela para seu próprio entretenimento. Ela poderia encontrar alguém que a ajudasse a se *curar* ao invés de explorar suas questões.

— E suponho que ache que é esse tipo de cara? — inquiri.

Ele não respondeu, mas não precisou.

— Você não entende — eu disse, contundente. — Você não a entende nem um pouco. Você é *exatamente* o tipo de homem que a faria completamente *infeliz*. Esperaria que ela escondesse quem realmente é, a faria odiar essa parte de si. Você a faria se sentir mal consigo mesma, quando não há uma única coisa nela pela qual ela deveria se sentir mal.

— Você é quem deveria se sentir mal por isso. Eu vi os pulsos dela ontem. Vi as marcas, mais uma vez. Deveria se envergonhar.

Levantei, abrindo um sorriso provocativo. O palhaço aqui era ele. Eu não tinha vergonha alguma, nunca tivera.

Estendi um braço, apontando para a porta.

— Se não consegue trabalhar para um homem com as minhas propensões peculiares, faça o favor de pedir demissão. Ninguém está te impedindo.

Ele balançou a cabeça repetidamente, fitando-me com raiva.

— Não, eu não vou pedir demissão. Se quiser que eu vá embora, terá que me demitir, e nós dois sabemos que sua esposa não vai gostar disso.

O jeito como ele disse *sua esposa*, o escárnio em sua voz, foi demais para mim.

O último fio que me segurava arrebentou dentro de mim e, no segundo seguinte, agarrei-o pela camisa. Empurrei-o contra a parede, ficando bem próximo do seu rosto.

— Isso mesmo — rosnei para ele. — *Minha esposa*. Minha. Minha de formas que você nunca vai saber. Acha que viu todas as marcas? Não viu nem a metade. Eu maculei cada *centímetro* dela, marquei meu território.

Ele me deu um soco. Fiquei bem feliz com isso, mesmo tendo levado um golpe no queixo.

Feliz porque, bem, agora era pra valer.

Revidei, acertando sua mandíbula com gosto. Eu queria fazer isso há anos, então, fiz de novo.

Fomos para o chão e tínhamos trocado mais alguns socos, ofegando, quando ele falou.

— Ela não é um objeto para ter dono — disse entre dentes, com as mãos agarrando as minhas que seguravam sua camisa. Comecei a bater suas costas e sua cabeça no chão.

— Não é um objeto, mas é minha, mesmo assim. E isso nunca vai mudar. — Minha voz estava baixa. As palavras saíram de mim em respirações entrecortadas, mas cheias de convicção ao mesmo tempo.

Preparei meu punho para socá-lo no rosto quando a voz dela me deteve.

— James — Bianca arfou, parecendo chocada, perturbada.

Soltei um palavrão e me endireitei, levantando.

Ela estava no vão da porta, com Clark logo atrás. Ergui uma sobrancelha para ele.

— Estou surpreso por você não ter interferido. — Ao falar, aproximei-me dela, puxando-a para meu peito.

— Parecia que você tinha tudo sob controle — Clark respondeu, com certa presunção na voz.

Foi *ele* que me ensinou a lutar.

Protetiva e possessivamente, retirei Bianca do cômodo.

Sua reação não foi o que eu esperava. Ela ainda conseguia me surpreender.

Ela não ficou brava comigo, nem um pouco. Em vez disso, preocupou-se com meus hematomas, beijou cada um e exigiu delicadamente que eu lhe contasse tudo.

Não pude resistir ao seu ataque carinhoso. Contei tudo.

No fim, foi Bianca que consertou tudo. Determinada e tranquila, ela mesma demitiu Joseph.

— Me desculpe — ela disse sucintamente após fazê-lo.

Senti-me comprimir por dentro.

— Por que está se desculpando? Você sentia algo por ele?

Ela fez uma expressão perplexa que me acalmou.

— É claro que não. Não como você está insinuando. Ele era um *amigo*, só isso. Acho que me dei tão bem e me sentia tão confortável com ele porque tem a personalidade muito parecida com a de Stephan. Para ser sincera, por um bom tempo, achei que ele fosse gay. E isso faz com que essa situação seja ainda mais chocante para mim.

Aquilo me arrancou uma risada. E o primeiro sorriso verdadeiro que eu abria em dias.

Tudo estava certo no meu mundo novamente.

36
Meu coração fiel

Não muito tempo depois do incidente com Joseph, outra força externa tentou atormentar nosso casamento.

Eu não era o único lutando contra os ciúmes em nosso casamento, mas ela lidou com o seu de uma forma bem diferente da minha.

Estávamos passando uma temporada em Nova York. Por sorte, Bianca não se importava em viajar, já que era algo que fazíamos com frequência. Ela disse que as mudanças de ares eram agradáveis e que gostava de pintar em lugares diferentes.

Eu estava trabalhando mais horas do que o normal na propriedade Cavendish de Manhattan. Estivera ausente da cidade por um bom tempo, e tive que recuperar o atraso em alguns negócios cruciais.

Clark havia ficado em Vegas, infelizmente, para me representar em algumas reuniões do cassino. Ele era mais do que meu guarda-costas. Ele me dava assistência em todo tipo de coisa, era meu sócio em vários negócios, mas ainda trabalhava como assistente pessoal e pau para toda obra. Eu lhe pagava dois salários para isso, porque quanto mais coisas ele pudesse fazer para mim, melhor, e eu confiava nele totalmente. Estava comigo desde que eu era jovem, e sabia que era leal ao extremo.

Sua ausência era particularmente uma pena, já que eu precisava da assistência extra no hotel de Nova York, e como não queria bagunçar a ordem normal das coisas durante uma estadia temporária, tive que contratar uma nova assistente.

Deleguei essa contratação, e minha única exigência era que a pessoa fosse competente e tivesse disponibilidade para cumprir uma carga horária de trabalho extensa pelas próximas duas semanas.

Já fazia um tempo que eu havia me desapegado do microgerenciamento dos meus negócios, e não ia começar novamente agora.

A assistente se chamava Winona, e sua descrição de cargo principal incluía cuidar de papeladas e servir café. Coisas importantes.

Ela era atraente. Eu não era cego, e notei imediatamente que tinha uma aparência capaz de parar o trânsito.

Curvilínea como uma ampulheta, cabelos ruivos desordenados como se ela tivesse acabado de sair da cama de um homem, um rosto que era simplesmente deslumbrante e olhos verdes como esmeraldas que eu, pessoalmente, achava que deviam ser lentes de contato.

Como se isso não bastasse, ela se vestia de maneira provocativa e se portava com o tipo de sensualidade que um homem como eu reconheceria na hora. Ela exalava sexo. Tudo que fazia demonstrava sua fixação sexual. Ela era o tipo de mulher que qualquer homem que a visse no escritório imaginaria que tinha acabado de foder com alguém no elevador, porque precisava demais, e com essa frequência.

Ela era o tipo de mulher que, alguns anos atrás, me faria morder a isca que vivia jogando. Ela não era sutil. Percebi sua energia de cara. Não fazia tanto tempo assim que minha vida de solteiro havia acabado. Eu conhecia os sinais, não tinha esquecido um único truque, desde seus olhares de rabo de olho até a forma como exibia seu decote. Eu reconhecia todos.

Eu não flertava com ela. Não achava que já havia flertado com alguém, mesmo antes. Era educado, mas ia direto ao ponto. Agora, não havia ponto algum. Qualquer mulher que expressasse interesse em mim que não fosse a minha esposa não passava de um incômodo.

Na verdade, ela era tão óbvia que abordei esse assunto logo no primeiro dia.

— Você está aqui para fazer um trabalho — eu disse, com a voz impassível. Ela estava curvada sobre a minha mesa, fingindo estar trabalhando em alguma coisa, seus seios prestes a saltarem para fora. Estava nessa pose há uns cinco minutos. — Um trabalho simples. Nada mais, nada menos — continuei. — Se você tinha alguma outra expectativa quando aceitou esse emprego, tenho que desiludi-la agora mesmo. Faça o seu trabalho, aja e vista-se apropriadamente, ou vá embora.

Ela ergueu o olhar para mim e endireitou-se, alisando seu vestido, correndo as mãos por seu corpo voluptuoso. Ela piscou lentamente, várias vezes, apenas me encarando.

Achei que devia estar tentando me lançar um olhar sedutor.

De propósito, bocejei.

Ela comprimiu os lábios e assentiu, voltando para o que estava fazendo.

Suspirei.

— Você tem sua própria mesa, lá fora na recepção. Não gosto de compartilhar a minha.

Isso pelo menos a fez sair do meu caminho por um tempo.

Em seu terceiro dia, fui até o quarto conjugado ao meu escritório, tranquei a porta e fiz uma ligação para Bianca, com a intenção de simplesmente dar um oi e saber como ela estava.

Em vez disso, acabei com meu pau para fora e batendo uma até esporrar em um guardanapo enquanto ela me dizia o que estava fazendo consigo mesma do outro lado da linha.

Era ridículo. Fora de controle. Eu fizera amor com ela naquela manhã, logo antes do trabalho, e ainda não conseguia evitar. Só deixei-a encerrar a ligação após ela prometer me visitar depois do almoço.

Passei uns quarenta e cinco minutos no quarto e, quando saí, encontrei Winona no meu escritório.

Ela pareceu levar um susto. Estava perto da minha mesa, mas não consegui entender o que fazia ali.

— O você está fazendo? — indaguei.

Ela lambeu os lábios, alisando o vestido justo em seus quadris.

— Eu... hã, vim perguntar se o senhor precisa de alguma coisa.

Não acreditei nela. Estreitei os olhos e olhei em volta da minha mesa, mas não vi nada fora do lugar.

— Não — respondi, breve. — Vá trabalhar nas tarefas que te passei esta manhã.

— Quem é a nova garota? — Bianca questionou quando veio me visitar algumas horas depois.

Eu estava à mesa, assinando mais uma papelada tediosa.

— Nova assistente. Winona. Não acho que vá durar muito.

Ela examinou meu rosto, sua expressão impassível.

— O que foi? — perguntei finalmente.

— Você dormiu com ela? — indagou baixinho.

Fiquei horrorizado.

— Claro que não! Que tipo de pergunta é essa?

— Não recentemente. Não perguntei se você acabou de dormir com ela, quis saber se fez isso no passado, antes de mim.

— Não. Nem fui eu que a contratei, mas, francamente, estou questionando a competência de quem fez isso. Estou a uma irritação de demiti-la.

— Ela tem dado em cima de você — ela adivinhou.

Fiz uma careta.

— Sim, ela tem deixado claro que está interessada.

Ela não disse mais nada sobre o assunto, apenas foi para o quarto. Eu já tinha destrancado para ela.

Estava distraído demais para trabalhar com ela ali. Não demorei cinco minutos antes de ir atrás dela.

Tinha planejado tirar apenas uma hora de intervalo no dia cheio, mas acabamos passando três horas no quarto.

E não comemos. Bom, pelo menos, não comida.

Fiquei sobre uma de suas coxas, pendurando a outra em meu ombro. Inclinei-me para frente, esticando-a deliciosamente ao estocar com força dentro dela.

Fiz isso por um bom tempo, penetrando-a quase preguiçosamente. Quando finalmente senti minhas bolas se contraírem e meu sêmen ir para a ponta do pau, jorrando dentro dela, fui pego de surpresa. Eu nem estava tentando gozar. A essa altura, estava apenas aproveitando a sensação de estar dentro dela, meu pau memorizando sua boceta, saboreando a foda.

Abaixei sua perna e deitei sobre Bianca, colocando peso suficiente para fazer sua respiração ficar mais pesada.

Seus olhos estavam fechados, e pensei que ela já tinha caído no sono.

— Não gostei da Winona — ela disse baixinho. — Acho que ela é problema.

Processei aquilo, posicionando nossos corpos até eu ficar de conchinha atrás dela.

— É melhor eu demiti-la logo, então?

Ela pareceu tentada a essa ideia, mas negou com a cabeça.

— Só tome cuidado com ela. Seja cauteloso, e não confie nela. O jeito como que olhou para mim... eu não gostei.

Winona me deixou paranoico, principalmente depois do alerta de Bianca. Eu sempre trancava tudo, mas passei a conferir isso com ainda mais cuidado. A última coisa de que eu precisava era que ela deitasse na cama do quarto e fizesse uma cena.

No dia seguinte, decidi demiti-la de uma vez. Não valia a pena ficar perdendo tempo me perguntando se ela seria ou não um problema.

Ela estava debruçada sobre a minha mesa novamente, fazendo a mesma coisa que sempre fazia, trabalhando na minha mesa quando eu dissera expressamente que não deveria fazer isso, seus seios saltando da blusa.

— Não use minha mesa. Use a sua mesa. Quantas vezes tenho que te dizer isso?

Ao falar, já tinha tomado uma decisão, mas não pretendia lidar com ela pessoalmente. Não tinha tempo para dedicar a trivialidades como essa. Além disso, o gerente idiota que a contratara deveria fazer as honras. Eu esperaria até ela sair do meu escritório para fazer a ligação.

Só que ela não se afastou, e sim se aproximou ainda mais, levando suas mãos aos botões em seu decote e começando a abri-los. Seus seios ficaram expostos imediatamente. Ela não estava usando sutiã.

Ela achava que eu me abalaria ao ver um par de peitões falsos?

Nem preciso dizer que não me abalei.

— Tudo bem, já chega. Seu trabalho acabou por aqui. Recolha suas coisas e saia. Prefiro não chamar a segurança para acompanhá-la até a saída, mas não vou hesitar em fazer isso.

E então, ela fez uma coisa muito estranha. Uma das coisas mais desconcertantes que eu já testemunhara na vida. Tão louca que fiquei sem palavras e sem reação.

Primeiro, ela saiu correndo. Simplesmente saiu correndo do meu escritório para a recepção e voltou em seguida com um celular na mão.

Parecendo desequilibrada, com os peitos ainda para fora da roupa, ela foi até a estante de livros e apoiou o celular ali, com a lente da câmera virada para o escritório.

Ela estava nos filmando com seu celular.

Levantei e fui direto para a porta. Eu sabia que era a porra de uma armação. Eu me retiraria e chamaria a segurança para removê-la.

Com o rosto estranhamente inexpressivo, ela tirou seu vestido. Estava nua por baixo dele, sequer usava calcinha.

Cheguei até a metade do escritório quando seu corpo nu se apressou e fez contato direto com o meu corpo retraído e completamente vestido.

Ela estava determinada, jogando os braços ao meu redor, pulando para tentar montar em mim enquanto eu tentava sair do cômodo.

Gritei bem alto chamando os seguranças, tentando me desvencilhar sem colocar as mãos nela, querendo que ela parasse.

Por sorte, eles me atenderam rapidamente e a arrancaram de mim, levando-a dali.

— Certifiquem-se de bani-la da propriedade. Revoguem qualquer acesso que ela possa ter.

Meu gerente de escritório, Lenny, um homem de quarenta e poucos anos que estava no cargo há um ano, foi direto para o celular que contei a ele que ela havia colocado na estante.

— Apague esse vídeo — ordenei. — Não faço ideia do que ela pretendia com isso, mas quero que ele desapareça. Na verdade, limpe todo o celular. Quem sabe o que mais ela andava aprontando.

Ele assentiu, concordando, e saiu dali com o celular.

Eu estava em frangalhos. Antes de qualquer coisa, queria trocar as roupas que aquela mulher havia tocado. Fui para a suíte conjugada, tomei um banho rápido e vesti outro terno.

Eu queria esquecer que todo aquele incidente tinha acontecido.

Quando cheguei em casa, não quis falar sobre o assunto. A situação tinha sido esquisita e inútil, deixado um gosto amargo em minha boca, e eu só queria deixar tudo para trás.

Estávamos de volta a Vegas quando a notícia surgiu.

Um vídeo havia sido vazado, um vídeo drasticamente adulterado que fazia parecer que eu estava abraçando uma mulher nua em meu escritório ao invés de estar desvencilhando-me dela.

Minha primeira e maior pergunta: quem havia vazado o vídeo?

Meu gerente de escritório me devia respostas.

Minha primeira e maior preocupação: Bianca.

É claro. O que mais?

Eu estava no cassino quando tudo aconteceu. Fui embora imediatamente assim que vi e ouvi o que havia sido vazado.

Bianca não estava em casa e não tinha atendido ao celular. Isso quase me deixou em pânico.

Stephan também não estava atendendo. Uma sensação horrível começou a se revirar no meu estômago, serpenteado até meu peito.

Javier me atendeu no primeiro toque.

— Ela está com ele — informou.

— Ela está bem? Está chateada?

— Sim. Ela está chateada. Alguém mandou alguma coisa para ela por e-mail, uma mensagem sobre, sei lá, o que quer que estivesse acontecendo naquele vídeo.

— O quão chateada?

Houve uma longa pausa e, então:

— Muito. Ela... eu a ouvi dizer ao Stephan que você mentiu para ela. Acho que está mais abalada com essa parte.

— Menti? Sobre o quê?

— Sobre ter dormido com aquela mulher.

Ela tinha visto o vídeo e acreditado no pior.

Aquilo não doeu; aquilo me dilacerou.

Apesar do que parecia, eu esperava que ela simplesmente me conhecesse melhor que isso, soubesse que o meu coração fiel era incontestável.

— Ela acha mesmo que dormi com outra mulher? — perguntei, sentindo-me perdido.

— Não! Não desse jeito. Ela acha que você mentiu sobre ter dormido com ela antes de conhecer Bianca.

— Eu conheci aquela mulher dias atrás.

— Eu não sei o que te dizer. É melhor vir para conversar com ela.

Foi o que fiz. Ela e Stephan estavam em seu recanto. Ele estava com um braço em torno dela, que não estava olhando para mim.

Analisei seu rosto, sendo tomado por um sentimento descontrolado e impotente muito familiar.

Seu rosto estava fechado, a expressão impassível, e quando Bianca não queria que você a interpretasse, ela ficava ilegível.

Sua raiva, sua condenação silenciosa era tão fria.

Eu não aguentava isso. Preferia que se enfurecesse e causasse uma cena. Em vez disso, ela me afastava, se fechava, enquanto processava as coisas, às vezes fazia algumas perguntas e, então, eventualmente, voltava ao normal.

Porém, tudo sempre acontecia em seu tempo, e geralmente, depois de passar uma copiosa quantidade de tempo com Stephan, que a acalmava como ninguém mais.

Olhei para Stephan, sabendo que ele não aceitaria isso muito bem, mas mesmo assim pedi:

— Podemos ficar a sós, por favor?

Ele olhou para Bianca. Para meu alívio, ela assentiu para ele.

Sentei-me ao lado dela, mas não perto, sem tocá-la.

Ela estava tão intocável, e eu não suportava sequer tentar tocá-la quando ela estava assim. Não foi para isso que vim. Até estar tudo esclarecido, eu não queria tocá-la, nem mesmo para reconfortá-la.

— Foi tudo armado. Clark está conseguindo o vídeo completo agora e vai te mostrar muito claramente que não participei daquela cena.

— Eu sei disso. Vi seu rosto no vídeo. Dava para perceber. Não é isso que está me chateando. Você *mentiu* para mim.

Não tínhamos uma interação assim há muito tempo. Ela estava agindo como se não confiasse em mim, e eu simplesmente não aguentava isso.

Ela pegou seu celular, rolou brevemente pela tela e, então, me entregou.

Estreitei os olhos para a foto na tela e, então, encolhi-me. Era uma foto minha, dos tempos de faculdade. Em uma festa de fraternidade. Eu estava com um braço em torno de uma garota de cabelos escuros. A mão dela estava na minha virilha.

Me lembrava de como eu era na faculdade, e embora não me lembrasse dela ou daquela noite, sabia que o James da faculdade havia transado com ela logo depois daquela foto ser tirada, ou, pelo menos, era mais provável que esse fosse o caso.

Os cabelos dela estavam diferentes e ela estava bem mais jovem na imagem, mas a foto estava nítida o suficiente para que eu pudesse ver que era Winona.

Ergui o olhar para Bianca.

— Eu não me lembrava dela, juro. Quem quer que tenha te mandado isso fez uma baita pesquisa sobre uma noite obscura e insignificante do meu passado. Não sei te dizer por que fizeram isso, mas eu *não* me lembrava desse momento, não me lembrava dela. Eu juro. Nunca teria mentido para você de propósito. Nunca teria permitido que ela trabalhasse lá *por cinco minutos*, se soubesse.

Finalmente, ela olhou para mim e examinou-me por um bom tempo, como se estivesse destrinchando algo na mente.

— Você transou com *tantas* mulheres assim que pode esbarrar com algumas delas e não se lembrar?

Baixei o olhar para minhas mãos, querendo que a resposta fosse diferente, para seu bem.

— Acho que a *maioria* delas. Sim. Eu sinto muito.

Ela remexeu-se ao meu lado e, de repente, enterrou-se em mim, abraçando-me com força.

Fui acometido por arrepios de alívio.

Ali estava ela. Minha amada estava de volta, exatamente como eu precisava dela.

Tocável.

Pude voltar a respirar. Passei as mãos por seu corpo enquanto o aperto em meu peito finalmente se soltava.

Um bom tempo se passou, e continuei abraçado a ela.

— Eu te devo um pedido de desculpas — ela disse em determinado momento. — Me desculpe pelo instante em que duvidei de você. É só que tudo foi exposto de uma forma tão convincente, tão bem montada para atingir minhas inseguranças. Aquelas imagens foram horríveis, e depois ainda descobrir que você tinha dormido com ela e me dito o contrário... A ideia de que você poderia esconder isso de mim e estar trabalhando com ela mexeu muito com a minha cabeça.

— Eu juro que não sabia. Não me lembrava dela de jeito nenhum.

— Eu sei. Eu sei. Acredito em você. É só que, quando se teve uma vida como a minha, com tanta mágoa e sofrimento, e então passar a ser tão feliz que você mal consegue aguentar, acho que estava esperando por algo que arruinasse tudo. Sinto muito por ter caído nessa armação terrível. Juro que isso nunca mais vai acontecer.

Após três dias, o restante da história finalmente veio à tona, ou, pelo menos, a maior parte.

A mulher era mentalmente instável, obviamente, e a imprensa havia encontrado provas disso e publicou.

E o restante do vídeo foi encontrado, graças às habilidades ninjas de Clark e o HD de Lenny, com a parte que mostrava toda a interação, inalterado. Mesmo sem áudio, estava bastante óbvio que eu havia sido emboscado por uma mulher louca e não participei de nada por vontade própria.

Meu celular tocou. Era meu amigo Parker.

— Oi, cara — atendi. — Como vai? Como estão Sophia e Elliot?

— Estamos bem. Olha, tenho uma coisa para te contar, uma coisa que acabei de descobrir e imaginei que você precisaria saber.

— Ok. Pode contar — eu disse lentamente. Seu tom parecia carregar algo sinistro.

— Aquele escândalo. A armação com a mulher nua no seu escritório que estava estampada por toda a imprensa...

— Sim, estou bem ciente disso tudo. O que tem? — Era a última coisa sobre a qual eu queria falar.

— Jules estava por trás disso. Ela estava trabalhando como seu gerente de escritório. Estava dormindo com ele. Foi ela que armou tudo. Aquela mulher maluca era sua cúmplice. Elas eram velhas amigas de faculdade.

Fiquei chocado, embora talvez nem devesse.

— Por quê? O que raios ela poderia ganhar com isso?

— Acho que ela pirou de vez, sinceramente. Ou se iludiu achando que se sua esposa te deixasse, ela teria uma chance, ou foi uma vingança doentia. Seja lá qual tenha sido a motivação, as coisas vão mudar agora. Ela não vai mais ser um problema para você, garanto. Só queria que soubesse. Meus pais ficaram sabendo da participação dela nisso tudo. Com você casado agora, sem contato com Jules, até mesmo eles estão enxergando o quanto ela é seriamente problemática. Eles a deserdaram e não pretendem sustentá-la de jeito nenhum, a menos que ela procure ajuda.

— Meu Deus. A sua irmã é uma vaca psicopata.

Ele não se ofendeu.

— É, ela é mesmo.

— Obrigado por me avisar.

— Claro. Espero que saber tudo que estava por trás dessa te traga um pouco de paz de espírito.

— Com certeza.

37
Minha função

— Bronson Giles — eu disse assim que Tristan atendeu seu celular.

Houve um breve silêncio e, então:

— Quem?

Suspirei.

— Não sou a polícia. Preciso ouvir toda a história.

— Não faço ideia do que você está falando.

— Só me diga uma coisa: por que ele? Por que raios você teve um ataque de fúria com um ator fracassado qualquer?

Eu sabia que tinha algo a ver com Danika. Isso era uma certeza. Quando Tristan começava a quebrar coisas ou a machucar pessoas, só existia uma explicação.

— Isso está parecendo muito com aquele incidente com Milton Sagar — incitei. — Lembra disso?

— Não, não me parece familiar — ele falou, soando perfeitamente inocente, o que, é claro, ele não era.

— Você é um idiota. Lembro-me muito bem de quando você desfigurou o rosto do Milton, assim como nós dois sabemos que, por algum motivo que só pode envolver o seu temperamento, você quebrou o nariz do Bronson em uma exibição de arte em uma galeria, e ainda deu uma joelhada tão forte na virilha dele que ele teve que colocar gelo nas bolas por uma semana.

— Uma semana, hein? — ele perguntou, parecendo contente demais com isso.

— Sim, uma semana, no mínimo, seu filho da puta sedento por sangue. E, de alguma forma, o filho dele o convenceu a não prestar queixas, ou sequer falar sobre o assunto. Como você conseguiu essa façanha?

— Não tive nada a ver com isso.

— Só por um minuto, vamos fingir que sim.

— Hum.

— Que tal você me dar apenas um motivo hipotético que explicaria por que uma coisa assim aconteceria?

— Hipoteticamente, posso entender a vontade de uma pessoa de dar uma surra em um coroa cretino por: primeiro, ser um pai canalha e ausente, e segundo, por dar em cima da própria filha. Hipoteticamente, se eu ouvisse uma história dessas, mesmo que tenha acontecido anos atrás, acho que eu faria algo a respeito disso na primeira vez em que o desgraçado tivesse o azar de esbarrar comigo em algum lugar, mesmo que esse lugar fosse, por acaso, uma das suas galerias.

O choque de ouvir aquilo me deixou sem palavras. Juntei as peças imediatamente. Tristan não era um homem sutil, e tinha me dado todas as pistas. Eu não fazia ideia, a mínima ideia de que Bronson Giles era o pai biológico de Danika.

— Acho que isso explica por que ele não prestou queixa — falei finalmente. — Ele sabia que ela era sua filha quando deu em cima dela?

— Não, mas quer saber? Estou pouco me fodendo se ele sabia ou não. O desgraçado mereceu. Tem noção de como isso pode mexer com a cabeça de uma pessoa? Seu próprio pai tentando te traçar?

— Já entendi. Obrigado por esclarecer.

— É só isso, então?

— Sim. Era minha função te repreender, te dar uma multa ou te penalizar, de acordo com a cláusula do seu contrato que te proíbe de brigar, e os advogados do cassino estavam enchendo o meu saco com isso, devido ao fato de que o que você fez é passível de processo, mas não estou a fim de ir em frente com isso. Bom trabalho, cara. Eu teria feito o mesmo. Tenha uma boa tarde.

Ele estava rindo do outro lado da linha quando encerrei a chamada.

38
Minha luz

Estávamos no carro indo para casa quando deixei a coisa errada escapar. Eu me arrependeria depois, mas assim como qualquer corte profundo, não senti ou sequer reconheci de imediato o estrago que havia feito.

Tínhamos acabado de fazer uma visita maravilhosa a Tristan e Danika. Eu havia passado a tarde inteira observando Bianca brincar com Ming e segurar Nikolaj nos braços, e isso acabou me subindo à cabeça.

— Poderíamos adotar — sugeri.

Ela estava relaxada. Feliz. Sorrindo. E, de repente, tudo aquilo desapareceu, e ela ficou rígida, distante, impossível de interpretar.

Tentei retirar o que disse assim que vi seu rosto.

— Quero dizer, se você não quiser engravidar, ou... só estou dizendo que há várias opções. Tristan e Danika tiveram uma ótima experiência... quer dizer, eu... foi só uma ideia. — Senti-me desconfortável, perdendo meu jeito com as palavras.

Ela não emitiu uma palavra, nenhum pingo de sua expressão mudou, nem o menor dos músculos do seu rosto se contraiu, mas pude sentir sua mágoa, sua dor, no ar. Aquilo me assustou.

Eu odiava quando ela fazia isso, quando se fechava completamente para mim. Acontecia com menos frequência conforme passávamos mais tempo juntos, mas isso parecia deixar ainda mais difícil de lidar quando acontecia.

— Eu não quis te ofender — tentei novamente. — É só que eles parecem tão felizes. Isso claramente deu certo para eles.

— Pensei que *nós* estivéssemos felizes. Pensei que *nós* dávamos certo. — Em suas palavras, pude ouvir um indício de sotaque, algo que raramente acontecia. Ela estava chateada a esse ponto.

Meu estômago afundou. Ela falou como se a coisa descuidada que eu havia dito anulasse, de alguma forma, nossa felicidade, anulasse o quanto dávamos certo.

Merda.

— Nós estamos. Nós damos. Não me expressei bem. De maneira alguma eu quis insinuar isso.

Mas o estrago estava feito.

Ela se retraiu.

Ela me deixou por um tempo. Alguém estava ocupando aquele corpo, mas não era a minha esposa. Era uma estranha que não compartilhava nada comigo, nenhum dos seus pensamentos, nada sobre sua dor.

Por dias, ela me deixou.

E, então, ela disse.

A coisa que partiu meu coração em um milhão de pedaços irregulares.

— Talvez não devêssemos ter nos casado.

Senti uma dificuldade tremenda de recuperar meu fôlego. *Isso era um sonho*? Um pesadelo? Ela tinha mesmo acabado de dizer aquilo para mim?

Seu olhar atroz era como um soco no estômago. Além de não estar retirando a coisa terrível que tinha acabado de dizer, ela parecia estar ficando cada vez mais zangada, como se estivesse mesmo falando sério.

— Você deveria ter sido honesto comigo sobre isso desde sempre — ela vociferou. — As pessoas não deveriam se casar até chegarem a um consenso quanto a isso. Deveríamos ter esperado. Eu… ainda não sei se quero ter filhos, mas você claramente quer.

— Sim, sim, não vou negar, eu adoraria ter filhos. Com você. Eu quero isso. Mas não mais do que quero você. Nunca. Eu te quero acima de tudo, acima de *qualquer coisa*. Estou sendo o mais honesto possível.

Ela murchou um pouco, suavizou o suficiente para que eu a puxasse para mim, abraçando-a, tocando-a, após ela ter passado dias intocável.

— É difícil dizer isso, verbalizar, proferir em voz alta — ela falou suavemente, com desespero na voz. — Mas não tenho certeza se sou capaz de conciliar quem sou, o que passei, com ser mãe. Há uma escuridão em mim, uma mancha de sangue que herdei do meu pai.

Ela estava errada. Ela era luz. Minha luz. Toda aquela escuridão dentro dela só deixava o contraste ainda mais lindo.

— Eu só… preciso de mais tempo. Por favor, não me apresse. Seja paciente comigo e vamos resolver isso algum dia, eu prometo.

Eu a abracei tão forte que não devia estar fácil para ela respirar.

— Leve todo o tempo que precisar. Juro que não vou mais tocar nesse assunto. Nunca mais. Vamos seguir o seu tempo. Você sabe, eu sei que sabe, que não posso viver sem você.

39
Minha felicidade

Alguma coisa estava errada. Bianca havia se trancado no banheiro. Porra, ela já estava lá há trinta minutos.

Bati mais uma vez.

— Amor, você está bem aí? Aconteceu alguma coisa?

Ela murmurou que estava bem.

Saí dali, fiz algumas coisas e voltei trinta minutos depois. Porra, ela ainda estava lá.

Bati novamente.

— Você está passando mal? Alguma coisa não caiu bem no seu estômago?

Eu era um cara que partia logo para as informações desnecessárias.

Ela murmurou que não, mas soou estranha.

Eu já estava pegando meu celular para ligar para Stephan quando ele entrou abruptamente em nosso quarto sem bater.

Pisquei para ele. Isso nunca acontecera antes. Ele sabia muito bem que nosso quarto não era um lugar seguro para se entrar sem bater. Era muito provável que ele ficasse traumatizado pelo resto da vida se fizesse isso.

O que raios estava acontecendo?

Ele olhou para mim, e seus olhos brilhavam com empolgação.

E, possivelmente, lágrimas.

O que raios estava acontecendo?

Ele estava se aproximando de mim quando Javier apareceu na porta.

Sem uma palavra, Stephan me puxou para um abraço brusco, dando tapas em minhas costas.

Retribuí o gesto e os tapas, porque pareceu a coisa certa a fazer.

O que raios estava acontecendo?

— Ela não me contou primeiro — ele falou, animado. — Juro. Eu só adivinhei. Ela disse que queria que nós viéssemos para poder dizer uma coisa para todos nós, e eu simplesmente soube.

A confusão e a preocupação começaram a se transformar em outra coisa, algo poderoso e profundo surgindo no meu peito.

— Dizer o quê? — perguntei suavemente no momento em que ela abriu a porta do banheiro.

Afastei-me de Stephan para me aproximar dela, que parecia pálida, carregando uma vulnerabilidade no olhar.

Seu lábio inferior estava tremendo, seus olhos marejados.

E ela estava segurando algo, que ergueu para nós em sua mão trêmula.

Stephan soltou um grito alto de comemoração, dando socos nas minhas costas.

Aproximei-me e baixei o olhar para o palitinho branco que ela segurava. Um teste de gravidez. Com um resultado positivo.

Caí de joelhos, enterrando o rosto em sua barriga, esfregando o rosto de um lado para o outro, respirando fundo para me acalmar, sendo preenchido pela felicidade mais forte que já sentira na vida, dos pés à cabeça.

Eu nem mesmo sabia que ela tinha parado de tomar anticoncepcional. Ela não tinha me dito que estava tentando, e eu compreendia. Ela já estava tão nervosa com isso que não queria ainda mais pressão. Meus olhos animados e apaixonados ficariam sempre procurando sinais de uma gravidez desde o instante em que soubesse que essa possibilidade existia.

— Há quanto tempo parou de tomar pílula? — perguntei a ela, erguendo sua blusa para beijar sua barriga. Não foi suficiente para mim, então abaixei um pouco seu short, para me dar uma quantidade generosa de pele para me esbaldar.

E esbaldei-me.

— Mais ou menos um ano — ela disse baixinho.

— Está grávida de quanto tempo?

— Doze semanas.

Desci as mãos para sua bunda, apertando-a enquanto esfregava meu nariz em sua pele macia. Então, meus lábios, minha língua, começaram a descer, movendo-se de um osso do seu quadril até o outro.

Javier pigarreou.

Relutante, parei, deixando que os outros homens a abraçassem. Stephan a abraçou por um longo tempo, tanto que simplesmente me juntei a eles, abraçando-a por trás enquanto ele estava na frente, serpenteando as mãos entre eles para afagar a barriga dela, enterrando o rosto em seus cabelos. Ficamos assim por muito, muito tempo.

Eu estava segurando o palitinho mágico. Não conseguia parar de olhá-lo.

— Você sabe que ela fez xixi nisso aí, não é? — Javier disse.

Dei de ombros. Não dava a mínima, traçando aquele sinal de positivo com o dedo.

— James — Bianca me chamou.

Ela estava deitada na cama, ao lado de Stephan e Javier, Stephan no meio olhando para seu celular. A cabeça de Javier estava no ombro dele. Bianca e Stephan estavam de mãos dadas.

Ela desvencilhou sua mão da de Stephan e o cutucou.

— Conte a ele o que estava me contando.

— Você precisa de óleo de coco, para prevenir estrias — ele disse, lendo a tela do seu celular. — Ela está surtando de preocupação com o que vai acontecer com o corpo dela. Tipo, surtando mesmo.

Ela o acotovelou por isso e ele sorriu, inclinando-se para dar um beijo na lateral da cabeça dela.

Aproximei-me para sentar na beira da cama, pousando a mão na barriga dela. Não foi suficiente, então ergui sua blusa até as costelas e apoiei o rosto em sua pele.

Ela agarrou meus cabelos com as duas mãos, acariciando as mechas.

Comecei a beijar sua pele e não demorei muito a me animar demais.

— Sério, cara? — Stephan perguntou conforme usei meu nariz para empurrar o short de Bianca para baixo, com a ajuda da boca.

Afastei-me, arfando.

— Só para vocês saberem, esses lençóis não foram trocados hoje. —

Esperei um segundo. — E olha que tivemos uma manhã bem *ocupada*.

— Ah, meu Deus! — Javier disse, levantando em um pulo.

— Agora você estragou tudo, cara — Stephan falou com uma risada, levantando mais devagar.

Funcionou. Eles nos deram um momento de privacidade. Bem, uma hora, pelo menos.

Eu não me cansava de percorrer todo o seu corpo com a boca. Esfregar o rosto em sua barriga. Apalpar sua carne macia.

Retirei seu short e sua calcinha, levantei sua blusa para soltar o sutiã, abri, tirei tudo e coloquei a boca nela novamente.

Eu a chupei *incessantemente*. Carinhosamente. Mantive a língua nela até ela *implorar* pelo meu pau.

Estávamos jogando no recanto, enquanto Bianca estava no quarto ao lado, mexendo em coisas de bebê.

— Acho que vocês deveriam ter cinco — Stephan disse para mim logo antes de acertar Javier na cabeça.

Javier xingou.

— Eu acho que só dois. Mais do que dois filhos é demais, mesmo com babás.

— Meu útero não é uma democracia! — Bianca gritou do outro quarto.

Nós três caímos na gargalhada por um longo tempo.

Ela tinha começado a usar óleo de coco conforme sua barriga começou a crescer. Mais um motivo pelo qual eu a adorava grávida.

Ela tinha cheiro de coco, baunilha e Bianca. Era uma combinação inebriante.

— Quantos acha que vamos ter depois desse? — perguntei a ela.

— Quantos o quê? — indagou preguiçosamente, sonolenta.

— Orgasmos. — Isso a despertou um pouco. Sorri para ela. — Estou brincando. Mais ou menos. Mas me referi a bebês. Filhos.

Ela pareceu pensativa.

— Não sei. Acho que é melhor pensarmos em um bebê de cada vez, se você não se importar.

— Não é por nada, mas eu adoro você grávida. Se isso ajuda.

— Anotado.

Ela estava deitada de costas na cama enquanto eu massageava seus pés que estavam no meu colo. Eu havia me encarregado, com muito entusiasmo, da tarefa de passar óleo nela. Pode-se dizer que, às vezes, eu dava uma exagerada. Porém, no que me dizia respeito, passar as mãos nela nunca era demais.

Estávamos no apartamento de Nova York por algumas semanas. Eu estava trabalhando em algumas coisas antes de voltarmos para Vegas, antes que Bianca tivesse que parar de viajar de avião.

Ela saiu do nosso closet, segurando uma calça engraçada diante de si.

— Não, de jeito nenhum. Normalmente, Jackie é bem confiável, mas desta vez ela foi longe demais.

Sorri, confuso. Jackie era peculiar, com um senso de humor fora da curva que eu sempre apreciei. Imaginei que essa era sua versão de alguma brincadeira, mas não tinha certeza.

— Diga a ela que chega de calças saruel.

Dei risada. Esse era o nome!

— Calças saruel.

Ela me lançou um olhar exasperado.

— Isso é algum tipo de piada com roupas de maternidade? — ela perguntou.

— Só nos resta torcer.

Seus seios, que já eram grandes, estavam *enormes*. Não importava o que ela usasse, fosse algo que exibia seu decote ou a cobria até o pescoço, eles pareciam estar sempre tentando escapar das roupas, esticando botões e preenchendo exageradamente qualquer coisa que ela tentasse usar.

Entre sua barriga perfeitamente arredondada e seus peitos de dar água na boca, eu me tornava inútil assim que ela chegava ao mesmo ambiente em que eu estava, começava a latejar em segundos, não importava quem estivesse por perto. Se ela ficasse ao alcance dos meus braços, eu a puxava e me esbaldava em suas curvas exuberantes, mesmo que tentasse resistir.

Mesmo depois de todos os anos juntos, ela ainda corava para mim, mas nunca resistia, nunca me afastava.

Tentei levá-la para sair algumas vezes quando ela estava radiante em sua gravidez, mas descobri rapidamente que isso era impossível para mim.

Estava sentado de frente para ela a uma mesa no Red, absorvendo-a, observando-a tomar um gole de água, seus lábios úmidos, sua garganta se movendo. Aquilo foi o bastante para me excitar. Um pornô BDSM dos mais pesados não me causaria o mesmo efeito do que assisti-la beber um gole de água.

Entre um gole e o seguinte, arrastei minha cadeira e sentei ao lado dela, passando um braço em torno dos seus ombros e a mão livre em sua barriga, deslizando minha palma e descendo até sua coxa sob a mesa.

Sua boca se entreabriu com um arfar e curvei-me para beijá-la de maneira até inocente, como se isso fosse possível quando eu tinha uma obsessão em fodê-la sem dó desde o instante em que a vira.

Os anos não aplacaram esse desejo nem um pouco.

Bastou um toque suave e molhado dos seus lábios para que eu perdesse o controle, gemendo ao saborear seus lábios, deslizando a língua em sua boca. Tomei-os com força, chupando, lambendo, mordiscando enquanto a puxava para perto com um braço e minha outra mão subia para apalpar seus peitos gloriosos.

Ela murmurou algo ininteligível, em um tom surpreso, mas eu não conseguia parar de apalpá-la, apertá-la e devorar sua boca rosada suculenta. Ela estava usando um vestido de verão de maternidade com um decote arredondado. A roupa deixava seu decote exposto o suficiente para quase ter me feito não querer deixá-la sair de casa usando-a. Meu primeiro instinto estava provando rapidamente ser inteligente, já que eu mal conseguia tirar as mãos dela.

Em uma tentativa de me conter, levei meus lábios para sua testa, enquanto acariciava sua barriga.

Um arfar suave saído da sua boca fez eu me descontrolar novamente e me curvar para aninhar meu rosto em seu decote, juntando seus seios com as mãos para me deleitar melhor.

Lutei para me afastar quando uma das minhas mãos tomou vida própria e decidiu sozinha pegar uma das mãos de Bianca e pousá-la no meu pau latejante.

Eu estava ofegante ao dizer:

— Acho que precisamos ir embora.

Ela engoliu em seco, com sua mão ainda sobre o volume pulsante da minha ereção.

— Sim.

Inclinei-me e beijei-a mais uma vez antes de me afastar.

Nem tentamos voltar para o apartamento. Eu a arrastei para a suíte do meu escritório.

A primeira transa foi frenética e rápida. Deitei-a na beira da cama, agarrei seus quadris e penetrei-a, fodendo-a com o máximo de rapidez e intensidade de que eu era capaz.

Estava obcecado por seus peitos e subi cuidadosamente por seu corpo, juntando-os entre minhas mãos. Enfiei meu pau no meio deles, fissurado na ideia de foder seus peitos, mas assim não daria certo. Desse jeito, eu teria que colocar pressão em sua barriga.

Então, coloquei-a sentada em uma cadeira, agarrando seus peitos e fodendo-os assim, de pé, preenchendo minhas mãos com sua carne e me esfregando nela.

Seus olhos devoradores me deixaram hipnotizado o tempo todo.

Gozei em seu peito e, ainda gozando, ajoelhei-me e baixei a cabeça para chupar seu clitóris, enfiar os dedos nela e fazê-la gozar rápida e intensamente.

Epílogo
Minha família

Fui transformado cinco vezes na minha vida.

Você já sabe sobre as quatro primeiras.

E tenho certeza de que pode adivinhar a quinta.

A paternidade combinava comigo. Sempre suspeitei de que seria assim, mas a realidade, o dia a dia, me deixava abismado.

E Bianca como mãe era tudo que eu sempre quisera. Vê-la crescer nesse papel e crescermos juntos era a coisa que mais significava na minha vida. Era o propósito da minha existência.

Tínhamos três lindos filhos, um menino e duas meninas, cada um com mais ou menos um ano de diferença. Eram nosso orgulho e alegria.

Duncan era um garoto brilhante. Desde cedo, eu já sabia que ele teria vocação para os negócios. Ele seria um empreendedor, nascido com os ombros de quem carregaria responsabilidades pesadas. Ele se parecia comigo em muitos aspectos, com alguns traços da mãe nos movimentos sutis do seu rosto. A curva do seu sorriso. O jeito como seu nariz enrugava.

Ele era um galã. Mas também carinhoso e amoroso.

Duncan idolatrava sua mãe, achava que o sol nascia e se punha no sorriso dela, moveria montanhas para ganhar sua aprovação. Nisso, ele puxou a mim.

Imogen era intensa e resiliente, e seu orgulho teimoso era bem apavorante. Ela era uma guerreira.

Ela e Duncan poderiam ser gêmeos, tamanha era semelhança entre eles.

Ela tinha um forte senso de justiça e uma alma compreensiva. Era versátil de uma maneira em que poderia fazer qualquer coisa, ser qualquer coisa, porque sempre se destacava.

Nunca tentamos prever aonde sua vida a levaria. Apenas a observamos, muito animados, seguir seu caminho.

Isabella era uma artista. Já sabíamos desde cedo. Ela era uma sonhadora. Uma idealista. Nosso anjinho nasceu com a habilidade de ver e criar beleza.

Obviamente, herdou esse talento da mãe.

E, finalmente, tivemos uma filha que se parecia mais com Bianca. Exceto por seus olhos. Eram iguais aos meus.

Ela era inabalavelmente doce; o que Imogen tinha de durona, ela tinha de amorosa.

E, é claro, eu era seu favorito.

Ela era a garotinha do papai. Eu moveria céus e terras para que continuasse assim.

O verdadeiro romance da vida não surgia naquela primeira provinha de amor, por mais profundo e transformador que fosse.

Sim, havia amor nesse momento. Obsessão, paixão, afeto. Tudo isso e muito mais.

Mas o verdadeiro romance vinha do lento lapso do tempo, da passagem implacável dos dias, semanas, meses, anos, décadas.

Eu a seguraria até o último suspiro do meu corpo. Meu pensamento final seria que eu não tinha aproveitado o suficiente, sabia disso.

Porque nunca seria suficiente.

Nunca nos cansaríamos de momentos doces. Nunca nos cansaríamos dos sorrisos que trocávamos.

Eu nunca me cansaria de tocá-la.

Nunca me cansaria de segurar o rosto dela com as duas mãos e me maravilhar com o milagre do amor.

Nunca me cansaria de vê-la evoluir como pessoa. Evoluir com ela. Ver sua jornada como mãe dos meus filhos. Viver essa jornada com ela.

Nunca me cansaria de dividir cada fardo, grande ou pequeno, que ela me permitisse, e às vezes não lhe daria escolha, pegando esses fardos para mim, arrancando-os de suas mãos delicadas para carregá-los sozinho.

E das brigas. Sim, mesmo as brigas mais horríveis que já tivemos, porque elas sempre me ensinavam algo sobre ela e ainda mais sobre mim.

Das piadas internas. O humor que compartilhávamos era a melhor parte de dividir a vida com a minha alma gêmea.

Nada nesse mundo era mais romântico do que uma piada interna que nunca perdia a graça, ainda nos trazia alegria, ainda nos fazia rir ao acrescentarmos camadas a ela, após vinte anos juntos. Trinta. Quarenta.

O amor verdadeiro era um idioma, cheio de olhares, toques e referências de uma palavra só que dizia ao outro mais do que frases completas ou um parágrafo, mais do que um discurso completo.

Nosso idioma era extenso e lindo, e durante uma vida inteira de felicidade juntos, permanecemos fluentes nele.

Nossas esposas estavam tendo um dia de mimos para as mamães em um spa com as amigas enquanto fazíamos um churrasco com as crianças na casa de Tristan e Danika.

Foi um desastre, porque aquele foi o dia em que me dei conta de algo muito perturbador, algo que nos assombraria por muitos anos.

Estávamos no pátio, Tristan grelhando hambúrgueres para nós, enquanto observávamos as crianças brincando no parquinho que eles tinham no quintal.

Éramos dois pais que podiam se gabar por sermos os preferidos dos nossos filhos, mas, quando esse grupinho se juntava, se esqueciam da nossa existência.

Apontei para Nikolaj, que estava juntinho de Imogen.

— Ah, não, *porra* — falei para Tristan. — Aquilo ali *não* está acontecendo.

Ele fez careta para mim, gesticulando em direção a Cleo e Duncan. Eles estavam *de mãos dadas*. Eles só tinham seis anos, mas esse não era o ponto.

— E aquilo ali? Que porra está acontecendo ali? Já vou dizer logo que não vou apoiar isso.

— Ah, acha que está difícil para você? — Apontei para Isabella e Jared com um dedo. Eles estavam *brincando de lutinha*. Mas que *ultraje*. — Pelas minhas contas, minha situação está duas vezes pior que a sua.

O desgraçado riu. Jogou a cabeça para trás e gargalhou feito um louco.

— Ah, cara, você tem razão. Isso é verdade. Está pior para você. Quando essas crianças forem adolescentes, você vai *odiar* a sua vida.

— Ming vai ser adolescente primeiro — apontei, porque era justo. Ela foi a única criança considerada madura o suficiente para embarcar no dia de spa com as mamães, então não estava ali, mas senti que deveria incluí-la.

— Merda — ele disse, baixo e sucinto.

Dessa vez, fui eu que não pude segurar a risada. A ideia de Tristan como pai de uma adolescente quando ela começasse a namorar era impagável.

— Todas as crianças têm as idades bem próximas. Todas, exceto Ming. Nossas *filhas*, Bianca, os garotos bagunceiros de Tristan vão tentar pegar as nossas filhas! — Eu tinha que tirar isso do peito. Era demais para qualquer pai ter que suportar sozinho.

Ela riu, sem parecer nem um pouco preocupada, sem entender o quanto isso era terrível e sério.

— É, eu já tinha imaginado isso. E eles todos se gostam. Imogen me disse outro dia que está apaixonada por Nikolaj e quer se casar com ele.

Balancei minha cabeça.

— Não, não, não. De jeito nenhum. Eu proíbo. Definitivamente, não.

— E Duncan também. Ele e Cleo. Eles são inseparáveis.

— Isso não é tão ruim, já que ele é menino.

— Isso é machista — ela apontou.

Acho que era mesmo, mas eu ficava bem mais perturbado por pensar em garotos se aproximando das minhas garotinhas, achava mais inaceitável. Não tinha lógica alguma e me fazia querer reagir impulsivamente.

— Jared e Isabella são tão fofos um com o outro — ela acrescentou, esfregando sal na minha ferida.

Pensei em algo que me animou um pouco.

— Dá para imaginar o Tristan quando Ming e Cleo começarem a namorar?

Ela se divertiu muito com essa ideia também.

Ainda estávamos rindo quando Imogen entrou de uma vez.

Estávamos no estúdio de pintura de Bianca, na casa em Vegas. Ela estava pintando e eu estava sentado no meu lugar favorito, um sofá posicionado em um ângulo perfeito para assisti-la trabalhar. Como sempre, era uma alegria assisti-la, um dos grandes prazeres da minha vida. Estar sentado ali, naquele exato lugar, me trazia paz, mais paz do que pensei que teria, que mereceria.

Imogen entrou no estúdio e fixou a atenção em mim, abrindo um sorriso radiante.

Sorri de volta. Ela era linda de morrer, uma arrasadora de corações.

Ela havia recentemente cortado seus cabelos loiro-escuros bem curtos e com uma franja que fazia seus olhos cintilarem em seu rosto, um brilho que contrastava com sua pele de uma maneira impressionante.

Ela estava quicando no lugar, seus cabelos curtos balançando junto. Era a coisa mais fofa que eu já vira.

— O que está havendo, princesa? — perguntei, sabendo que havia algo.

Ela continuou sorrindo, piscando ao se aproximar e subir no meu colo.

Baguncei seus cabelos e beijei sua têmpora.

Bianca e eu trocamos um sorriso. Ela estava aprontando alguma, com certeza.

Isabella entrou saltitando, com seus cabelos loiros voando loucamente. Ela fez um bico e me soprou um beijo antes de seguir para sua própria estação de pintura ao lado da mãe, montando seu cavalete e tela sozinha e sem dizer uma palavra, imersa em sua tarefa. Era Bianca todinha.

Duncan entrou em seguida, segurando um celular e olhando para Imogen, com uma expressão séria.

— Por que está com esse celular, amigão? — indaguei. Ele tinha seis anos. Não tinha idade suficiente para precisar de um celular. — E de quem é esse celular?

— Do Clark — ele respondeu, apontando para o anjinho no meu colo. — Pergunte o que ela fez.

Virei-a de frente para mim, sorrindo para seu rostinho culpado.

— O que você fez?

Ela retorceu o nariz, virando a cabeça para lançar um olhar irritado para o irmão.

— Seu linguarudo. Vou contar a Nikolaj e Jared que você é um linguarudo.

— Aí você vai ser a linguaruda. No que isso vai ajudar?

Tentei esconder minha risada, mas falhei.

— Mas acho que você vai poder fazer isso logo, já que os convidou para virem — Duncan acrescentou.

— Há quanto tempo você está com o celular de Clark? — perguntei.

Duncan apontou para Imogen.

— Ela que estava com ele. Só peguei dela agora. Ela estava usando para ligar para os filhos dos Vega. Convidou Nikolaj para vir tomar um chá. E agora, *todos eles* estão vindo para cá.

Curvei-me para dar um beijo na pontinha do nariz dela.

— Você estava falando com garotos? Não faça mais isso, princesa. Não antes dos trinta anos.

Ela deu risadinhas.

Coloquei-a no chão.

— Quero que devolva o celular para o Clark. Você precisa pedir desculpas, já que foi você que o pegou. — Meu tom foi gentil, mas firme.

Depois que ela saiu do estúdio, com Duncan logo atrás, liguei para Tristan.

— Minha filha roubou um celular para ligar para o seu filho.

Ele riu para valer.

— Ah, cara, isso é o máximo. O que eles vão fazer em seguida? Aposto meu dinheiro que vão assaltar um banco. Teremos minis Bonnie e Clyde nas nossas mãos. É melhor começar a guardar dinheiro para a fiança.

— Ouvi um boato de que você está vindo para cá.

— Não, eu não. Você não soube?

— Hã?

— Nós não vamos levar as crianças até aí. Elas foram sem a gente.

— O quê? Como?

Ele estava gargalhando.

— Imogen mandou um carro e um motorista para eles.

Bônus para os fãs de: James & Bianca Tristan & Danika

Aqui vai um mimo extra para os fãs de Tristan & Danika.

Não pude me conter. Eu os amo tanto.

Bônus de Lovely Trigger pelo ponto de vista de Tristan

TRISTAN

Aquela foi a manhã em que fiquei sabendo de tudo. Todas as coisas terríveis pelas quais fiz Danika passar foram, por fim, reveladas.

Senti-me um lixo, jogando-me no chão depois que ela me deixou com alguns golpes debilitantes.

Eventualmente, consegui levantar do chão.

Passos de formiguinha.

E, eventualmente, dentro de alguns dias, eu esperava, conseguiria funcionar de novo, conseguiria pensar em um plano adequado e reuniria coragem para reconquistá-la.

Frankie veio me visitar naquela noite.

Sua mandíbula estava firme, seus olhos cheios de vida. Ela parecia pronta para criar um caos.

Eu adorava a Frankie criadora de caos, mesmo nos meus piores dias.

Deixei-a entrar.

Ela não perdeu tempo:

— Então, é isso? Você vai simplesmente desistir agora? Vai se deitar aí e morrer, deixar o amor da sua vida ir embora?

Ergui a mão. Por mais que eu odiasse interromper um discurso intenso...

— É claro que não vou desistir — tranquilizei-a. — Isso nunca sequer passou pela minha cabeça. Eu só estou... montando minha artilharia para a próxima batalha. Ela pegou muito pesado na última rodada. Preciso de alguns dias para me recuperar, deixar algumas dessas feridas mais recentes sararem.

— Oh, Tristan — ela falou, com a voz triste.

— A pessoa que você mais ama nesse mundo é a que mais pode te *machucar* — eu disse suavemente. — E Danika não faz nada pela metade. Não vou mentir, ela fez um baita estrago.

Seu rostinho bonito se retorceu como se ela estivesse prestes a chorar. Peguei sua mão.

— Estou bem. De verdade. Eu sei o que preciso fazer. Estou vendo tudo com mais clareza agora, e a maior parte das coisas que ela disse... bem, por mais que tenham partido meu coração, eu precisava ouvi-las.

Uma semana depois, com reforços em mãos, bati à porta de Danika.

Ela abriu, olhos cautelosos, tristes, seis longos anos de mágoa transbordando deles.

Eu consertaria aquilo. Consertaria tudo.

Mesmo que levasse o resto da minha vida, eu consertaria tudo.

Nosso casamento era supreendentemente pacífico, na maior parte do tempo. Ninguém ficava mais surpreso do que eu com isso.

Passamos tantos anos em guerra que nos tornamos *bons* nisso. No geral, as pessoas tinham tendência a continuar fazendo as coisas nas quais eram boas, mesmo que essas coisas fossem destrutivas.

E, cara, como nós éramos bons em travar aquela guerra inútil um contra o outro, em lutar uma batalha na qual ambos sempre perdíamos.

Mas quando aquela guerra finalmente acabou, nós paramos de brigar, na maior parte do tempo.

Decidi que toda a disposição que tínhamos para guerrear tinha se esgotado. Já tínhamos sofrido por uma vida inteira.

E agora, *finalmente*, estávamos vivendo nossa era dourada de paz.

Ming estava completando quinze anos. Estávamos comemorando, com uma pequena festa com apenas a família.

Ela abriu um sorriso radiante para mim, proferindo palavras que não entendi.

Ela era pequena, esbelta e simplesmente linda, por dentro e por fora. E ela era *brilhante*, a aluna mais inteligente de sua turma.

E, coincidentemente, naquele momento, ela estava tentando me fazer infartar.

— Você *o quê*? — perguntei a ela. Eu tinha ouvido errado, só podia. *Nem a pau* ela tinha acabado de dizer aquilo para mim.

— Eu vou ao baile de formatura com Alex Bancroft. Ele é do terceiro ano.

Comecei a balançar a cabeça. Ela disse de novo, repetiu as mesmas palavras loucas.

— De jeito *nenhum* — falei finalmente.

Ela pareceu não me ouvir.

— É a melhor coisa do mundo — ela me explicou. — Ele é *muito* gato.

— Ele não vai ser gato quando eu destruir a cara dele.

Fechei uma mão em punho e bati na palma da outra, fazendo um gesto de soco. A palma representava a cara desse tal de Alex.

Ela piscou para mim, inclinando a cabeça para o lado.

— Papai, você é *tão esquisito*.

Danika interveio, e fiquei grato por isso. Ela falava a língua das garotas adolescentes melhor do que eu.

Ela colocou um braço em torno de Ming, dando tapinhas em suas costas, e a conduziu para que as duas se afastassem.

— Vamos falar sobre isso longe dos garotos, querida — ela disse.

— Eu vou dar uma surra nele por você, papai. Não se preocupe — Nikolaj prometeu atrás de mim, parecendo animado e sedento por sangue. — E depois, vou dar um chute tão forte nas bolas dele que ele vai ter que ficar em casa no dia do baile para colocar gelo no saco.

Virei-me para olhar para ele, erguendo uma sobrancelha, tentando não sorrir. Ele fez o mesmo gesto com a sobrancelha e começou a estalar os nós dos dedos. Nosso filho mais velho me matava de rir. Ele nascera com um senso cômico e uma paixão por diversão.

Ele era alto, com cabelo loiro-escuro que mantinha comprido o suficiente para cair sobre seus olhos azuis impressionantes. Ele era esguio, quase magricela, mas pode apostar que os meus garotos sabiam muito bem como brigar.

Minhas garotas também. Ensinei a todos os meus filhos.

As garotas, em especial, brigavam muito sujo. Eu achava tanta graça. Estava apenas esperando alguém mexer com elas e receber a maior surpresa da vida.

— Olha o linguajar! — Danika gritou de outro cômodo.

— Ela tem uma audição sobrenatural — Jared disse, atraindo minha atenção. — É assustador. Nós deveríamos ter medo. — Ele apontou para Nikolaj. — Principalmente ele. Você nem vai querer saber as coisas que ele faz no banheiro.

Jared também era uma comédia. Cobri a boca para abafar os sons da risada. Se Danika me ouvisse, eu receberia mais um sermão sobre não encorajar os garotos a se comportarem mal.

Não era minha culpa os dois serem incorrigíveis.

— Jared, pare com isso! — Danika gritou.

— Viu? — Jared sussurrou, sorrindo para mim. Sorri de volta. Ele se parecia comigo, tinha o mesmo físico que o meu, mas às vezes eu podia jurar que via o meu irmão espreitando em seus olhos acinzentados e brincalhões.

— Eu ouvi isso! — ela gritou.

Ele prendeu os lábios para conter as risadas.

Cleo entrou marchando na cozinha, com seu iPad em mãos.

— Ei, papai, quer dar uma olhada nesse rosto que vocês estão planejando destruir? — ela perguntou em um tom malandrinho, seus cabelos cacheados selvagens, seus olhos maliciosos.

Nós a adotamos um ano após o nascimento de Jared, domesticamente desta vez. Sua ascendência era um mistério. Ela havia sido abandonada. Tudo que nos disseram foi que ela era mestiça, e o que todos sabíamos com certeza era que ela era *linda*.

Ela tinha uma beleza selvagem. Era enorme. O ambiente mal conseguia abrigar tudo.

Ela era a caçula da família, e todos nós a mimávamos, até mesmo Jared, que era apenas alguns meses mais velho que ela.

— Sim — respondi sem hesitar.

— Com certeza — Nikolaj se manifestou.

— Hã, dã! Sim — Jared acrescentou.

Os garotos se amontoaram ao meu redor para podermos ver ao mesmo tempo, mas não sem antes eu bagunçar os cabelos de cada um deles.

Ela nos mostrou a tela de seu iPad.

Fitei a foto de Alex Bancroft. Odiei a cara dele.

— Odeio esse cara — Jared disse.

Comecei a rir e não consegui mais parar.

— Babaca — Nikolaj acrescentou.

— Nikolaj, olha o linguajar! — Danika gritou.

— *Otário* — Cleo adicionou, encarando a foto, irritada. — Eu o odeio, mas ele é *mesmo* bonito.

— Cleo! Linguajar! — a mãe deles bradou novamente. Eles mal podiam ouvi-la devido às minhas gargalhadas.

— Tristan, pare de encorajá-los! — Ela aumentou ainda mais a voz.

— Duncan está vindo. Espero que não se importe. Acabei de mandar uma mensagem para ele — Jared informou. — Eu sei que estamos tendo um dia em família, mas ele é basicamente da família, não é?

— Por que não me disse antes?! — Cleo guinchou, saindo do cômodo. — Agora preciso ir arrumar meu cabelo!

Ergui as sobrancelhas.

— Sim, ele é da família, mas como ele vai chegar aqui?

— Ele tem um motorista, lembra?

Fui dar uma olhada pelos arredores, certificando-me de que Cleo estava longe o suficiente para não me ouvir. Voltei-me para Jared, baixando o tom de voz.

— Escute, eu quero que você faça uma coisa por mim.

Ele assentiu, arregalando os olhos com empolgação.

— Claro, pai, o que é? Vamos fazer outra pegadinha com a mamãe?

— Talvez mais tarde — eu disse.

Esperei um segundo.

— Eu ouvi isso! — Danika gritou. Sorri de orelha a orelha. Atormentar minha linda esposa era uma das maiores alegrias da minha vida.

— Ouça — retomei. — Eu sei que Duncan é seu melhor amigo. E é um garoto muito bacana. Sério, eu *amo* aquele garoto. Mas você precisa fazer uma coisa por mim. Um dever de irmão. Quero que deixe claro que ele *nunca* deverá chegar perto da sua irmã. Você tem minha total aprovação para dar uma surra nele se ele sequer parecer que vai fazer isso.

Ele sorriu e revirou os olhos. Isso me lembrou tanto o meu irmão que minha respiração ficou presa.

Você sempre estará aqui, pensei, *todos os dias*. Ele falecera vinte anos antes e eu ainda me sentia tão próximo a ele. Ele fazia parte de mim, e a passagem do tempo nunca mudaria isso.

— Você sabe que eles têm apenas onze anos, né, pai? — Nikolaj disse, insolente.

Lancei um olhar para ele que dizia "Olha lá, filho". Apontei para o corredor, por onde Cleo tinha acabado de sair correndo.

— Ela já está arrumando os cabelos para ele. Nunca é cedo demais para começar a ficar de olho nas suas irmãs, garoto. E Duncan é um Cavendish, então vocês deveriam saber que mesmo ele sendo da família, isso significa que ele é encrenca na certa. Como a sua mãe diria, ele é encrenca com E maiúsculo.

— Você está vendo o que está fazendo com nossos filhos, não está? — Danika me perguntou mais tarde, quando estávamos sozinhos em nosso quarto nos preparando para dormir.

Abri um sorriso largo.

— Ai, ai, aqueles dois. — Balancei a cabeça. — Eles me matam de rir.

— Sim, eu sei. Eles têm um senso de humor muito bem-desenvolvido, sem dúvida. Mas são dois criadores de caos. Sério. Eles são mini Tristans. Você sabia que Jared já consegue me carregar no colo? Ele me pegou nos braços e me carregou da sala de estar para a cozinha ontem, só porque eu disse que ele não conseguiria. Ele interpretou como um *desafio*. Isso te lembra alguém? É muito louco.

Não tive sucesso algum em esconder meu sorriso enorme.

— E Nikolaj? Nem me faça começar. Ele estava tentando andar de skate no telhado de uma casa outro dia, porque alguém o *desafiou*. O que vou fazer com esses garotos? — continuou.

— E as nossas garotas? — perguntei a ela. — Nossas pequenas geradoras de sarcasmo? Você vai fingir que elas não herdaram todo aquele atrevimento de você? E não sei se percebeu, mas elas também nunca recusam um desafio, *nem você*.

— Sou perfeitamente capaz de recusar um desafio — ela disse com firmeza.

Ela nunca admitiria. Eu nunca consegui fazê-la confessar, mas nós dois sabíamos que ela era tão levada quanto eu quando era desafiada.

— Dei aos garotos passe livre para agir caso Duncan sequer pareça estar dando em cima da Cleo.

Ela riu de mim. *De* mim. Alto, de forma zombeteira.

— Eles têm onze anos, seu homem das cavernas. Pegue leve. E os meninos, com Imogen e Isabella? Por que não está preocupado com isso?

Aproximei-me e a agarrei, jogando-a por cima do ombro e fazendo cócegas para me vingar de sua zombaria.

— Não é a mesma coisa — eu disse. Ela achava que era machista da minha parte, mas era assim que tinha que ser. Nossas garotinhas tinham que ser protegidas de garotos pelo tempo que pudéssemos fazer isso. Esta era a ordem do universo.

Joguei-a de costas na cama, ficando em cima dela, encaixando a pélvis entre suas pernas, segurando seu rosto lindo e sorridente em uma mão e usando a outra para acariciar cada traço seu. O tempo não havia diminuído sua beleza nem um pouco. Eu particularmente achava que o tempo havia realçado sua beleza, acrescentado ainda mais profundidade àqueles olhos que me capturavam com o mais breve dos olhares.

Ela continuava linda, sexy e me tinha completamente na palma da mão.

— Eu te amo, linda — sussurrei contra sua pele. Foi uma declaração baixinha, feita mais para ser *sentida* do que ouvida. Desde a superfície da sua pele até a medula dos seus ossos. *Sentida.*

Ela piscou para mim, com seu coração no olhar. Nem precisou dizer de volta. Eu senti.

Ela abafou um arfar quando comecei a me mover contra ela.

— Trancou a porta? — ela perguntou quando comecei a levantar sua blusa.

— Tranquei — assegurei-a. — Mas todos eles têm idade suficiente para saber que não devem incomodar o papai e a mamãe depois das nove da noite, a menos que alguém esteja pegando fogo.

Ela emitiu um som baixinho de prazer quando comecei a beijar sua barriga.

Tirei suas roupas, depois as minhas, ficando por cima dela, mãos em toda parte, boca em toda parte.

Saboreei sem pressa.

Chupei seu mamilo com força, enfiando dois dedos em sua boceta.

— Eu amo as suas mãos — ela disse suavemente, maravilhada. Mesmo depois de todos esses anos.

Maravilhada.

Ela não estava sozinha.

Não estava sozinha em sua admiração. Não estava sozinha em sua felicidade ou seu amor. Não estava sozinha em sua gratidão poderosa, forte, trôpega por tudo que tínhamos, todas as bênçãos que recebemos.

Ela não estava sozinha em *nada*. Nem nos fardos, nem nas bênçãos.

Compartilhamos tudo, pelo resto das nossas vidas.

20

JAMES

Peguei um vislumbre de suas costas ao seguir para meu assento. Ótimo, pensei, aliviado. Pelo menos eu havia pegado o voo certo. Conseguir seu cronograma acabou sendo um desafio. Foi preciso mais de uma semana fazendo telefonemas para pedir favores, e isso porque eu conhecia pessoalmente o CEO da sua companhia aérea. Aprendi que as idas e vindas da tripulação eram muito bem-guardadas.

Ela estava na cozinha da frente, curvada para mexer em um dos carrinhos de bebidas. Ela virou um pouco a cabeça, e fiquei quase aliviado por sentir aquele soco no estômago estranho que sentira na primeira vez em que a vira. Eu não tinha apenas imaginado, como eu vinha tentando me convencer.

Observei-a endireitar as costas e retirar uma garrafa de champanhe do carrinho antes de sumir do meu campo de visão.

Relutantemente, sentei em meu assento.

Segundos depois, o homem loiro grande que havia me recebido na entrada da aeronave passou por mim. Ele era um comissário de bordo, mas não se parecia com nenhum comissário que eu já vira antes. Ele era bonito e alto, e dava para ver de cara que ele era musculoso. Não gostei daquilo. De um homem tão atraente trabalhando tão perto dela. *Como era possível eu cobiçar tanto uma mulher que vira apenas uma vez, e brevemente?*

Eu não sabia, mas não podia negar o sentimento ou nomeá-lo direito.

Ele passou por mim novamente, indo em direção à porta, com um sorriso simpático.

Meu corpo inteiro estava tenso, mas tentei o melhor que pude para esconder isso, recostando-me no assento. Estava começando a relaxar meu corpo quando a vi saindo da cozinha. Acho que não escondi nem um pouco minha reação intensa conforme ela se aproximava. Cheguei à rápida e brutal conclusão de que eu nunca seria capaz de fingir um segundo de indiferença com essa mulher.

Ela carregava uma bandeja prateada redonda, repleta de taças de champanhe. Estava tão linda quanto eu me lembrava, com traços suaves, lindos e olhos tristes. *Aqueles olhos*... eles me afetavam em vários níveis.

Seus cabelos claros estavam meticulosamente presos assim como na primeira vez em que a vira, mas o penteado sério não prejudicava sua beleza. Acho que nada poderia fazer isso. Ela tinha traços uniformes, límpidos. Seus olhos eram cativantes, seu nariz era reto e perfeito, e sua boca era sexy, porém séria.

Ela não era do tipo que dava muita abertura, e eu sabia que teria que me esforçar para arrancar ao menos um sorriso, mas não tinha dúvidas de que valeria a pena.

Ela caminhou pelo corredor como alguém que já fizera aquilo milhares de vezes, seus passos rápidos e firmes, até ela erguer aqueles olhos para mim.

Ela tinha uma compostura impecável, mas eu a afetava, e adorava isso. Ela congelou ao me ver, assumindo uma expressão apreensiva. Sorri, sentindo uma satisfação lá na alma diante da sua reação.

Finalmente, após uma longa pausa, ela engoliu em seco e disse:

— Olá de novo, sr. Cavendish. — Ela acenou com a cabeça, sua bandeja pesada de bebidas cambaleando.

Levantei, estendendo a mão para equilibrar sua bandeja, sem desviar o olhar dela.

— Sinto muitíssimo, sr. Cavendish — ela disse sem fôlego.

Passei uma das mãos pelo cabelo, tentando entender por que estava pedindo desculpas. Não dava a mínima para o champanhe que havia caído na manga do meu paletó.

— Não se desculpe, Bianca — falei, adorando a sensação do seu nome nos meus lábios, embora eu gostasse ainda mais do meu nome nos dela.

Ajudei-a a se equilibrar, soltando-a relutantemente quando ela conseguiu retomar o controle da bandeja.

— Champanhe? — perguntou.

Balancei a cabeça.

— Só um pouco de água, quando você tiver a chance. — Abri um sorriso caloroso para ela.

Meu celular apitou com uma mensagem depois que ela se afastou para servir os outros passageiros.

Tristan: E aí, conseguiu encontrar aquela comissária que estava perseguindo?

Meus lábios curvaram-se em um sorriso. Não podia culpá-lo por pegar no meu pé. Fui eu que contei a ele sobre a paixão repentina quando almoçamos juntos no meu cassino no dia anterior. Ainda assim, minha resposta foi rápida e sucinta.

James: Vá procurar coelhos para tirar de uma cartola. E, ah, sim, vá se foder.

Sua resposta também foi imediata.

Tristan: Espero que você não acabe fazendo só isso esta noite. Boa sorte com a perseguição ;)

Ergui o olhar do celular quando Bianca aproximou-se de mim novamente com uma garrafa de água.

— Posso levar seu paletó, sr. Cavendish? — perguntou, sua voz suave, entregando-me a garrafa. — Eu poderia tentar tirar esse champanhe, ou apenas pendurar, se o senhor preferir.

Levantei, dando um passo para o corredor e ficando muito perto dela deliberadamente. Pude ver o quanto isso a amedrontou. Retirei meu paletó, quase roçando nela com o movimento.

Ela pausou por um longo momento, fitando meu peito, antes de pegar o paletó. Ela tomou muito cuidado para não deixar sua mão encostar na minha. Isso me fez sorrir.

— Apenas pendure, por favor, Bianca — pedi baixinho, gostando de ver que eu era capaz de abalar sua compostura.

— Sim, senhor — murmurou rouca.

Observei cada movimento seu com fascínio, sabendo que ela estava ciente da minha intensa consideração, embora tentasse não me olhar. Eu estava bem com isso, contente em estudá-la enquanto ela trabalhava e em afetá-la apenas com minha presença.

Eu estava apreciando a vista, até o momento em que vi o comissário de bordo, Stephan, segurar a mão dela quando o avião decolou. Não foi um toque hesitante, mas muito familiar. Meus punhos cerraram. Eu não sabia dizer por que, mas o pensamento de que ela poderia ter um namorado nunca me ocorreu. Optei por não examinar o quanto me incomodava ela aparentemente *ter* um. Em vez disso, concentrei meus esforços para pensar em como lidaria com isso.

Ela abriu um sorriso caloroso para o outro homem, com um olhar que fez meu coração apertar no peito. Eu queria aquele sorriso. Deveria ser para mim. Fiquei furioso ao ver que ela reagia a mim de certa maneira quando obviamente amava outro homem. Eu sabia que não era lógico, uma coisa não tinha quase nada a ver com a outra, mas ainda me senti *indignado* ao ver aquele sorriso carinhoso, e se olhares pudessem matar, Stephan (eu havia pegado seu nome durante os anúncios) teria caído duro naquele exato momento.

Eu não conseguia tirar os olhos daquelas mãos unidas, meu humor ficando sombrio. Me senti como se tivesse sido manipulado, como se nossa química fora do comum fosse algo que ela poderia ter controlado, já que estava aparentemente comprometida. Eu mal consegui olhar para ela enquanto ela me servia, puxando meu laptop para me distrair.

Ela me abordou após terminar seu serviço. Seu rosto estava sério, cenho franzido, ao falar baixinho comigo.

— O senhor aceita mais alguma coisa?

Minha mente enlouqueceu um pouco diante da pergunta, enchendo-se com várias respostas vívidas, a maioria delas proibidas para menores. Decidi naquele momento fazer uma abordagem direta, sabendo que não teria paciência para fazer de outra forma com ela. Mantive minha voz o mais civilizada possível.

— Posso te perguntar uma coisa, Bianca?

Ela arqueou as sobrancelhas.

— Sim, senhor. Como posso ajudá-lo? — Seu tom era o epítome do profissionalismo.

Suspirei, indicando o assento ao lado do meu.

— Você pode se sentar por um instante para conversar?

Ela olhou em volta, como se sentar ao meu lado fosse algo fora dos limites.

— Sente, Bianca — tentei persuadi-la. — Ninguém mais precisa de cuidados.

Ela sentou-se na beira do assento, nervosa, tomando cuidado a cada movimento.

Ela alisou sua saia, atraindo minha atenção para suas pernas. Eram compridas, esbeltas e torneadas. Geralmente, só se via pernas assim em modelos com um físico meio masculino, mas ela não tinha *esse* problema. Seu peito era amplo, seus quadris, curvilíneos. Aquele corpo de matar, misturado à sua reticência, era uma combinação inebriante à qual eu simplesmente não conseguia resistir.

— Você e Stephan estão juntos? — perguntei, observando-a com cuidado.

Ela piscou para mim, obviamente pega desprevenida.

— Não, senhor — respondeu rapidamente. — Somos melhores amigos, mas é platônico.

Estudei-a cautelosamente. Parecia estar dizendo a verdade. Dizer que fiquei aliviado era um grande eufemismo. Na verdade, ficou de repente impossível não tocá-la.

Segurei seu pulso, sorrindo calorosamente enquanto analisava seu rosto abaixado. Ela estava respirando fundo ao erguer o olhar para mim, tão afetada quanto eu. Vi seus seios fartos subindo e descendo com suas respirações. Seus mamilos enrijecidos estavam claramente delineados em seu uniforme sexy pra caramba, e se ela se desse ao trabalho de descer o olhar para meu colo, veria que eu estava tendo a mesma reação a ela.

Estendi uma das mãos para a gravata fina que ela usava, correndo um dedo pelo tecido em um toque leve. Emiti um murmúrio de prazer vindo do fundo da garganta quando seus seios estremeceram para mim.

Pigarreei, voltando a focar em seus olhos.

— Você está saindo com alguém?

Ela mordeu o lábio inferior e negou com a cabeça. Observei o movimento com fascínio, me perguntando como conseguiria manter as mãos longe dela por mais um segundo.

— Que bom — eu disse. — Imagino que você vá tirar uma soneca quando chegar ao hotel. A que horas vai acordar? — Eu sabia que não aguentaria esperar mais um dia para tê-la.

— Normalmente, eu tiro uma soneca de umas quatro horas, então consigo ainda dormir durante a noite. Temos um voo logo cedo para Las Vegas no sábado de manhã. Se eu dormir mais do que isso, fico acordada a noite toda de sexta para sábado.

Processei aquilo brevemente.

— Então, meio-dia? — indaguei, planejando tirar a tarde de folga no trabalho para passá-la na cama com Bianca.

Ela fez que sim, parecendo um pouco perplexa.

— Vou mandar um carro buscar você para o almoço — falei firmemente. Isso que havia entre nós precisava ser resolvido o quanto antes. — A gente precisa conversar — continuei. — Tenho uma proposta para você.

Ela enrijeceu, balançando a cabeça, seus olhos ficando frios de repente.

— Não, sr. Cavendish. — Mesmo naquele tom gélido, ouvi-la me chamar assim fazia meu pau se contorcer de desejo. — Fico lisonjeada que o senhor esteja... interessado em mim de alguma forma. Mas, com todo respeito, vou ter que recusar. Eu não namoro.

Pisquei para ela, surpreso por ela me rejeitar quando obviamente sentia essa atração insana tanto quanto eu. Nem precisei pensar para saber que eu não tinha autocontrole suficiente para ficar longe *dela*. Tentei uma tática diferente.

— Na verdade, eu também não namoro. — O que era verdade e, francamente, eu concordaria com qualquer arranjo que ela cedesse só para estar dentro dela. Eu poderia fazê-la mudar de ideia depois, porém, ao pensar melhor, mantê-la longe do circo da mídia que ocorria na minha vida era uma ideia maravilhosa. — Não era exatamente isso que eu tinha em mente.

Seus olhos tinham esfriado antes, mas agora, ficaram glaciais.

— Então, o que o senhor tem em mente? — perguntou, seu tom ríspido.

Meu cérebro, ou outras coisas, ignoraram completamente seu tom, focando somente em sua pergunta. Eu queria tanto mostrar a ela exatamente o que eu tinha em mente, mas sabia que não estava tratando a situação com a destreza necessária.

Corri meu dedo por sua gravata novamente, fitando seus seios trêmulos com olhos famintos. Pensei em como faria qualquer coisa para ter aquele corpo delicioso sob o meu, e sob meu controle.

— Acho que você e eu somos muito compatíveis — expliquei, minha mente cheia de imagens dela amarrada à minha cama, nua, contorcendo-se sob meu toque. — Aliás, tenho certeza disso. Venha almoçar comigo hoje e eu te mostro. Se mesmo assim você não estiver interessada, eu vou, é claro, te deixar em paz. Só que eu prometo que posso te deixar interessada. Vou te tratar muito bem, Bianca. Sou um homem muito generoso...

Vi imediatamente que essa era a abordagem errada. Tudo estava saindo errado por causa de como ela me afetava.

Ela ergueu sua mão livre.

— Por favor, chega — disse, em tom rígido. — Não estou interessada em nada disso, acredite em mim. Não sei que impressão o senhor acha que eu transmiti, mas não sou nenhum tipo de caçadora de fortunas. Não quero sua generosidade. Não quero nada do senhor.

Merda. Seu tom parecia definitivo. Eu já tinha estragado tudo, mas até mesmo sua rejeição direta acabou me dando ainda mais tesão.

— Temos uma garota que trabalha na cabine principal que parece mais o seu estilo — ela continuou, fazendo-me querer colocá-la em meu colo ali mesmo. — Vou pedir para ela vir aqui, já que o senhor está tão desesperado a ponto de oferecer dinheiro a mulheres aleatórias. — Porra, parecia mesmo que eu tinha sugerido isso, embora estivesse pensando muito além disso. Esse era o problema. Eu estava tão obcecado por ela desde a primeira vez em que nos conhecemos que, na minha cabeça e nas minhas fantasias, já estávamos muito mais avançados do que realmente estávamos. Isso era um problema. — Ou seja lá que diabos o senhor esteja sugerindo — ela continuou tagarelando. — Mas posso garantir com certeza que eu não sou o tipo de mulher que o senhor está procurando.

Ela tentou se levantar, mas apertei seu pulso delicado e perfeito, que implorava para ser amarrado.

Ela sentou, encarando-me, irritada.

— Não foi o que eu quis dizer, de jeito nenhum, Bianca — falei no tom mais conciliatório possível. — Não quis parecer tão... indelicado. Mas estou me sentindo muito, muito atraído por você e gostaria de fazer algo a respeito. —

Sorri para ela, olhando em seus olhos, encontrando-os em mais uma explosão de calor ardendo entre nós, o que me deixou incapaz de compreender como ela poderia recusar isso. Eu faria qualquer coisa para saber no que isso daria. — Almoce comigo. Vamos poder discutir isso com detalhes e alguma privacidade. — Soltei seu pulso, relutante, ao terminar de falar.

Ela nem sequer hesitou, levantando e me rejeitando segundos depois.

— Não, obrigada, sr. Cavendish. — Então, se afastou.

Processei aquilo por menos de trinta segundos antes de levantar e segui-la, sem deixar que nada me impedisse.

Afastei a cortina da cozinha com um só movimento impaciente, indo direto até ela, que estava apoiada contra a bancada de metal da cozinha, com a respiração irregular. Ela abriu a boca para me dizer "não" novamente, mas esmaguei meus lábios nos seus, calando-a de uma forma muito efetiva. Era um beijo desesperado, voraz, sem o mínimo do requinte que eu gostaria de mostrar a ela. Contudo, era um beijo sincero, que lhe mostrava que eu queria possui-la, possuir cada centímetro dela. E jurei por Deus ali que teria sua submissão.

Apesar de sua rejeição, seu beijo foi tão sincero quanto o meu. Assim como eu, acho que ela não conseguia evitar. Sua boca suavizou contra a minha, obedecendo à minha ordem de render-se como se eu tivesse dito em voz alta. Era exatamente o que eu vinha imaginando em minhas fantasias há dias. Era a perfeição.

Enfiei a língua em sua boca e ela gemeu, o que me fez estremecer.

— Chupa minha língua — mandei bruscamente, ao me afastar para buscar por fôlego.

Ela obedeceu, timidamente a princípio, mas intensificando logo em seguida. Grunhi, perdendo a cabeça por um instante. Cego de desejo, pressionei-me lentamente contra ela, esfregando a ereção em seu corpo. Em meio ao meu desejo cego, eu tinha estragado tudo de novo, feito coisas demais rápido demais, e ela recuou, arregalando os olhos.

— Me toca — deixei escapar.

Fiquei chocado e encantado quando isso não a fez se recolher. Ela engoliu em seco, observando-me com puro desejo escrito em cada linha do seu rosto. *Ótimo*, pensei. *Pelo menos ela também sente isso.*

— Onde? — perguntou com a voz áspera.

Meu pau se contorceu, mas consegui ter ao menos um resquício de controle.

— No meu peito, na minha barriga. Em todos os lugares onde você gostaria de ser tocada no seu corpo.

Ela obedeceu, massageando meu peito com uma expressão absolutamente fascinante. Pensei no banheiro minúsculo do avião, a apenas alguns metros de distância. Não era um lugar muito fácil para transar, mas eu conhecia todos os truques para transar em lugares difíceis.

Não, disse mentalmente. *Preciso ter ao menos controle suficiente para isso.* A primeira vez teria que ser na minha cama, sob meu absoluto controle. Eu havia fantasiado demais sobre isso para permitir que fosse de qualquer outra forma. Tudo que eu tinha permissão para fazer agora era preparar o terreno para a sedução.

Ela desceu as mãos devagar e eu lambi os lábios, fazendo um aceno de cabeça para encorajá-la a continuar. Ela passou as mãos por meu abdômen e pensei que fosse perder a cabeça de novo. Tive que contar mentalmente para manter o controle enquanto ela acariciava minha barriga e, em seguida, meus braços.

Incapaz de continuar resistindo àquele tormento, desabotoei minha camisa do peito até o umbigo. Eu precisava senti-la, pele com pele, mesmo que fosse somente um contato breve. Eu *precisava* disso. *Tocá-la* estava fora de questão. Eu me *descontrolaria* completamente.

— Toca a minha pele — ordenei com a voz rouca.

Ela sequer hesitou, obedecendo automaticamente. *Perfeita pra caralho, como se eu a tivesse arrancado de um dos meus sonhos.*

Ela tentou enfiar as duas mãos na minha camisa e eu puxei uma delas, trazendo até minha boca para dar um beijo suave. Em seguida, coloquei-a em meu ombro enquanto ela me torturava com sua outra mão em minha camisa, alisando minha barriga com um toque firme. Eu queria tanto aquele toque no meu pau que fechei os olhos com força diante da minha gana.

Como se tivesse lido minha mente, sua mão desceu mais, agarrando minha ereção com firmeza. *Porra, tão perfeita para mim que podia ler minha mente*, pensei, mesmo gemendo em seguida e afastando sua mão.

Sorri, pensando no quanto já estava afeiçoado por ela. *Eu vou ficar com essa para mim*, pensei, mesmo sabendo o quanto aquilo era insano.

— Aqui não. Ainda não — falei. — Na primeira vez, eu quero você na minha cama.

Preciso de você na minha cama.

Precisei de todo o controle que eu tinha para dar um passo para trás. Abotoei e ajeitei minhas roupas, vendo seu lindo rosto observar minhas mãos.

Mais determinado do que nunca, peguei meu celular do bolso.

— Me dê seu número. — Foi um comando.

Ela sacudiu a cabeça, enfurecendo-me.

— Não — disse com firmeza.

Não dava para acreditar em sua ousadia. Como ela podia me negar, quando cada centímetro do seu corpo se submetia a mim? Retorci a boca, achando graça. Rejeitei completamente sua negação. Isso ia acontecer. Sua submissão havia revelado muito mais do que suas palavras. Ela tinha mais autocontrole do que eu, mas não devia ser ilimitado. Eu a faria ceder.

Ela analisou meu sorriso torto, olhando-me irritada. Recuou até se encostar na bancada.

— Não estou interessada — declarou.

Contarei as horas até poder colocá-la curvada no meu colo, pensei com satisfação. Um dos cantos da minha boca esticou-se para cima involuntariamente. Por mais torturante que fosse, eu ia desfrutar de cada *segundo* dessa conquista.

Enfiei as mãos nos bolsos, mais para evitar tocá-la. Encostei-me à bancada ao lado dela.

— Que tal um café? — perguntei, me divertindo com a situação. Minha mente foi invadida por imagens dela tomando uma xícara de café enquanto eu lambo sua boceta. — É neutro o suficiente? Me fala o seu número e a gente sai apenas para um café.

Ela sacudiu a cabeça, sem hesitar.

— Não, obrigada. — Ela acenou com a mão. — Eu não faço esse tipo de coisa. Já falei que não estou interessada.

Tive que sorrir diante da sua mentira descarada. Uma pessoa não se derretia sob o toque de um homem daquele jeito se não estivesse interessada.

Não acreditei nem por um segundo. Observei seu peito farto subir e descer, mamilos visivelmente duros. Ela baixou o olhar, como se seu próprio peito a estivesse decepcionando.

— Vou te colocar sobre os meus joelhos toda vez que você mentir para mim, Bianca — falei baixinho, determinado a ser muito claro sobre as minhas intenções.

Ela ficou boquiaberta, e eu quase enlouqueci. Tive que travar mais uma batalha interna para recuperar o controle. Vê-la tremendo, visivelmente afetada, não estava ajudando.

— Veja bem, eu não sou chegada a nenhuma dessas coisas, então é evidente que não somos compatíveis.

Embora sua mentira óbvia me enfurecesse, seu autocontrole me impressionava.

Passei um dedo por minha gravata, com os olhos fixos na dela. Aquela porra de gravatinha era profana, posicionada bem entre seus peitos perfeitamente redondinhos.

— Não sei dizer se isso foi uma mentira, ou se você simplesmente não sabe o quanto "essas coisas" podem ser prazerosas. Ou o quanto você é adequada. Eu posso te mostrar. Aliás, eu adoraria te mostrar. — Meus pensamentos se tornaram sombrios, grosseiros. — Quanto eu terminar com você, vou conhecer seu corpo melhor do que você mesma, e você vai me implorar. Cada centímetro do seu corpo está se submetendo a mim, mesmo que você esteja me dispensando. Consegue me dizer com sinceridade que o pensamento de se submeter a mim na cama não te deixa molhada?

Ela se remexeu no lugar, incapaz de esconder sua reação às minhas palavras. *Que bom*, pensei. Isso precisa afetá-la tanto quanto me afeta.

Ela analisou meu rosto, como se estivesse tentando entender se eu estava mesmo falando sério. Abri um sorriso de orelha a orelha.

— Eu estava falando sério sobre bater em você, Bianca. E sobre a submissão. Você vai aprender depressa que eu sempre falo sério.

— Por favor, saia da minha cozinha, sr. Cavendish. Eu não vou mudar de ideia — ela teve o atrevimento de dizer.

Ela vai pagar por isso, pensei. Ela aprenderia em breve que não deveria me dar ordens, especialmente quando me chamava por *esse* nome.

Peguei minha carteira, retirando um cartão de visitas. Encostei-o em sua bochecha, deslizando levemente para seu queixo e, então, seu pescoço. Ela estremeceu quando cheguei à sua clavícula, e meu pau doeu. Eu ia passar dias enterrado na boceta dela. *Ela vai ficar tão dolorida que não vai conseguir sair da minha cama depois que eu tirar sua virgindade.* E isso será apenas o começo...

Arrastei o cartão por seu seio, colocando-o dentro do bolso que ficava bem em cima do seu mamilo. Somente tocar o cartão naquele ponto enrijecido fez meu corpo pulsar com um desejo quase incontrolável.

— O número atrás é do meu celular — informei, tentando soar civilizado. — Eu adoraria que você ligasse. A qualquer hora, noite ou dia.

Afastei-me com relutância, voltando para meu assento.

Não sei quanto tempo passei ali, tenso de desejo e lutando para não voltar para aquela cozinha e fazê-la mudar de ideia. Só me mexi quando Stephan apareceu, caminhando devagar em direção à parte da frente do avião, encontrando meu olhar de maneira solícita para ver se eu precisava de alguma coisa.

Acenei para ele, chamando-o, e endireitei minha postura no assento.

Sem hesitar, ele ocupou o assento ao meu lado. Abriu um sorriso simpático, sobrancelhas erguidas.

— Bianca me disse que vocês dois são melhores amigos. Puramente platônicos — falei diretamente, examinando-o.

Ele piscou, parecendo surpreso, analisando-me também.

— Você está interessado nela — disse de um jeito que me fez pensar que ele costumava ter essa conversa.

Confirmei com a cabeça, sem rodeios.

— *Muito* interessado. Vocês são muito próximos?

Ele olhou em volta, como se estivesse prestes a fazer uma confissão.

— Ela te disse que somos platônicos? — perguntou com cuidado.

Fiquei tenso, mas assenti.

Ele suspirou.

— Isso não é do feitio dela. — Ele mordeu o lábio. — Eu sou gay, e ela e eu somos unidos como família, mas estou surpreso por ela ter dito que éramos platônicos.

Arqueei uma sobrancelha para ele, esperando que explicasse aquele enigma.

Ele deu de ombros.

— Normalmente, ela dispensa homens dizendo que sou namorado dela. Deve estar ao menos um pouco interessada em você também.

Abri um sorriso perverso, aliviado com o que ele revelou.

— Bom, eu estou mais do que *um pouco* interessado nela. Vocês têm planos para a estadia na cidade amanhã? — Eu não ia admitir que ela tinha me dispensado, sequer me dado seu número de telefone.

Ele olhou em volta novamente, mordiscando o lábio, como se tivesse medo de ser ouvido.

— Provavelmente iremos a um bar amanhã à noite. Só ficar de bobeira.

Abri meu sorriso mais charmoso para ele.

— Eu acho sua melhor amiga muito linda e gostaria de vê-la novamente. Você poderia me passar o nome do bar?

Ele me encarou por um bom tempo, parecendo dividido.

— Vamos só dar uma saída, então não teria problema você passar lá para dar um oi.

Assenti, com um sorriso suave.

— Parece ótimo.

— Vamos ao O'Malley's Irish Pub, na esquina do nosso hotel.

— Eu sei onde fica — assegurei a ele. Já havia conseguido a localização do hotel da tripulação quando consegui o cronograma de Bianca.

— É noite de karaokê, então talvez seja um pouco barulhento.

— Tudo bem — afirmei, já fazendo planos para remediar o problema do local público demais. — Obrigado por me dizer. Te devo uma.

Ele deu de ombros.

— Vai ser divertido. Quanto mais gente, melhor.

— Estou ansioso por isso — disse a ele.

Era o eufemismo do ano.

Karaokê

JAMES

Meu coração começou a bater forte quando avistei a parte de trás da sua cabeça. Mexi uma quantidade ridícula de pauzinhos só para ter uma chance de falar com ela, e sabia que ela nem ficaria feliz em me ver. Mesmo assim, não pensei nem por um segundo que não valeria a pena. Não me sentia tão vivo desde que me lembrava. Também não conseguia me lembrar de um momento em que senti esse nível de expectativa. Eu não conseguia pensar em nada além dela. *O que havia nela?* Ela era linda, com certeza, e seu corpo era delicioso pra caralho, mas não era como se eu nunca tivesse tido minha parcela de corpos gostosos por aí.

A reação dela a mim, pensei. Ela tinha dito que não curtia esse estilo de vida, mas eu sabia sem sombra de dúvidas que ela estava enganada. Podia não ter experimentado ainda, mas eu nunca tinha visto uma submissa mais perfeita na minha vida.

A química... Seríamos perfeitos juntos, eu tinha certeza. *Deve ser isso*. E era mesmo. Mas, ainda assim... havia mais. *Seus olhos*, pensei. Havia algo naqueles olhos, algo que me chamava, uma alma semelhante que eu precisava explorar.

Eu não tinha a menor dúvida de que poderia seduzi-la. Sua reação era volátil demais para me dar qualquer dúvida. Porém, ela me preocupava, e meu corpo inteiro se retesava de tensão. Ela era arisca. Se eu não a procurasse insistentemente, ela fugiria de mim e não se arrependeria. Eu *odiava* isso. Eu queria afetar mais do que seu corpo, e isso era muito estranho. Eu nunca tivera essa vontade antes, e mal conhecia a mulher. Ainda assim, eu *sentia* que a conhecia. Ela era reservada, mas eu sentia que podia ler algumas coisas nela como um livro. Como seus olhos. Ela era jovem, provavelmente mais jovem do que eu gostaria, mas aqueles seus olhos azul-claros eram atemporais.

Olhei de relance para Clark, que estava na porta, ajudando a executar o esvaziamento lento do bar. Ele assentiu para mim, sem esconder muito bem um sorrisinho sugestivo. Eu não teria percebido se não o conhecesse tão bem. Ele achava que eu tinha ido ridiculamente longe por causa de uma mulher. Dei de ombros mentalmente. A parte triste era que eu teria feito muito mais. Minha obsessão por essa mulher já não tinha mais limites. Eu deveria me preocupar mais com isso.

Comecei a me aproximar. Tive que parar, fechando os punhos com força, quando vi um piloto tocando seu cabelo. Contei até dez, ficando com a visão embaçada com uma leve névoa vermelha. *Descer a porrada em um homem até ele ficar desfigurado e ensanguentado por encostar um dedo nela a espantaria com certeza.*

Observei sua reação ao homem, o recuo sutil, mas ele não pareceu notar, aproximando-se ainda mais. Tive que fazer mais uma longa pausa, contar até dez devagar mais uma vez, antes de voltar a andar em direção a ela.

Afastei o piloto do meu caminho sem me importar com bons modos, atingindo-o com meu ombro sem pedir desculpas. Nem olhei para ele. Não queria ver o modo como ele olhava para ela. Eu corria o risco de me descontrolar.

Eu estava diretamente atrás da sua cadeira quando ela balançou a cabeça, falando com Stephan.

— Não desse jeito — ela estava dizendo, com a voz irritantemente bêbada. — É um tipo diferente de apavorada. Ainda não consegui entender bem. Só sei com certeza que preciso ficar muito longe do sr. Magnífico.

Suas palavras me deixaram duro. Fiquei feliz por sua cadeira impedir que as pessoas ao redor vissem minha ereção ganhando vida.

Stephan me avistou, arregalando os olhos ao me reconhecer. Acenei com a cabeça para ele. Eu gostava dele, e não havia dúvidas de que eu tinha que cair nas graças dele. Isso seria essencial para poder me aproximar dela.

Bianca estava curvada sobre o balcão do bar, mas com a expressão no rosto de Stephan, ela se endireitou de repente.

— O quê? — ela perguntou bem alto, bem bêbada. Odiei isso. — O quê? por acaso o sr. Magnífico está atrás de mim ou algo assim?

Stephan franziu os lábios e ela girou para me olhar. Ela parecia bêbada, zonza e estava linda demais para que eu conseguisse manter minhas mãos longe. *Porra.* Eu estava encrencado. Eu odiava álcool, e mulheres bêbadas não eram algo que me tentava, mas eu ainda a queria como nunca.

— Olá, sr. Magnífico — ela disse suavemente e de forma arrastada. A expressão inebriada em seu rosto adorável transformou-se rapidamente em acusação. Ela virou para Stephan. — Traidor! — disse, enrolando a língua.

Stephan jogou as mãos para o alto, lançando um olhar inocente para ela. Eu precisava tomar cuidado com ele. Era meio malandrinho.

— Eu não dei seu número para ele nem nada. Ele me perguntou se a gente ia sair esta noite. Eu só disse aonde a gente ia. Inofensivo.

Olhei para a cabeça dela, para seus cabelos dourados e macios. Eu tinha que tocá-la. Não podia aguentar nem mais um segundo.

Pressionei a bochecha em seus cabelos, com a boca próxima à sua orelha. Foi uma luta não estremecer com aquele breve contato.

— Sr. Magnífico, hein? — sussurrei em seu ouvido. Ela ficou rígida. — Vou aceitar como um elogio, embora eu deva dizer que isso é novo.

— Olá, sr. Cavendish — ela falou, toda dura, sem se virar para mim.

Sorri, adorando o som daquele nome em seus lábios. Até demais para estarmos em público.

— Eu te disse para me chamar de James — falei baixinho em seu ouvido. — Ou de sr. Magnífico, se você preferir. Você pode guardar o sr. Cavendish para quando tivermos privacidade.

Senti um tremor percorrer seu corpo antes de ela se afastar de mim. Deleitei-me com sua reação.

Endireitei a postura e sorri para Stephan, que retribuiu.

— Como vai? — perguntei a ele.

Seu sorriso ficou mais amplo.

— Bem. Bebi um pouco mais do que pretendia, mas não posso dizer que ligo nesse momento.

Suspirei, olhando para Bianca. Era a primeira vez que eu via seus cabelos soltos. Senti ser quase impossível evitar tocá-lo.

— Você não é o único — eu disse maliciosamente.

Ele sorriu.

— Temos um ótimo bartender esta noite. O que posso dizer?

Conversamos sociavelmente por alguns minutos, enquanto Bianca nos ignorava. Era fácil conversar com ele. Ainda bem que não tivemos problema para nos entender, já que ele e Bianca pareciam ser um pacote só.

De repente, Bianca levantou-se, cambaleando.

— Uou, cuidado aí, princesinha — Stephan falou.

Aproximei-me, envolvendo sua cintura com meu braço.

— Princesinha? — perguntei, distraindo-me por um instante do humor sombrio no qual a condição dela estava me colocando.

Ele me deu um olhar inocente.

— É meu velho apelido para ela de quando éramos crianças. Bi e eu temos que te contar a história uma hora ou outra.

— Estou ansioso por isso — eu disse. Ela vacilou um pouco, e tive que cerrar os dentes para me manter calmo. — Por acaso ela bebe com tanta frequência assim? — perguntei a ele, meu tom deliberadamente insípido.

— O tempo todo — ela disse bem alto. Eu quis dar uns tapas nela ali mesmo.

— É a primeira vez que ela bebe desde o mês em que completou vinte e um anos — Stephan corrigiu. — Isso já faz pelo menos dois anos.

Senti uma onda de alívio com suas palavras. Ela não costumava fazer isso. Ótimo.

Aproximei a boca do seu ouvido novamente.

— Você se lembra do que eu te disse sobre mentir para mim — alertei baixinho. — Com essa são duas vezes.

— Ele é um pervertido maldito — ela sussurrou, fitando-me com olhos arregalados.

Curvei-me para garantir que ela olhasse bem nos meus olhos e balancei a cabeça afirmativamente. Era melhor que ela entendesse mesmo isso de cara.

— Preciso ir ao banheiro — ela anunciou.

— Eu te ajudo a chegar lá, princesinha — eu disse a ela. Por mais estranho que parecesse, adorei o apelido ridículo.

Stephan se levantou como se fosse ajudá-la, mas dispensei-o com um aceno.

— Deixe-a comigo — falei.

Ela tinha deixado seu celular no balcão do bar. Nem percebeu quando peguei o aparelho e guardei no meu bolso.

Conduzi-a pelo ambiente, segurando a maior parte do seu peso conforme ela tropeçava.

— Por que você está aqui? — ela me perguntou.

Resumi para ela:

— Bom, eu vim até aqui porque quero muito te comer até nenhum de nós dois conseguir mais andar. — Foi o jeito mais educado que consegui formular. — Eu te quero tanto que nem consigo enxergar direito. — Era um eufemismo. — Mas, como isso não vai acontecer agora, vou ficar para garantir que você consiga chegar ao seu quarto de hotel sã e salva.

— Por que isso não vai acontecer agora? — ela me perguntou, como se estivesse decepcionada.

Tive que me esforçar para manter o rosto sério, adorando o que seu questionamento demonstrou em relação à sua disposição.

Ergui uma sobrancelha.

— Não vou te tocar enquanto você não estiver em pleno controle das duas ações. Nunca. Eu não faço isso. — Quis ser bem claro.

— Então você desistiu? — ela me desafiou.

Dei um beijo no topo da sua cabeça para esconder meu sorriso.

— Longe disso. Eu ainda pretendo te foder até você perder a consciência. Só não esta noite, princesinha. E eu agradeceria se você pudesse se abster de ficar nessa condição novamente. — Não pude esconder a irritação na voz ao pensar nela ficando bêbada dessa forma.

Ela parou de repente, girando nos meus braços, pressionando seu corpo contra o meu. Inspirei com força ao senti-la grudada a mim. Minha mente se encheu de imagens vívidas nas quais eu estava enterrado nela. *Como eu a queria.*

Ela olhou nos meus olhos, com seus seios exuberantes grudados ao meu peito. Se ela não estivesse tão bêbada, eu consideraria seriamente prendê-la à parede mais próxima. Ela tinha a altura perfeita para uma boa foda contra a parede...

— Sim? — perguntei, meu tom tão duro quanto meu pau.

— Minha condição não é da sua conta, James.

Não dei a mínima para aquilo. Tudo era da minha conta.

— Pretendo que se torne da minha conta — determinei.

— Você disse que não quer me namorar.

Ela parecia um pouco magoada com isso, o que me fez estremecer mentalmente. Eu não havia lidado com isso com delicadeza suficiente, não havia explicado que minha necessidade de manter minha vida pessoal muito privada era para o benefício dela. Claro que, para dizer isso a ela, eu teria que explicar o quão abominável eu era, o que inevitavelmente a levaria a descobrir o quão promíscuo eu tinha sido. Minha reputação estava além de manchada, e eu sabia que isso não cairia bem com ela. Ela nunca confiaria em mim soubesse algo sobre o meu passado. Achei melhor adiar o máximo possível. Não achava que seria preciso muito para assustá-la a essa altura do campeonato.

Suspirei, debatendo internamente como lidar com ela.

— É verdade — eu disse. — Mas quero outras coisas. Pelo menos a chance de falar com você sobre o que eu quero.

— Então fale — ela encorajou. Fantasiei brevemente sobre estapear sua bunda nua ali mesmo.

— A gente vai conversar quando você estiver sóbria. E quanto tivermos alguma privacidade verdadeira.

Ela sacudiu um dedo para mim e depois ficou nas pontas dos pés, falando diretamente no meu rosto.

— Isso não parece conversar. — Suas palavras saíram arrastadas.

Encolhi-me, odiando o quanto ela estava inebriada.

Precisei de muito esforço para não segui-la para dentro do banheiro. Seus passos estavam tão vacilantes.

Uma ruiva passou por mim, olhando-me dos pés à cabeça com lascívia. Eu a ignorei, acostumado com o tipo dela.

Aproveitei bem os cinco minutos que ela passou no banheiro, programando meu número em seu celular e, em seguida, ligando para o meu para gravar o seu.

Segurei o braço de Bianca no instante em que ela saiu do banheiro.

— Alguma vez você já ficou tão bêbado que não conseguia nem se olhar nos olhos quando encontrava um espelho? — ela perguntou.

Observei-a, mantendo meu rosto impassível. Achei que ela estava tentando me irritar.

— Responda, James — exigiu.

— Não.

— Dança comigo — ela pediu.

— Não.

— Tá bom. Alguém vai dançar comigo. Espere para ver.

Agarrei seu braço quando ela tentou se afastar.

— Não vai não. Se você tiver que dançar esta noite, vai ser sozinha — eu disse, conduzindo-a pelo braço para a parte principal do bar.

— Ca'conteceu com todo mundo? — ela perguntou, olhando para mim. Dei de ombros. — É tão tarde assim? — quis saber, enfiando a mão em sua bolsa. — Cadê mo'telefone?

— Você deixou no balcão do bar — respondi, e ela começou a ir em direção a ele. Eu a fiz parar e segurei seu celular em sua cara. — Peguei pra você.

Ela o arrancou da minha mão, lançando-me um olhar fulminante que achei adorável demais. Ela conferiu a hora na tela.

— Son apenas oito'ras. Por que você acha que todo mundo está indo embora? Aconteceu alguma coisa? Tá fechando?

Dei de ombros, vi que isso a enfureceu e dei de ombros de novo, mantendo minha expressão cuidadosamente vazia.

Ela estreitou os olhos para mim.

— Você não precisa ficar aqui. Está tudo bem.

Puxei-a para mim, encostando a bochecha em seu peito. A vontade de tocá-la estava me sufocando. Não conseguia me lembrar de alguma vez em que tive que lutar tanto para ter controle, tanto da minha raiva quanto da minha resposta física. Enterrei o rosto em seus cabelos macios. Pareciam seda e tinham cheiro de paraíso.

— Você é uma mulher enfurecedora — murmurei. Ela lutou um pouco contra mim, mas firmei mais o aperto ao seu redor. — Eu ficaria feliz de acompanhar você ao seu quarto, mas não vou deixá-la aqui quando está se comportando desse jeito.

— Você não sabe nada sobre mim. Posso agir desse jeito o tempo todo — ela disse contra minha camisa.

Ela começou a esfregar o rosto na minha camisa, e cerrei a mandíbula com força para evitar tocá-la. Eu não teria coragem de sequer beijá-la quando estava bêbada assim, e fiquei chocado comigo mesmo por sentir que queria.

Ela recuou para me analisar, focando em meu peito, começando a correr as mãos por ele, massageando minha pele. Imagens vívidas sobre amarrá-la à minha cama e fodê-la sem dó preencheram minha mente.

— Em algum dia não muito distante, eu vou te amarrar e te provocar exatamente do jeito que você está me provocando agora — informei a ela baixinho. — Sem nenhuma esperança de alívio por pelo menos uma noite.

Suas mãos paralisaram e ela se afastou, arregalando os olhos para mim. Sua expressão mudou em um instante, demonstrando determinação. Ela estalou os dedos para mim.

— Tenho uma surpresa para você — falou de um jeito ameaçador, girando para ir em direção ao palco do karaokê.

O DJ me lançou um olhar inquisitivo enquanto ela falava com ele, e acenei levemente com a cabeça, cruzando os braços sobre o peito e mantendo a expressão passiva.

Quando os primeiros acordes de *S&M* começaram a tocar, fiquei apenas encarando-a, um pouco chocado. *Estou encrencado*, pensei. Pela primeira vez na minha vida, pensei em como estava fora de mim por causa de uma mulher.

Ela começou a rir e cantar com sua voz suave, e meu cérebro sofreu um pequeno curto-circuito. *Merda. Estou ferrado.*

Ela estava fazendo uma dancinha distrativa quando tropeçou, e me aproximei para segurá-la. Jurei para mim mesmo que, se ela caísse do palco, eu a carregaria para fora dali imediatamente.

A ruiva vulgar aproximou-se de mim, ficando perto demais. Eu não queria nada com ela.

Ela abriu um sorriso sedutor.

— Oi, eu sou a Melissa. Você é amigo da Bianca?

Fiz que sim com a cabeça, querendo que ela se afastasse para poder focar na apresentação de Bianca. Tive a sensação de que ela não faria isso para mim com frequência, baseado em sua reticência habitual.

— Eu trabalho com a Bianca. Nós duas somos muito próximas — ela disse, exibindo um monte de dentes em um sorriso estranhamente feroz que achei um pouco maluco. Me deparava com caçadoras de fortunas como ela o tempo todo. *Merda*, pensei. Não queria ter que passar tempo com essa mulher. O Stephan, eu podia aguentar.

Ela inclinou-se para mim, pressionando seus seios siliconados em meu peito ao se esticar para falar em meu ouvido:

— Só para você saber, se quiser uma diversão selvagem na cama, deveria sempre escolher uma ruiva. Loiras tendem a ser mais frias, se é que me entende.

Olhei para ela.

— Está se referindo à Bianca? — questionei. Se ela tivesse informações para distribuir, eu arrancaria tudo que pudesse.

Ela deu de ombros, ainda muito perto de mim.

— Talvez. Não posso falar por ela, mas você pode descobrir como seria comigo.

Fiz um contato visual sólido com ela, tentando o melhor que podia para não ser abertamente rude com uma das amigas de Bianca, embora ela parecesse uma péssima amiga, julgando por esse momento.

— Não, obrigado — falei lenta e claramente. — Prefiro loiras.

A música parou e eu sorri para Bianca conforme ela vinha em nossa direção, determinada.

— Obrigado pela surpresa, Bianca — falei, sincero. — Não vou me esquecer disso enquanto eu viver.

— Vocês dois se conhecem? — ela perguntou, olhando para mim e Melissa, cheia de suspeita.

Aquilo me surpreendeu.

— Acabamos de nos conhecer. Ela trabalha com você, não é?

— Sobre o que vocês estavam conversando?

— Ela me disse que era uma amiga próxima sua — expliquei, começando a suspeitar de que Melissa estava mentindo. — Por isso eu estava fazendo algumas perguntas a seu respeito.

Bianca lançou um olhar indecifrável para Melissa, que mudou de expressão de repente e pegou a mão dela.

— Venha, queridinha — ela disse, conduzindo Bianca novamente para o palco. Eu estava certo. *A ruivinha era maluca.*

Cruzei os braços sobre o peito, erguendo uma sobrancelha quando elas começaram a cantar uma música vulgar de rap. Nem sequer olhei de relance para Melissa, fiquei assistindo somente Bianca cantando rap com um sorriso bobo. *Ah, olhe só isso.* Eu precisava mais desse sorriso. Ele me afetava. *Ela* me afetava.

Stephan estava vindo na minha direção, lançando alguns olhares intensos de melhor amigo para Bianca. Imaginei que tivessem seu próprio idioma com apenas olhares.

Ele se aproximou de mim, com os lábios apertados.

— Ela não é assim — ele me disse baixinho em um tom sério. — Ela está bêbada, e nunca bebe. Não quero que tenha a impressão errada sobre ela.

Assenti, encontrando seu olhar. Eu sabia disso. A única impressão que tive naquela noite foi a de que ela estava bêbada pra caralho.

— Espero que não esteja pensando que ela é alguém com quem você possa apenas brincar. Ela não faz sexo casual, nunca. Se não estiver levando a sério...

Eu o interrompi. Ele podia ficar tranquilo quanto a essa parte, se não se opusesse à possibilidade de nos envolvermos.

— Estou levando muito a sério, Stephan. Muito mesmo. Quero cuidar dela. *Não* estou brincando. De jeito nenhum.

Ele franziu a testa.

— Se não a tratar bem, vou te machucar. Não ligo para o quanto seja rico, eu vou te dar uma surra. — Ele disse aquilo como se não conseguisse mesmo evitar.

Assenti para ele para demonstrar que compreendi.

— Quero que você confie em mim, Stephan. Como eu disse, quero cuidar dela. Juro para você que vou tratá-la como uma princesa. Isso é tudo novo para mim, mas eu... só quero cuidar dela.

Stephan pigarreou, baixando o olhar para seus pés de repente. Mesmo na luz fraca do bar, ele parecia estar ruborizando.

— Ela é virgem — disse baixinho.

Arregalei os olhos, pousando-os em Bianca no palco. Meu cérebro sofreu mais um pequeno curto-circuito. Fiquei um pouco chocado comigo mesmo. Minha primeira reação foi um prazer esmagador diante daquela revelação. *Minha*, pensei. Ela era toda minha. Apreciei muito aquela ideia. Nunca me senti tão possessivo assim por mais nada na minha vida.

— Eu a levarei para o hotel esta noite — falei para ele. — Mas quero que você saiba que eu nunca encostaria nela nestas condições. Ela está bêbada demais para tomar uma decisão dessas, e eu nunca me aproveitaria.

Ele me analisou com atenção e, em seguida, assentiu.

Bianca veio pisando duro do palco quando a música terminou, indo direto para Stephan. Ela estava claramente irada. Eles se juntaram para conversar por uns bons cinco minutos, obviamente desabafando alguma coisa. Tentei ouvir a conversa deles, mas não consegui compreender.

De repente, Bianca se afastou de Stephan, apontando para o bar.

— Volta. Pra. Sua. Cadeira.

Ele obedeceu, parecendo desanimado.

Bianca redirecionou sua ira para mim.

— Então você já acabou? — exigiu saber. — Agora pode ver que não vai acontecer. Meu cartão V deve ser mais do que suficiente para fazer alguém como você sair correndo.

Assumi uma expressão passiva. Não estava me sentindo civilizado. As coisas que eu queria fazer com ela não eram civilizadas, e eu não queria chocar ainda mais a pobre garota.

— Venha aqui — ordenei, observando-a. *Minha.*

Agarrei seus cabelos com cuidado. Puxei sua cabeça levemente para trás, inclinando-me em seu ouvido.

— Vou arruinar você — sussurrei. — Vou ser o seu primeiro e vou te foder tão completamente que também vou ser o seu último. Você não vai querer nenhum outro homem depois que eu tiver posto minhas mãos em você. Em cada centímetro do seu corpo.

Ela estremeceu deliciosamente contra mim, e tive que lutar para manter o controle. *Minha.*

Ela se afastou um pouco para me olhar, cenho franzido.

— Então você prefere as virgens? — perguntou em um sussurro.

Ergui as sobrancelhas. Ela tinha noções muito estranhas.

— Eu nunca estive com uma, então, não. Mas não posso dizer que a ideia me desagrada. Aliás, adoro o fato de ser seu primeiro.

Pernoite

JAMES

— Estou pronta para ir embora — Bianca disse.

Porra, já estava na hora, pensei.

— Que bom. Vamos falar para o Stephan.

Nos aproximamos de Stephan, que estava curvado. Seja lá o que Bianca tivesse dito a ele, mudou seu humor.

— Bianca está encerrando a noite — eu lhe avisei. — Vou acompanhá-la até o quarto dela. Para que horas devo arrumar o despertador?

— Cinco — Bianca e Stephan disseram ao mesmo tempo.

Fiz um aceno de cabeça para Stephan, dando-lhe boa noite, e ele retribuiu.

Bianca se aproximou de Stephan, dando um beijo em sua testa. Eles trocaram mais algumas palavras, em um tom baixo, mas intenso, antes de sairmos.

Segurei seu braço durante o caminho.

— Stephan e eu conversamos bastante. Ele sabe que eu nunca me aproveitaria enquanto você não está em pleno uso das suas faculdades. Se eu não soubesse a verdade, pensaria que ele era seu irmão mais velho. Quando tempo faz que vocês são próximos?

Ela me olhou de soslaio, com uma expressão impossível de interpretar.

— Há muito tempo — respondeu.

Mudei de assunto, já que era óbvio que ela não estava a fim de compartilhar nada.

— Você precisa tomar pílula — eu disse a ela. Foi uma ordem educada.

Ela me lançou um olhar adoravelmente fulminante.

— Meu corpo é problema meu — rebateu em um tom rígido.

Senti uma emoção me percorrer quando ela disse aquilo, porque pretendia mostrar a ela que, sem sombra de dúvidas, seu corpo era meu. Eu possuiria cada centímetro.

— Quando estivermos transando, também vai ser problema meu — tentei parecer sensato. — E você precisa começar. Pode levar meses até fazer efeito.

Ela me fitou, irritada.

— Para sua informação, eu já tomo pílula. Tenho menstruação complicada e ajuda a ficar mais fraca. Na verdade, tomo desde que era adolescente… por motivos pessoais. Mas você é ultrajante, sabia disso? Eu nunca concordaria em fazer sexo com você.

— Quais motivos pessoais? — perguntei.

— Prefiro manter em segredo essas questões. — Ele teve a coragem de mostrar a língua para mim.

Apertei seu braço, minha mente inundando-se com imagens muito vívidas do que eu queria que ela fizesse com aquela língua.

— Você é exasperadora.

— Me deixa bombardear você com um monte de perguntas pessoais pra ver se você gosta.

Estranhamente, essa ideia não me perturbava.

— Pode tentar. Acho que a troca pode valer a pena para mim.

Ela ficou em silêncio pelo resto do caminho. Ela cumprimentou a garota da recepção quando passamos. E só. Não tinha porteiro. Nenhum segurança. Fomos simplesmente direto para o elevador.

Balancei a cabeça, abismado.

— A segurança aqui é deplorável — eu disse.

Ela deu uma risadinha.

— O que você esperava? É um hotel de tripulação no centro de Manhattan. A segurança não é deplorável, é inexistente.

Encarei-a.

— É terrível. Qualquer um pode entrar aqui.

Ela só continuou rindo.

— É para isso que servem os cadeados e a polícia. Se você acha que é ruim, deveria ver alguns dos outros lugares em que Stephan e eu já ficamos.

Busquei por seu rosto, sentindo um alarme estranho comprimir meu peito.

— Onde? O que você quer dizer? Vocês ainda ficam nesses lugares?

Ela deu de ombros.

— Hum, na verdade, não. Acho que esse é o nosso hotel de tripulação menos seguro no momento. — Ela caiu em mais um ataque de risadas. Estendi minha mão, pedindo por sua chave, que ela me entregou.

— Eu preferiria que você ficasse em um lugar mais seguro quando visitasse a cidade. Vou cuidar disso — informei-lhe.

Ela balançou a cabeça, murchando o sorriso.

— Não. Não. Não. Não sei o que você pensa que está rolando aqui, mas não vai assumir o controle da minha vida. Você pode tirar essa ideia da cabeça agora mesmo.

— Bom, vamos falar sobre isso quando você estiver sóbria.

— Você pode falar o quanto quiser. Isso não vai rolar.

Ela parecia tão segura quanto a isso. Eu tinha que admitir que ela me assustava. Estava prestes a dificultar bastante a minha vida.

Entramos no quarto e notei a porta aberta de um quarto conjugado. Entrei. Avistei um uniforme masculino de comissário de bordo no closet.

— O quarto de Stephan? — perguntei alto.

— É.

Voltei para seu quarto, fechando e trancando a porta.

Observei-a cair na cama, ainda completamente vestida.

— Preciso programar meu despertador — disse.

— Está comigo — eu disse a ela, pegando sua bolsa.

Coloquei seu celular no carregador e programei seu alarme.

— Obrigada — ela murmurou. — Você pode ir agora. Eu vou acordar na hora. Nunca me atrasei para o trabalho. Não vou começar esse hábito amanhã. Assim que minha cabeça parar de rodar, vou dormir pesado.

Fui até sua mala, procurando alguma coisa que ela pudesse vestir para dormir. Não tive certeza se queria soltar um palavrão ou comemorar quando encontrei uma camisola minúscula e fina. A porra de uma virgem que parecia uma modelo de capa de revista masculina e usava lingeries sensuais para dormir. *Caralho.*

Coloquei a peça em cima da sua bolsa, indo para o banheiro. Vi a embalagem que dizia "lenços removedores de maquiagem" e peguei um.

Voltei para a cama, sentando ao lado dela. Limpei seu rosto delicadamente. Sua pele era perfeita, e conforme a limpava, me dei conta de que ela estava usando pouquíssima maquiagem. Ela era tão linda. Eu queria tanto beijá-la que minha mão tremeu um pouco ao limpar suas pálpebras com cuidado.

— Você quase não usa maquiagem. Sua pele é linda. — Isso era um eufemismo. Ela era perfeita.

Ela soltou uma risada pelo nariz.

— Olha só quem está falando, sr. Magnífico.

Sorri.

— Talvez eu vá simplesmente chamar você de sra. Magnífica. — Beijei a pontinha do seu nariz.

Levantei e desliguei as luzes, voltando para começar a despi-la. Fiz isso tanto para o meu bem quanto para o dela. Eu não confiava completamente em mim mesmo. Minha reação àquela mulher havia se tornado volátil demais.

Ela me bloqueou com as mãos quando comecei a desabotoar seu short.

— O que você está fazendo? — perguntou. Ela não soou tão alarmada, o que não foi nada bom para o meu autocontrole.

Seria muito errado se eu usasse apenas minha boca nela? Eu estava obcecado em fazê-la gozar.

Esta noite não, eu disse firmemente a mim mesmo. Ela estava fora de alcance.

Afastei suas mãos, retirando seu short rapidamente.

— Cuidando de você — respondi, tentando não pensar em como realmente queria estar *cuidando dela.* — Eu falei para você e para o Stephan que era o que eu faria. Vou te preparar para a cama agora. E se começar a vomitar todo esse veneno que você bebeu esta noite, vou te levar para o banheiro e afastar seu cabelo do rosto. Fique parada. Vou conseguir trocar você mais depressa se parar de se mexer tanto.

Ela me obedeceu, o que fez minhas mãos tremerem um pouco ao retirar suas roupas rapidamente e vesti-la com aquela camisola obscena que virgem nenhuma deveria usar para dormir.

Guardei suas roupas, lutando para manter o controle. Cobri-a cuidadosamente na cama.

Olhei para ela quando terminei, perdido. Eu não podia deixá-la, mas também não via como poderia ficar.

— Você pode dormir aqui— ela me disse em uma voz grogue. — Se aguentar a falta de segurança.

Inspirei com força. *Merda*. Eu estava perdido. De jeito nenhum eu conseguiria dizer não para aquilo.

— Você se importa se eu dormir só de cueca? É muito mais confortável e eu juro que não vou tentar nada. Esta noite.

— Tudo bem — ela falou suavemente.

Tirei a roupa e fiquei somente de cueca boxer, me perguntando se ela poderia ver minha ereção óbvia nas sombras. Deitei na cama, ficando o mais distante dela possível. Fitei o teto, sabendo que não conseguiria descansar nem um pouco naquela noite, mas continuava sem ao menos pensar em ir embora. Ela me disse que eu podia ficar e não pude resistir, mesmo que isso *fosse* puro tormento.

Pude senti-la me observando.

— Vá dormir — mandei.

— Você é bronzeado assim no corpo todo? — ela perguntou, sonolenta.

Sorri. Sua respiração mudou de ritmo quase instantaneamente, ficando profunda e cadenciada ao pegar no sono.

Pensei seriamente em ir para o banheiro e me masturbar. Não ia conseguir relaxar com meu pau tão duro que tinha ganhado vida própria.

Eu estava a um segundo de fazer exatamente isso quando ela rolou e se aconchegou em mim. Enrijeci, mas pude ver por sua respiração que ela ainda estava dormindo profundamente. Soltei um palavrão mentalmente quando ela esfregou o rosto no meu peito, pousando a mão no meu esterno.

Puta que pariu. Ela gostava de ficar abraçadinha quando dormia. Eu não sabia como ia lidar com isso, mas não achava que aguentaria deixá-la me tocando assim.

— Stephan — ela murmurou com satisfação.

Processei aquilo. Stephan era gay. Ele tinha me dito isso. E ela me disse que eles eram puramente platônicos. Acreditei nos dois. *Por que ela o chama enquanto dorme? Eles eram mesmo tão próximos assim?* Parte de mim ficou cheia de ciúmes por pensar que ele era importante com ela, mas eu soube, no mesmo instante, que não podia dar atenção àquele sentimento. Os dois eram próximos demais para tolerar qualquer um que ficasse entre eles, e eu não cometeria esse erro.

Ela se aconchegou mais em mim, colocando uma de suas pernas sobre as minhas. Pude sentir seu sexo ficar grudado à minha coxa. Não consegui abafar um gemido.

— James — ela disse suavemente, dormindo. *Assim é melhor*, pensei. Aquela pequena confissão fez a noite inteira valer a pena. Eu estava começando a cair em suas graças também. Era o justo.

— *Minha* — sussurrei de volta, fechando os olhos. Sua mão estava na minha barriga, e me perguntei se estaria quebrando todas as minhas próprias regras se ela por acaso batesse uma para mim enquanto dormia. Na minha condição atual, bastariam poucas carícias.

Repreendi-me mentalmente por sequer pensar naquilo.

Movi a coxa contra seu sexo, dizendo a mim mesmo que estava apenas mudando de posição para ficar mais confortável.

Ela arfou levemente e pressionou-se mais forte contra mim. Na minha mente, eu estava enterrando o rosto entre suas pernas e lambendo sua boceta como se minha vida dependesse disso, mas me permiti ficar somente na fantasia. Isso era um teste ao meu autocontrole que eu estava determinado a passar.

De repente, ela endureceu e se afastou de mim, rolando e se encolhendo de costas para mim. Sua respiração ficou irregular, e não era por paixão.

Ela está tendo um pesadelo, pensei.

Abracei-a por trás quando ela começou a tremer.

— Shhh, amor — falei suavemente.

Tê-la chamado assim me deixou chocado o suficiente para que eu ficasse deitado pensando nisso por um longo tempo. *Eu a tinha chamado de amor*. Eu nunca dissera nada assim para uma mulher, mas não conseguia me arrepender.

Simplesmente pareceu certo chamá-la assim.

Ela acabou relaxando, acalmando a respiração e entrando em um sono mais pacífico.

— Isso, amor — disse baixinho. — Descanse.

Ela vai ser a única a descansar esta noite, pensei.

Passamos por mais alguns apertos naquela noite, porque ela se mexia inquieta em seu sono, às vezes grudando o corpo ao meu, outras vezes se afastando e ficando de costas, encolhida em posição fetal.

Em determinado momento, ela se aconchegou em mim e pousou a mão no meu abdômen, fazendo-me prender a respiração. Ela começou a respirar mais ofegante, porém continuou dormindo, e sua mão começou a deslizar para baixo.

Coloquei a mão sobre a dela, imobilizando-a delicadamente.

Mas, então, ela gemeu meu nome em seu sono, e eu a deixei fazer o que queria.

No primeiro contato dos seus dedos com a minha ereção rija, eu me contorci, sentindo líquido pré-gozo sair pela extremidade.

Eu estava ofegando, mas ela tinha dito meu nome e eu precisava ouvir novamente, então deixei sua mão adormecida me explorar, movendo-me até conseguir colocar uma das minhas coxas entre as dela, deixando-a se esfregar em mim enquanto me torturava com seu toque.

Despertar: Parte Um

JAMES

Tirei meu braço com cuidado de debaixo da sua cabeça, substituindo-o por um travesseiro. Puxei o cobertor fino até seus ombros e me vesti rapidamente. Havia sido uma longa noite e eu não tinha dormido, mas não faria nada diferente.

Eram quatro da manhã. Eu tinha somente o tempo suficiente para ir para casa trocar de roupa antes que ela acordasse.

Mandei uma mensagem para Clark ao escapulir do quarto dela, pegando seu cartão-chave.

Ele estava me esperando no meio-fio, ágil como sempre.

— Para o apartamento — eu disse ao entrar no banco de trás. — E espere no meio-fio. Vou entrar e sair bem rápido.

Vi suas sobrancelhas se erguerem pelo retrovisor conforme ele colocava o carro em movimento.

— Vai trabalhar tão cedo assim? — perguntou.

— Não. Vou voltar para cá. Talvez eu pegue um voo para Vegas esta noite.

— Talvez? — ele indagou. Pude ouvir o sorrisinho sugestivo em sua voz.

— Vou me vestir e voltar para o hotel. Te aviso qual será o plano depois disso.

— Quer que eu compre uma passagem aérea comercial? — quis saber.

— Parece uma boa ideia.

— Preciso perguntar qual companhia?

— Não. Certifique-se de que seja o primeiro voo.

— *Eu* também vou pegar esse voo?

— Não. Você pode ir esta tarde. Paterson vai me buscar. Durma um pouco. Sei que passou a noite acordado esperando por mim.

— Sim, senhor. Por quanto tempo ficará em Vegas?

— Eu te aviso quando souber.

— Parece que o senhor está levando essa garota muito a sério.

— Pode-se dizer que sim, Clark.

— Devo esperar muitas viagens inesperadas como esta em um futuro próximo?

— Não seria uma má ideia. Minha agenda ficará bem... flexível enquanto resolvo isso.

— Bom saber.

As ruas estavam praticamente sem trânsito algum naquela hora da manhã, então Clark estacionou do lado de fora do meu prédio após cinco minutos. Passei rapidamente pelo saguão em direção ao elevador. Eu sentia uma urgência em voltar, como se ela fosse desaparecer se eu não fosse rápido o suficiente. Sentia-me ansioso e quase em pânico, embora soubesse que isso era irracional. Eu tinha me dado bastante tempo.

Tomei um banho e me vesti, pegando o primeiro terno que vi. Estava pronto e saindo do meu apartamento dentro de trinta minutos.

Fiz uma parada na cafeteria mais próxima, pensando em remédios para ressaca. Eu não estava acostumado a esperar em filas, e passei o tempo todo batendo o pé impacientemente no chão e conferindo a hora. Ela acordaria a qualquer minuto e eu não queria perdê-la de vista.

Fiz uma parada de última hora em uma farmácia para comprar aspirina, sentindo-me bobo, mas incapaz de me conter.

Senti um nervosismo nada familiar me atingir quando cheguei novamente no hotel, sem saber como seria recebido.

Abri a porta do quarto devagar, mas vi imediatamente que ela já estava acordada.

A porta do banheiro estava entreaberta e a luz, acesa. Quando fechei a porta atrás de mim, ela colocou a cabeça para fora do banheiro. Não hesitei ao entrar lá e me juntar a ela. Ela já devia estar sóbria.

Tudo podia acontecer.

Entreguei-lhe o café e a aspirina, colocando duas garrafas de água sobre a bancada para ela.

— O remédio é para a ressaca — eu disse. — E a água vai ajudar. Você está desidratada. — Mantive minha voz cautelosamente vazia, correndo meu olhar por seu corpo.

Porra, pensei, ficando duro em um instante. Com aquela camisola úmida e justa, era o mesmo que estar nua. Ela estava sóbria e praticamente nua. Como raios eu ia conseguir manter as mãos longe dela?

Ela tomou o remédio, bebendo uma garrafa quase toda. Ela tomou um longo gole de café. Observei sua garganta se mover e, sem poder resistir, desci o olhar para seu peito. Aquela camisola obscena ficava bastante justa em seus seios. Ela tinha um decote fenomenal, seios redondinhos e cheios, com mamilos pequenos e rosados.

— Você voltou para a sua casa? — ela perguntou.

Não respondi, pois meus olhos estavam vidrados em seu corpo. Eu podia ver cada centímetro dela naquele projeto de camisola. Ela era surpreendentemente curvilínea, com quadris perfeitamente arredondados. Com roupas, ela parecia esbelta com seios fartos. Eu sabia que ela tinha vinte e três anos, e não conseguia compreender como uma mulher com uma aparência como a dela tinha passado tanto tempo sem começar a fazer sexo. Cada centímetro dela era feito para o pecado. Me perguntei se sua virgindade era alguma tecnicalidade ou literal. *Algum homem já a havia feito gozar? O que ela já tinha feito? Era completamente inexperiente?* Eu queria saber tudo. Mas, mais do que qualquer coisa, eu queria fazê-la gozar.

Aproximei-me por trás, mantendo o olhar em seu peito. Em um movimento leve, ela arqueou as costas, pressionando seus mamilos contra o tecido daquela camisola incrível pra caralho, ficando rígidos e firmes. Eu estava perdido.

— Não quero atrasar você para o trabalho — murmurei para ela. — Mas preciso fazer uma coisa.

Pressionei-me em suas costas, sentindo vontade de gemer quando meu pau roçou nela com força. Apalpei seus seios, massageando com firmeza, e ela gemeu, arqueando-se em meu toque. Sua resposta foi perfeita, como se seu corpo soubesse instintivamente o que eu precisava que ela fizesse.

Ela fechou os olhos. *Não*, pensei. Eu precisava daqueles olhos mais do que qualquer coisa. Fiquei chocado ao perceber isso. Minhas submissas mantinham o olhar baixo, porque essa era a regra, a mais rígida delas para mim.

Não mais, percebi.

Todas as porras das minhas regras estavam prestes a serem quebradas, e eu não estava dando a mínima para isso.

— Olhe pra mim — vociferei.

Ela obedeceu, encontrando meu olhar. Senti um alívio tão grande diante da sua obediência que fiquei um pouco fraco. Nada de regras de submissa para a minha Bianca. Ah, não. Ela teria regras feitas especialmente para ela. E para começar, manteria seus olhos gloriosos em mim toda vez que eu a fizesse gozar.

— Eu gosto dessa camisola — eu disse, ainda massageando seus seios perfeitos. — Abra mais as pernas — ordenei.

Ela obedeceu sem hesitar, e eu quase gozei ali mesmo. Eu não ia treiná-la. Ela podia ser inexperiente, mas era como se estivesse me treinando. Só me restava esperar que eu fosse um bom Dominador para uma submissa tão perfeita.

Manipulei um mamilo durinho com uma mão enquanto a outra percorria suas costelas, descendo e acariciando sua barriga plana e seguindo para o meio das suas pernas.

— Abra mais — mandei, e ela obedeceu novamente sem hesitar. — Quero dar prazer a cada centímetro do seu corpo — disse a ela, com a voz rouca de desejo. — Mas, por enquanto, só vou fazer você gozar. Eu só preciso te tocar. Encoste a cabeça no meu ombro.

Coloquei a mão em seu sexo, posicionando o polegar diretamente em seu clitóris, meus outros dedos roçando em sua entrada. Minha visão ficou um pouco turva, e inspirei com força quando senti que ela já estava molhada.

— Deus — chiei. — Uma virgem molhada. Você é demais para mim, Bianca.

Enfiei um dedo nela e grunhi. Ela era tão inacreditavelmente apertada que eu mal podia aguentar. Imaginei meu pau mergulhando naquela entrada apertadinha, invadindo seu hímen, e fiquei tão perto de perder o controle que esqueci de onde estava por um instante.

Controle-se, falei para mim mesmo com firmeza, penetrando-a bem devagar com meu dedo. Massageei suas paredes, observando-a, meu polegar ainda ocupado em seu clitóris. Seus olhos continuavam grudados aos meus, vidrados de paixão. Acariciei-a lenta e meticulosamente, esfregando a ereção em suas costas. Deslizei um segundo dedo dentro dela, que gemeu alto, arqueando o corpo contra mim.

Sua redenção automática fez minha mente voltar a focar no meu propósito.

— Me peça — ordenei, perdido em seus olhos.

Bianca, perfeita pra caralho como era, não hesitou.

— Por favor.

— Diga "por favor, sr. Cavendish, me faça gozar".

— Por favor, sr. Cavendish, me faça gozar.

Belisquei seu mamilo com força, acariciando com mais firmeza. Eu sabia que ela sempre precisaria de ao menos um toque de dor para alcançar seu prazer. *Perfeita pra caralho.*

Ela gozou, e resistir a comê-la naquele exato momento foi a coisa mais difícil que já fiz. Eu poderia tê-la curvado sobre a bancada e metido nela, mas precisava que a primeira vez fosse na minha cama. Eu tinha uma imagem tão perfeita em minha cabeça sobre como sua primeira vez precisava ser que iria até o inferno para fazer isso acontecer. *Na verdade, eu já estava no inferno*, pensei.

Seus olhos reviraram e ela estremeceu com seu clímax. Eu estava ofegando de desejo quando ela retomou a visão e piscou para mim, parecendo perplexa. Ela me observou retirar os dedos dela e ficou boquiaberta quando eu os trouxe até minha boca e os lambi, adorando seu sabor. *Minha*, pensei ferozmente.

Agarrei seu queixo com rispidez e estiquei nossos pescoços para nos encaixar em um beijo profundo.

Despertar: Parte Dois

JAMES

— Você é a coisa mais perfeita que eu já vi na minha vida — murmurei contra sua boca.

Eu vou ficar com você para mim, pensei.

Ela moveu a mão de repente, tocando minha coxa, obviamente a caminho do meu pau. *Porra*, pensei.

Segurei sua mão, lutando por controle.

— Não temos tempo. Vista-se — ordenei, sentindo-me irritado.

Se eu a distraísse com prazer e a fizesse chegar atrasada no trabalho, sabia que ela me evitaria depois. Quando não estávamos presos em nossa paixão, ela ficava disposta demais a rejeitar o que havia entre nós. Isso me enfurecia em todos os níveis, mas não havia nada a se fazer além de aceitar. *Por enquanto...*

Ela pareceu voltar a si, afastando-se de mim.

Eu a segui para fora do banheiro, assistindo-a se vestir com olhos famintos. Ela colocou o uniforme, com aquela gravatinha provocante.

Fiquei chocado com a rapidez com que ela se vestiu. Fiquei surpreso por ver como ela precisava de pouco para se arrumar, quando não parecia ser o caso. Ela não estava usando um pingo de maquiagem, e eu sabia que nunca tinha visto uma mulher mais linda.

— Esse é o uniforme de comissária mais sexy que eu já vi — eu lhe disse enquanto ela ajustava a blusa. — Devia ser ilegal. Vou ter que fazer algumas coisas ilegais com você com essa gravatinha provocante.

Bianca, perfeita pra caralho, deu risada. Fiquei um pouco embasbacado diante da visão. Ela era gloriosa.

— Posso fazer meu cabelo e a maquiagem dentro da van — ela me falou com um sorriso adorável. — Stephan vai me ajudar. — Ela lambeu o lábio inferior, gesticulando para mim e descendo seu olhar para minha virilha. — Ainda tenho dez minutos de sobra. Tem que haver alguma coisa que eu possa fazer por você. Não gosto da sensação de ter te deixado insatisfeito.

Acho que nunca estive mais chocado e satisfeito na vida.

Tentei sorrir para ela, mas foi um esforço.

— Você é perfeita demais — disse a ela, com uma sinceridade que vinha da minha alma. — Mas isso não vai acontecer esta manhã. Não vou gozar de novo até me enterrar dentro de você. Preferivelmente por dias.

Minha Bianca perfeita deu um passo à frente, lambendo os lábios.

Inspirei com força quando, de repente, ela se ajoelhou na minha frente.

— Você poderia se enterrar em outro lugar — ela disse, ofegante.

Ela me fitou com aqueles olhos de tirar o fôlego, seu rosto a centímetros do meu pau, mas sem tocá-lo.

Agarrei um punhado dos seus cabelos sedosos, sentindo-me cobiçoso, violento, absolutamente desesperado de desejo.

— Você já fez isso antes? — perguntei. Eu a puniria se a resposta fosse sim. Era uma loucura, mas, na minha mente, cada centímetro dela sempre pertenceu a mim. Se ela tivesse entregado qualquer pedacinho a alguma outra pessoa, eu estava determinado a lhe mostrar o grande erro que ela havia cometido.

Ela balançou a cabeça, lambendo os lábios. Pude ver, em sua expressão, que ela estava sendo sincera.

— Como te disse, eu não namoro. Não faço nada dessas coisas. Não sei o que deu em mim, mas você devia aceitar minha oferta antes que eu mude de ideia.

Eu não conseguiria recusá-la nem se fosse para salvar minha vida. Abri minha calça de uma vez e meu pau estava diante do seu rosto antes mesmo que ela pudesse respirar novamente.

Ela piscou para mim, abrindo bem sua boca perfeita para envolver minha glande. Ela me chupou, sua boca molhada e quente. Eu quis enfiar bem fundo em sua garganta, mas me controlei.

— Use suas mãos na base — ordenei, vendo que ela não conseguia colocar muito mais além da ponta na boca.

Ela obedeceu, segurando-me em suas mãos delicadas. Coloquei as mãos sobre as suas, usando a umidade da sua boca como lubrificante. Mostrei a ela como me acariciar na base.

— Mais forte — mandei. — Coloque os lábios sobre os dentes e sugue com mais força. — Ela obedeceu no mesmo instante, perfeitamente, e eu ofeguei. — Isso, foi perfeito, Bianca.

Ela continuou fazendo exatamente o que eu havia ordenado. Ela era uma aluna perfeita. *Absolutamente perfeita*, pensei.

— Vou gozar — alertei, ficando com a visão um pouco turva, meus olhos ainda vidrados naquela boca rosada em meu pau. — Se você não quer que eu goze na sua boca, tem que se afastar agora. — Eu não queria que ela o fizesse. Queria tanto que ela continuasse chupando, mas não queria forçá-la demais.

Como se tivesse lido minha mente, ela chupou mais forte. Fiquei perdido e gozei em sua boca, mais intensamente do que em muito tempo.

Vou ficar com você para mim, pensei possessivamente, puxando-a com força para mim.

Eu a beijei, puxando seus cabelos bruscamente.

Após longos e inebriantes momentos, afastei-me, olhando para o relógio.

— Você está atrasada — eu disse, vacilando um pouco. — Conversamos depois. Não quero que se meta em confusão. Já vi o quanto a sua ética no trabalho é importante para você.

Ela apenas assentiu, parecendo distante de repente, como se tivesse acabado de esquecer tudo que havíamos feito juntos. Aquela expressão, aquela distância em seus olhos, me deixou louco pra caralho.

Ela ficou pronta bem rápido, sem olhar para mim.

Quase perdi as estribeiras com ela, mas contive a vontade de abalar sua compostura por saber que ela não hesitaria em me largar de vez.

Ela saiu do quarto sem olhar para trás. Eu nunca tinha me sentido tão desesperadamente cobiçoso assim por alguém.

Ajeitei minha roupa e esperei alguns minutos até me recompor antes de segui-la.

Ela estava de costas para mim quando me aproximei dela e de Stephan no saguão.

Stephan ergueu o olhar conforme me aproximei, abrindo um sorriso tímido. Bianca se virou, parecendo comicamente chocada com a minha presença. Contudo, ela se recuperou depressa, correndo os olhos por meu corpo e, quando pousaram no meu pau, ela lambeu os lábios. Aquilo foi demais.

Esperei seus olhos encontrarem os meus antes de olhar para Stephan e acenar com a cabeça.

— Bom dia — eu disse a ele, mantendo a voz tão educada quanto possível.

— Bom dia — ele respondeu com um sorriso satisfeito.

Coloquei a mão na nuca dela, que olhou para meu pau novamente e me fez apertar um pouco mais. Seu olhar ergueu-se para o meu.

— Nossa princesinha dá trabalho, Stephan — falei, de um jeito indiferente. Estava experimentando a palavra "nossa". Ela ia contra todo instinto que eu tinha quanto a dividi-la com outro homem, mas pelo que eu havia observado do relacionamento deles, sabia que teria que dividir ou não ter absolutamente nada. Pelo menos, ele era apenas um amigo, e do tipo protetor.

Stephan me surpreendeu com uma risada.

— Isso é verdade.

— Mas dá trabalho de um jeito perfeito — murmurei para Bianca.

Stephan riu mais alto, sem se ofender.

— Bom, nessa parte eu realmente não sei, mas vou acreditar na sua palavra.

— Você me acompanha até a porta, por favor? — pedi para Bianca.

Ela não hesitou, acompanhando-me.

Tirei a mão do seu pescoço quando alcançamos a saída.

— Vou te amarrar na minha cama e invadir seu hímen — falei baixinho, incapaz de guardar as palavras para mim, mesmo sabendo que elas a deixariam chocada. Na verdade, eu as disse exatamente por isso. — Parece que não consigo pensar em mais nada. Me avise quando eu puder ver você de novo.

Ela engoliu em seco. Observei sua garganta se mover.

— Não tenho certeza — ela respondeu. — Amanhã tenho um expediente de doze horas. Vamos fazer escala em Washington.

— E quanto a hoje? — perguntei, observando seu rosto com atenção.

Ela piscou para mim.

— Tenho um voo de volta para Las Vegas.

Assenti e saí dali.

Serviço de café da manhã

JAMES

Eu mal tinha me sentado no avião quando ela estava saindo da cozinha com a bandeja cheia de bebidas na mão.

Nem sequer olhou para mim quando passou. Observei cada movimento dela descaradamente, virando-me para vê-la servir os outros passageiros.

Ela serviu primeiro a um grupo de nova-iorquinos barulhentos. Eles falavam alto e era irritantes, mas ficaram em silêncio enquanto ela se movia pela cabine.

— Oi, docinho. Você é um colírio para os olhos — um deles disse em um sotaque nova-iorquino carregado. As palavras e o tom nojento da sua voz me deixaram tenso.

— Bom dia — ela murmurou de volta em uma voz baixa e neutra. Ela entregou as bebidas dele rapidamente, voltando para a cozinha para buscar a próxima rodada dentro de segundos.

— Olha só a comissão de frente daquela ali — um dos homens falou bem alto.

— Belos peitos — outro concordou.

Minha visão ficou vermelha de raiva. Eu não conseguia decidir o que me irritava mais: saber que estavam pensando nela assim, ou por estarem dizendo em voz alta. De uma coisa eu tinha certeza: aquilo era inaceitável. Eu teria que encontrar outro emprego para ela imediatamente. Algo que não a colocasse em contato com homens assim.

Ela foi e voltou pela cabine, ainda sem me ver, o que me deixou louco, mas não tanto quanto os comentários escandalosos dos homens sentados duas fileiras atrás de mim.

— Porra, a comissária é nota dez — um deles comentou quando ela voltou para a cozinha.

— Com aqueles olhos, aqueles peitos e aquelas pernas, ela está no topo da minha lista de fodas em Vegas.

— Ela não está interessada.

— Há muitas formas de deixá-la interessada. Não se preocupe.

— Contanto que eu tenha a minha vez.

Minha mandíbula apertou com tanta força que doeu. Me perguntei se encontraria maneiras novas e interessantes de detestar as viagens aéreas comerciais em *todos* os voos que fizesse durante esse cortejo nada ortodoxo. E também me perguntei se seria adicionado à lista comercial de exclusão aérea antes que este voo terminasse.

Finalmente, ela me notou, e sua reação imediata e drástica foi gratificante. Sua máscara profissional caiu por um momento, e o sorriso congelou em seu rosto quando seu olhar encontrou o meu, e ela apenas olhou para mim como se não acreditasse que eu estava lá.

Porém, recuperou-se rápido.

— Deseja mais alguma coisa, sr. Cavendish? — perguntou. — Posso pendurar seu paletó?

Levantei, dando um passo para o corredor para remover meu paletó, ficando bem perto dela.

Ela sibilou.

— Por que você não me disse que ia pegar este voo? — inquiriu baixinho, franzindo o cenho.

— Foi uma decisão de última hora. Até hoje de manhã, eu não sabia que tinha assuntos urgentes que precisavam da minha atenção em Las Vegas. — Tentei manter meu tom baixo e neutro. Revelar para ela que eu estava muito perto de ser preso por causa dos homens grosseiros atrás de mim não ia ajudar em nada.

Ela examinou meu rosto brevemente antes de sair dali, fazendo seu trabalho para se preparar para a decolagem.

Continuei a observá-la trabalhar, analisando-a conforme fazia as demonstrações de segurança. Ela evitou olhar para mim, nem sequer me considerou quando fez a conferência dos cintos de segurança para a decolagem.

— Você pode olhar o meu colo mais de perto, boneca. — Ouvi um dos homens desagradáveis dizer quando ela passou por eles.

— Puxe meu cinto com força, lindinha — outro murmurou.

Fechei as mãos em punhos. *Que coragem desses filhos da puta.*

Bianca parou perto do meu assento, parecendo completamente imperturbável pelas coisas que eu sabia que ela devia ter ouvido. *Isso era uma ocorrência comum? Ela era submetida a um tratamento desses com frequência?* Somente a ideia me fez sentir vontade de assassinar alguém.

— Posso ajudá-lo com alguma coisa, sr. Cavendish? — ela perguntou suavemente, com o tom preocupado. Ela já estava craque em me interpretar. Balancei a cabeça levemente.

— Diga ao Stephan que quero falar com ele assim que estiver disponível — pedi, incapaz de me conter. Talvez ele pudesse dar um jeito naqueles homens sem recorrer à violência, porque eu estava começando a duvidar seriamente de que eu poderia.

— Tuuuudo bem — ela disse, parecendo confusa. Em seguida, se afastou.

Stephan não demorou a vir até mim, curvando-se para falar baixinho.

— Está tudo bem? Bianca me disse que você estava bravo com alguma coisa.

Fiz uma careta e contei a ele tudo que ouvira.

— Os homens atrás de mim estão passando dos limites com comentários sobre Bianca. Se eles fizerem mais algum comentário sobre os peitos dela, as pernas dela ou sobre comê-la, eu vou perder a cabeça. Esse tipo de coisa acontece com frequência? Homens falando dela assim? Você não se incomoda com isso?

Ele nivelou o olhar ao meu e pude ver a fúria que ele escondia tão bem logo abaixo da superfície.

— Claro que sim. Por acaso parece que não me incomodo com isso? Se alguém dá o menor indício de que vai passar dos limites com ela, eu expulso da porra do avião. Ela costuma receber cantadas, mas o que você ouviu definitivamente passa dos limites. Vou dar um jeito neles depois que alcançarmos altitude. Agora é tarde. Somos os próximos na decolagem. Vou cuidar deles. Não faça nenhuma loucura, ok?

Desviei o olhar.

— Vou fazer o possível, mas não posso prometer nada se eles continuarem.

Estávamos decolando quando os desgraçados começaram novamente, falando tão alto que eu podia ouvi-los mesmo com o barulho dos motores do avião.

— Quero a boceta da loira primeiro — o assediador principal disse bem alto.

— Tudo bem. Você sabe que eu prefiro bundas — outro respondeu com uma risada. Todos os cretinos riram.

Arregalei os olhos, levando as mãos ao cinto de segurança. Vi as expressões alarmadas de Stephan e Bianca ao me observarem.

— Vocês dois só falam besteira. Ela nem olhou para vocês direito — outra voz alta falou para os outros dois.

Soltei meu cinto de segurança com cuidado e relaxei as mãos. Fechei os olhos, contei até dez e tentei não perder as estribeiras.

— Tô pouco me fodendo para onde ela está olhando. Ela pode ficar olhando para o chão, até, contanto que empine a bunda pra mim.

— Bem, ela não está interessada, não importa pra onde esteja olhando, e não vejo como vocês poderiam mudar isso.

— Basta uma pílula em uma bebida e ela vai ser a garota da nossa festa pelo tempo que quisermos.

— Você fala tanta besteira, Donny. Fala mais merda do que palavras.

— Vê se isso é falar merda: nós a seguimos pelo aeroporto. — Eu já tinha levantado do meu assento, dando passos cheios de fúria. — Então, a convencemos a tomar uma bebida e eu vou cuidar do resto. Quem tá falando merda agora, hein?

Ele pareceu um pouco surpreso quando cheguei ao seu assento em sua última frase, mas nem um pouco alarmado. O cara tinha péssimos instintos. Eu estava a uma palavra de deixar o rosto dele um bagaço sangrento de tanta porrada.

— Não diga mais sequer uma palavra. — Apontei para ele. — Vou mandar prender você quando esse voo pousar, mas se disser mais uma palavra, vai perder alguns dentes primeiro, porra.

Senti Stephan se aproximar por trás de mim quando o homem ergueu as mãos em uma pose inocente na qual não acreditei nem por um segundo.

— Somos inofensivos, cara. Só estamos conversando. Conversar não é contra a lei.

Inclinei-me e fiquei bem próximo daquele lixo humano.

— É, sim, quando a conversa envolve drogar uma mulher e estuprá-la em grupo.

Ouvi Stephan inspirar com força atrás de mim.

— *O que você acabou de dizer?* — ele perguntou bem alto, soando tão furioso quando eu me sentia. — Isso acaba agora. — Ele se dirigiu para o grupo: — Se mais algum de vocês disser outra palavra grosseira, vamos desviar a rota desse avião e mandar prendê-los no aeroporto mais próximo. Estão entendendo? É fazer completo silêncio ou se entender com a polícia.

— Em que hotel você vai ficar hospedado? — perguntei ao que considerei ser o pior agressor, enquanto Stephan continuava seu discurso.

Ele estava com os olhos arregalados e parecia genuinamente surpreso com a nossa reação negativa às suas declarações esdrúxulas. *Com quem ele estava acostumado a lidar que lhe fez pensar que não tinha problema falar daquele jeito onde qualquer pessoa podia ouvir?* Ou em qualquer lugar, aliás...

— No Middleton Hotel — ele respondeu, manso como um cordeiro agora.

— Não vai, não — eu disse. Esses cretinos doentes estavam prestes a se verem na lista suja de todas as propriedades decentes de Las Vegas. Nenhum hotel queria um grupo de predadores sexuais por perto, e eu faria os telefonemas necessários para garantir que todos soubessem os nomes deles.

— Relaxe. Eu estava brincando sobre drogá-la. Pode checar minha bagagem, se não acredita em mim.

— Não estou brincando — Stephan endossou, erguendo a voz, quase gritando. — Mais uma palavra de qualquer um dos senhores e nós vamos fazer um desvio de rota. Haverá autoridades esperando pelos senhores no portão de desembarque. — Stephan se virou e voltou para seu assento, mas eu não tinha terminado ainda.

Fiz contato visual com o homem. Eu sabia que ele estava mentindo. Cada instinto meu estava me dizendo isso.

— Se você sequer olhar de maneira estranha para aquela comissária, eu juro que vou fazer você se arrepender. E não vai ser um arrependimento de curto prazo. Vai ser um arrependimento que vai te fazer ficar pensando que porra você fez com a sua vida. Não vou avisar de novo.

Voltei para o meu assento. Sentei e fechei os olhos, tentando recuperar ao menos um resquício de calma e compostura.

Só me mexi quando Stephan se aproximou de mim quando estava entregando toalhas quentes. Peguei uma, acenando para que ele viesse mais perto. Assim como eu, ele ainda parecia tenso.

— Mesmo que não façam mais nenhum som a partir de agora, eles precisam ser detidos e revistados quando chegarmos a Las Vegas — falei baixinho para ele.

Ele assentiu.

— Eu sei. Mesmo que fosse só papo furado, eles precisam ser interrogados e revistados. Vou me encarregar de que a polícia nos encontre no portão.

Assenti, recostando-me no assento novamente e fechando os olhos.

Não vi mais Bianca durante a primeira metade do voo, mas considerando tudo, fiquei aliviado por ela não estar na cabine, perto daqueles homens.

Eu estava distraído e agitado demais para trabalhar ou dormir, então apenas sentei e fiquei pensando, o que era problemático porque eu só conseguia pensar em Bianca, nas coisas que fizemos e, é claro, nas coisas que ainda *não* tínhamos feito. Eu estava particularmente obcecado pelo fato de ela tinha feito sexo oral em mim e eu não havia retribuído, não tivera a chance de fazer isso. Eu precisava disso primeiro, precisava prová-la e senti-la tremer de desejo em minha língua.

Bianca e Stephan estavam de costas para mim quando fui ao banheiro, mas pude ouvir suas vozes abafadas enquanto lavava as mãos.

— Volto em alguns minutos — Stephan disse a ela. — A Brenda está assando biscoitos lá agora. Vou trazer alguns para adicionar ao serviço de queijo.

Sorri. Pelo menos um pouco de sorte. Segundos depois, me esgueirei para me juntar a ela na cozinha.

Bianca abriu um sorriso pequeno e quase tímido quando me viu.

— Oi — ela disse, me observando.

Sorri de volta, posicionando o carrinho que ela estava arrumando para nos dar alguns momentos muito necessários de privacidade atrás da cortina.

— Oh! — exclamou suavemente, seus olhos vidrados em mim.

Eu adorava tê-la focada em mim assim.

Acionei a trava do carrinho com meu pé, respirando fundo e lutando para me controlar.

Virei, aproximando-me dela. Segurei sua trança, puxei sua cabeça para trás com brusquidão e beijei-a sem me conter.

Ela se submeteu instantânea e perfeitamente, e agarrei-a pelos quadris para colocá-la sobre a bancada minúscula da cozinha, meus lábios ainda esmagados nos dela.

Ela emitiu um som assustado de protesto quando comecei a empurrar sua saia lápis para cima.

— O que você está fazendo? — perguntou, quando deixei suas coxas expostas.

— Shh — eu disse, beijando-a enquanto empurrava sua saia mais para cima. — Eu preciso fazer isso.

Eu simplesmente parei e fiquei olhando quando vi sua cinta-liga. Recuperei-me rapidamente, empurrando o resto de sua saia para cima bruscamente.

Soltei um palavrão quando vi a calcinha de renda minúscula que ela estava usando.

— Era com esse tipo de calcinha que você estava ontem à noite também, não era? Só que ontem era azul.

Ela assentiu, parecendo zonza.

— É a lingerie mais confortável que eu já vesti. Não consigo usar nada diferente desde que a descobri.

— Porra, eu adoro — eu disse sinceramente.

Ela sorriu para mim.

Ajoelhei na frente dela, entregando-lhe um lenço.

— Coloque isso na boca e morda. Tente não fazer muito barulho.

Ela obedeceu sem hesitar, seu corpo tremendo, e senti meu pau se contorcer. Isso seria uma tortura, já que eu ainda teria que passar horas sem entrar nela, mas valeria a pena.

— Agarre meu cabelo — mandei. Ela enfiou os dedos entre os fios, transformando seu toque em uma carícia.

Empurrei sua calcinha para o lado e enterrei o rosto entre suas pernas. Seu corpo inteiro estremeceu sob minhas mãos enquanto eu chupava e lambia seu sexo.

Saber que eu era o primeiro a fazer isso com ela, o primeiro a prová-la assim, me deu uma sensação de satisfação primitiva e poderosa. Era algo anormal para mim. Eu podia ser possessivo, e já fora no passado, já que era uma prerrogativa do Dominador ter posse sobre sua submissa, mas era um tipo de posse tão efêmera, sentida apenas em um curto prazo. O que eu estava sentindo ali era tão diferente que o significado da palavra possessivo mudou irrevogavelmente para mim. *Isso* era meu. Eu *a* possuía. Não somente hoje, ou amanhã, mas por todos os antes e todos os depois.

Enfiei dois dedos nela, acariciando seu canal apertado. Se eu me permitisse, achava que poderia gozar só por senti-la se contrair em volta dos meus dedos. Coloquei a boca em seu clitóris e chupei sem piedade, e ela gozou violentamente, seu corpo inteiro se retorcendo de prazer. Eu sentia aquela posse satisfatória com tanta intensidade que me arrepiei, esfregando o rosto nela enquanto ela se acalmava.

Ergui meu rosto para olhar para ela, posicionando meu rosto em sua saia para analisá-la. Ela estava com uma expressão inebriada e adorável.

— Mais um — eu disse, apreciando a forma como minhas palavras a deixaram abismada de desejo.

Eu a lambi, indo direto para seu clitóris, já que nosso tempo era limitado. Ela gozou facilmente, emitindo um grito abafado contra o lenço em sua boca. Nossa química e minha língua experiente faziam parecer simples.

Lambi-a mais uma, duas vezes enquanto ela se recuperava.

— Eu poderia te devorar o dia todo — falei, levantando. Decidi que era melhor não dividir com ela que chupar sua boceta havia sido quase que uma experiência religiosa para mim.

Puxei o lenço da sua boca e usei-o entre suas pernas.

— Adoro te ver molhada desse jeito — comentei, inclinando-me para beijá-la. Bianca, perfeita pra caralho como era, chupou minha língua. Gemi, e ela sugou mais forte.

Afastei-me, sabendo que as coisas sairiam do controle se eu não fizesse isso. Retirei-a da bancada, enfiando o lenço no meu bolso e ajeitando suas roupas o mais rápido que pude.

Stephan entrou de repente pela cortina no instante em que eu estava terminando de abaixar a saia dela. Ele pareceu chocado e perplexo, ficando vermelho.

— Esse barulho foi você? Esse grito abafado? — ele perguntou a ela.

Ela ruborizou, desviando o olhar.

Stephan lançou um olhar severo para mim.

— Sério, James? Num voo matinal? Com um grupo de pervertidos a alguns passos daqui?

Fiquei vermelho, concordado plenamente com sua censura. Eu tinha perdido o juízo por alguns minutos, e como ele era seu protetor, eu não podia ficar chateado por ele me repreender.

Stephan apontou em direção à cabine da primeira classe.

— Acho que você deveria ir se sentar agora.

Voltei para o meu assento sem mais uma palavra.

O restante do voo foi basicamente uma tortura, enquanto fiquei apenas sentado e tentando não pensar em Bianca a cada segundo. Mesmo com a estimativa mais otimista, levaria horas até que eu pudesse me enterrar nela, e nunca estive tão impaciente por algo. Horas pareciam anos.

O único ponto alto do voo a partir dali foi quando ela me serviu.

Eu estava tentando relaxar no assento, mas tinha o lenço que usara nela em minha mão, e isso não estava ajudando nem um pouco. Ainda assim, eu não conseguia guardá-lo. Eu queria que ela visse e soubesse exatamente no que eu estava pensando. E eu adorava abalar aquela postura perfeita dela.

Pude perceber que ela estava tentando não olhar para mim ao me servir, e aquilo me fez sorrir. De propósito, dobrei minha mesinha e apoiei o braço ali, deixando o lenço bem à mostra na minha mão.

Fiquei abrindo e fechando o punho, observando-a com atenção. O momento em que ela viu o que eu tinha na mão foi tão gratificante quanto eu esperava. Ela ficou pálida, depois corada, e desviou o olhar, com uma expressão atordoada. Sorri, admitindo para mim mesmo bem ali que eu estava me apaixonando. Como se ainda restasse dúvidas sobre esse fato...

Observei-a finalmente ir para seu assento, assim que ouvi os preparativos para o pouso. Esperei pacientemente até que ela finalmente olhou para mim.

Sorri para ela. Foi um sorriso carinhoso. Não pude evitar.

Ela apenas me fitou de volta, ruborizando. Ela ofegou alto quando aproximei o lenço do meu rosto e inspirei profundamente, fechando os olhos.

— Que diabos? — Stephan disse bem alto.

Abri um sorriso enorme e bobo quando abri os olhos novamente, vendo que ela estava tentando olhar para qualquer lugar que não fosse eu, completamente atônita.

Aniversário

JAMES – ENTRE OS LIVROS 1 & 2

Verifiquei meu telefone novamente, me sentindo patético. Hoje era meu aniversário e tudo o que eu esperava era uma mensagem, e mesmo isso não era provável. Minha boca se contorceu amargamente quando vi que ela não tinha respondido minha última pergunta sobre seu bem-estar. Ela geralmente não respondia.

Chequei meu computador. Eu tinha uma equipe inteira monitorando-a, me enviando todas as fotos e fragmentos de informações que encontravam. Eu estava basicamente me torturando, porque a maior parte estava tomando forma de fofoca mesquinha de tabloide. Ainda assim, eu olhei.

A primeira foto que vi fez minha mandíbula apertar. Cerrei os dentes com força suficiente para que o som ecoasse no escritório. Tive o desejo infantil de jogar meu computador do outro lado do cômodo, mas me contive. Não me faria sentir melhor quebrar alguma coisa. *Nada* me faria sentir melhor, além de ter notícias dela.

Na foto, Bianca estava deitada em uma espreguiçadeira, vestindo uma saída de banho preta transparente com um pequeno biquíni por baixo. Seu rosto estava em paz. Ela poderia estar dormindo, na verdade. Foi o rosto *dele* que me incomodou.

Damien estava sentado em uma espreguiçadeira ao lado dela, olhando para seus seios. Mesmo através de uma foto, pude interpretar seus pensamentos imundos.

Minha, pensei, possessivo.

Cliquei na foto seguinte de forma quase violenta. Não era nada melhor. Era bem pior, na verdade.

Analisei a foto por um bom tempo. Massageei meu peito. Doía. A foto me perturbou em inúmeros níveis. Ela estava com Damien novamente na imagem. Estavam caminhando na praia. Até a iluminação era romântica.

Caminhavam lado a lado, descalços na areia. Pareciam a porra de um cartão de dia dos namorados, e ele a estava *tocando*.

Minha, pensei novamente.

A expressão dela estava difícil de ler. Ela usava óculos escuros, mas dava para ver que estava corando. Eu não sabia o que pensar da sua expressão. Mais uma vez, foi o rosto *dele* que me fez querer quebrar coisas. Ou seja, o *rosto dele*.

Eu estava bem ciente de que esse homem estava apaixonado por ela. Soube desde a primeira vez em que o vira. Na verdade, fiquei ainda mais irritado por ele não ter sido nada além de educado comigo, como se *eu* fosse a fantasia passageira dela, e ele estava contente em esperar que eu saísse de cena.

E esse era o meu medo.

Quando eu olhava para ela, uma parte de mim achava que eu tinha entrado na mais linda história de amor. Ao olhar em seus olhos, eu imaginava que havia alguém para todo mundo, e que eu tinha finalmente encontrado o meu alguém. Isso me fazia ficar otimista e começar a sonhar que até mesmo aqueles que foram severamente prejudicados poderiam ter finais felizes.

Mas quando eu olhava para ele, ou para os dois juntos, sentia meu estômago revirar e a dúvida me preencher. Talvez essa fosse a história de amor *deles*, e eu era apenas a fantasia passageira. Eu podia ver Bianca pensando em nosso caso tempestuoso como um breve interlúdio apaixonado antes de ela firmar os pés no chão novamente e encontrar um cara normal. *Seria esse o final feliz dela? Isso é o que seria melhor para ela, no final?* Eu não sabia a resposta. Tudo o que eu sabia era que não era altruísta o suficiente para deixar isso acontecer sem lutar.

Passei muito tempo olhando para aquela maldita foto, aquela mão dele tocando-a. Abruptamente, peguei o computador e o arremessei o mais forte que pude do outro lado do escritório. Ele atingiu a parede com um estrondo satisfatório.

Eu estava errado. Quebrar alguma coisa me fez sentir melhor.

Clark entrou bruscamente, parecendo um pouco agitado, mas recompondo-se rapidamente quando viu meu computador estilhaçado no chão. Ele alternou olhares entre mim e o monitor, erguendo as sobrancelhas.

— Está na hora de malhar de novo? — perguntou. Ele sempre estava pronto para ir à academia.

Fiz que sim.

— Vou cuidar disso — acrescentou, acenando para o computador destruído.

Apenas assenti novamente.

Estávamos chegando ao elevador quando meu celular apitou. Peguei-o para conferir, ansioso até demais.

Bianca: Eu estou bem. Por favor, pare de se preocupar comigo.

Ela tinha demorado mais de seis horas para me responder, mas mal tinham se passado cinco segundos após ler sua mensagem e eu já estava mandando outra.

James: Obrigado. Sinto sua falta desesperadamente, amor.

Por mais triste que fosse, vê-la responder imediatamente fez o meu dia.

Bianca: Também sinto a sua falta.

Eu estava sorrindo ao entrarmos no elevador.

Trotando

JAMES

Os cavalos estavam selados e prontos quando chegamos ao estábulo. Ótimo.

Eu mesmo vesti Bianca, dos pés à cabeça, calçando até suas luvas.

Estava calçando as minhas, enfiando os dedos nos lugares certos, e sorri ao me deparar com os olhos dela vidrados em minhas mãos.

— Eu amo suas mãos — ela declarou suavemente. — Demais.

Joguei a cabeça para trás e ri, sentindo uma alegria pura inundar meu peito.

Ajudei-a a subir no cavalo e ela se mexeu até ficar bem-posicionada, já demonstrando ter talento para cavalgar.

— Perfeito — eu disse a ela, sinceramente, por tantas razões.

Montei em meu próprio cavalo, bem ciente de que seus olhos ávidos estavam devorando cada movimento como se fossem preliminares.

Tomei a frente, roçando o dedo por sua gargantilha ao passar por ela. Toquei o arco e murmurei:

— Eu deveria arranjar uma corda para amarrar aqui também. — Isso a fez parar de repente, o que me fez sorrir. — Me siga — instruí.

Conduzi-a pela mata, sentindo a expectativa pulsar em mim em ondas deliciosas. Meu coração martelava e minha respiração estava ofegante, embora eu mal tivesse feito esforço ainda.

Eu sabia o que estava por vir. Tinha planejado até o último detalhe, mas ela não fazia ideia. Isso só serviu para aumentar ainda mais minha empolgação.

Parei quando chegamos a uma trilha de terra que passava pela propriedade. Lancei-lhe um olhar malicioso e perverso.

— Como você está se sentindo? Está dolorida?

Ela balançou a cabeça, parecendo confusa. Ela sabia que eu estava tramando alguma coisa.

Puxei as rédeas ao redor do pescoço de Diabo, fazendo-o parar.

Observando seu rosto, abri os botões da minha calça de equitação e coloquei meu pau grosso e pulsante para fora, prendendo o tecido abaixo das bolas. Retirei também a camisa.

Seus olhos em mim eram como mãos famintas, acariciando cada centímetro desnudo do meu corpo.

Sorri para ela.

— Venha cá.

Seu cavalo alinhou-se ao lado do meu até ela ficar perto o suficiente para que eu a puxasse de sua sela para a minha. Posicionei-a para que montasse em meu colo com uma perna em cada lado do meu corpo.

— Não se mexa — ordenei, puxando um canivete comprido de dentro da minha bota. Puxei Bianca mais para mim em minhas coxas.

Levei o canivete até o cós da sua calça legging fina, cortando o tecido na minha direção, apenas alguns centímetros antes de guardar o canivete de volta.

Muito satisfeito, usei o corte para rasgar sua calça.

Diabo vacilou um pouco diante do ruído alto, mas eu o acalmei e foquei novamente em minha tarefa deliciosa.

Era absurdo e excitante vê-la nua da coxa até a barriga e o restante do seu corpo estar coberto.

Estendi as mãos atrás dela e desamarrei as rédeas, deixando-as mais compridas e arrumando de modo que Diabo se movesse com apenas minhas pernas controlando-o.

Agarrei os quadris dela e a ergui até posicionar a cabeça do meu pau em sua entrada molhada, movimentando meus quadris em pequenos círculos para atiçá-la.

Ela gemeu, movendo os quadris, tentando me tomar mais fundo.

Não pude mais resistir. Cerrei a mandíbula e estoquei com força, enterrando-me até o talo.

— Oh, James — ela gritou, seus quadris impulsionando contra mim.

Fiz Diabo começar a andar, movimentando meus quadris no ritmo dele, penetrando-a em um ritmo suficiente apenas para provocar, olhando em seus lindos olhos o tempo todo.

— Quer um trote, Bianca? — perguntei roucamente.

— Sim — ela gemeu.

— Implore — exigi.

— Por favor, sr. Cavendish, trote comigo.

Estalei a língua para ela, impaciente.

— Implorou de forma lamentável, Bianca. Vai receber só o trote sentado.

Incitei Diabo a trotar de forma suave, fazendo com que as estocadas não fossem quase nada profundas.

Ela emitiu um som de frustração, agarrando meus ombros.

— Eu imploro, sr. Cavendish — ela disse. — Por favor, me coma trotando. Por favor, por favor, por favor.

Instantaneamente, incitei o cavalo a acelerar o trote.

— Era *esse* tom que eu queria de você. Se segure, amor.

Comecei a me mover para cima e para baixo na sela, deixando as estocadas serem mais profundas, fortes e intensas com os movimentos exagerados.

Ela se desfez em segundos com o novo ritmo.

— Goze — grunhi, empurrando-a para a beira do orgasmo.

Continuei metendo, de novo e de novo, incansavelmente. Eu a fiz gozar de novo, e depois de novo, antes de me entregar ao meu próprio orgasmo.

Eu a beijei, ainda enterrado nela, enquanto Diabo andava devagar.

Esse cavalo ia ganhar um saco cheio de cenouras quando voltássemos.

— Você já fez isso antes? — ela perguntou algum tempo depois, quando recuou do beijo profundo.

Enrijeci, sentindo uma ansiedade revirar no meu estômago.

— Fazer amor a cavalo? — perguntei de volta

Ela estreitou os olhos.

— Se você comeu alguém a cavalo — corrigiu.

Senti-me corar.

— Já comi uma mulher a cavalo antes, mas não foi bem assim. Foi muito mais técnico, quase clínico. Para mim, foi mais para ver se dava para ser feito do que fazer exatamente. Eu mal era adulto na época. — Odiei a frieza em seus olhos, seu rosto se fechando para mim. Eu sabia o que ela ia fazer. — Por favor, não tente menosprezar o que acabamos de compartilhar.

— Foi *ela*? — perguntou, em um tom horrorizado.

Merda.

Apertei-a mais contra mim, enterrando o rosto em seu pescoço.

Se eu pudesse apagar meu passado inteiro, faria isso por ela. Nada daquilo fazia mais sentido para mim. Aprontar com sexo envolvido, estar com tantas mulheres que perdia as contas.

— A quem você está se referindo? — perguntei finalmente.

— Jules — ela disse em um tom glacial, ficando ainda mais rígida.

Suspirei. De todos os palpites que ela poderia dar...

Ela devia ter ouvido alguma coisa.

A família de Jules e a minha tiveram propriedades com estábulos no interior do estado de Nova York. Tínhamos a mesma idade e nos envolvemos quando éramos mais jovens. Até mesmo o termo parceiros de foda era gentil demais para nós, porque nunca fomos bons amigos. Ela era aventureira, eu era um galinha e nós dois éramos muito bons em equitação. Fizemos só para ver se era mesmo possível. Não significou mais nada além disso, mas eu tinha a sensação de que Bianca não veria dessa forma.

— Foi. Mas não significou nada. Por favor, não a use para me manter longe.

Ela tentou se desvencilhar de mim, mas a mantive grudada ao meu corpo, colocando Diabo para andar um pouco mais rápido.

Comecei a me mover dentro dela novamente, meu pau inchando mais uma vez. O conflito, a nossa posição e o meu desejo insaciável por ela deram nisso.

Ela ofegou, batendo nos meus ombros.

— Você não pode usar sexo para me dominar — disse.

Não podia uma ova.

— Você não pode se afastar de mim cada vez que ficar com raiva ou com ciúmes. Precisamos conversar sobre isso. Não vou te liberar até a gente conversar.

Ela puxou meu cabelo, mas seu corpo a traiu.

— Você chama isso de falar?

— Eu chamo isso de fazer amor e sim, de falar. — Abri um sorriso tenso para ela, e ela puxou meu cabelo com força. Estremeci, mas não a impedi.

— Por que você fica chamando assim? Por que chama de fazer amor?

Lancei-lhe um olhar ardente.

— Você sabe por quê. Você fica tentando menosprezar o que temos, mas precisa entender que isso é tão novo para mim quanto é para você. Eu tenho um passado. Um passado loucamente sórdido. Não posso mudar isso. Eu mudaria se pudesse.

Respirei fundo algumas vezes, sentindo-me impotente e agitado. Era tão difícil fazê-la entender quando eu mesmo ainda estava tentando desvendar.

— Você vai se deparar com um monte das minhas ex-amantes. Esse é um fato infeliz. Vai ser muito menos doloroso para você se puder entender que nenhuma delas significou nada além de uma transa para mim. E sexo não era nada antes de te conhecer. O sexo era uma função corporal para mim antes de te conhecer. É por isso que chamo de fazer amor. Isso significa algo para mim.

"Nunca tive uma namorada antes de você, nem sequer considerei a ideia. Tenho certeza de que parece insensível, mas nenhuma mulher nunca foi nada para mim além de uma foda, uma submissa, ou uma amiga; ocasionalmente as três coisas, mas nunca todas elas por muito tempo. Todas conheciam o script. Fui brutalmente honesto com cada uma, sem exceção. *Você* é a única que eu quero, que eu preciso. Então, ficar chateada pelo meu passado, ou sentir ciúmes das mulheres com quem eu estive, é injustificado."

— Injustificado? — ela disse amargamente, soando completamente *magoada*, que era o que mais me afetava. — Eu tenho fotos de você saindo com a Jules que dariam por um ano — ela continuou. — Como você pode esperar que eu faça pouco disso assim?

Penetrei-a mais fundo.

— Injusto — ela acusou. — E você não pode falar nada. Eu era virgem quando te conheci, mas você ainda está com ciúme de todo homem com quem eu falo. *Isso* é injustificado.

Seu argumento era muito bom, mas nem por isso foi fácil de ouvir.

Fiquei calado, focado em me mover dentro dela por alguns segundos de silêncio.

— Quando eu tinha uns dezoito anos — comecei —, os paparazzi me perseguiam implacavelmente, publicando histórias tolas que me enlouqueciam. Eles se escondiam nos arbustos, quando eu saía da escola. Estava fora de controle. — Nem sabia se ela estava mesmo me ouvindo de tão exaltada, mas continuei: — Você sabe como eu preciso de controle.

Incitei Diabo a trotar mais rápido, estocando mais forte e, então, começamos a galopar.

Isso não era familiar para ela, que agarrou meus ombros em pânico. Continuei a fodê-la.

— Goze — ordenei, e ela o fez.

Desacelerei o cavalo para uma caminhada, mas não parei de me mover dentro dela.

— Você sabe como eu preciso de controle — repeti. — Mas as coisas que eles faziam estavam completamente fora do meu controle, e eu percebi um dia que a imprensa era como uma mangueira de jardim.

Ela piscou para mim, parecendo adequadamente confusa com a explicação vaga.

— Uma mangueira de jardim?

Dei um sorriso.

— Uma mangueira de jardim — confirmei. — Se você liga muito pouco, não consegue controlar o fluxo. Ela pinga onde quer. Mas, se ligar na força máxima, você pode controlar o fluxo, mirá-lo para onde quiser. Então, eu comecei a provocar os paparazzi, em vez de me afastar. Encorajei as atenções deles provocando-os e, publicamente, eu me tornei um livro aberto. Ou melhor, fiz parecer que era assim. Jules era irmã do meu melhor amigo e, ocasionalmente, uma amante muito casual, e éramos amigos já fazia algum tempo. Nós éramos vistos juntos pra lá e pra cá, já que frequentávamos os mesmos círculos. Eu notei rapidamente que ela amava a atenção, encorajando rumores sobre nós descaradamente, até mesmo vazando mentiras para a imprensa sobre nós.

"Agora vejo que foi uma estupidez deixá-la ir tão longe com as coisas, mas, no momento, eu não via problema. Outras mulheres pensavam que eu e ela tínhamos um relacionamento aberto, então ninguém tentava mais nada comigo. Me salvou de mal-entendidos piores, por algum tempo. Entendo que isso parece ruim, mas quero que você acredite que não passava disso. A Jules não é alguém com quem você precise se preocupar."

Perdi o controle quando a vi amolecer em minha direção, fodendo-a freneticamente e, finalmente, gozando dentro dela.

Foi tão intenso, os sentimentos entre nós tão enormes, que vi seus olhos marejarem, e tive que piscar os meus várias vezes para evitar que meu coração também saísse por eles.

Inclinei-a para olhar para o local onde ainda estávamos conectados. Sua umidade e o meu sêmen estavam misturados na base do meu membro. Era uma visão inebriante.

— Você está repleta do meu sêmen agora. Está recheada do meu pau e da minha porra. Eu quero te manter assim para sempre. Eu poderia ter te engravidado agora, se você não estivesse tomando pílula.

Por que eu tinha dito aquilo? Eu sabia que a assustaria, sabia que estava muito à frente nesse processo de aceitação do que ela.

Ela enrijeceu, mas não comentou nada. Decidi que ela ficar em negação em relação a isso era provavelmente o melhor cenário para mim, de qualquer forma.

Porque mesmo que ela não estivesse pronta para ouvir, eu tinha sido sincero, em cada palavra.

Tristan

Eu tinha passado a odiar meu ex-amigo, mas não foi por isso que fui atrás dele.

Eu estava zangado, furioso, com tanto ciúme que não sabia o que fazer comigo mesmo, mas não foi por isso que desfigurei o rosto dele.

Fiz isso porque precisava ser feito, e embora eu sentisse um ódio mortal por ele, tinha sido uma jogada fria, calculada.

Veja bem, eu conhecia bem Milton. Sabia como ele era com as mulheres, ouvia-o falar sobre isso, conhecia sua filosofia. Ele não via mulheres como pessoas. Ele saía trepando a torto e a direito. Mentia para elas e depois se gabava por isso. Ele as usava e as jogava fora em seguida.

Só de pensar nas coisas que eu o ouvira dizer sobre outras mulheres e pensar que ele poderia dizer algo assim sobre Danika...

Não, porra, não ia rolar. Não. Não mesmo.

Só por cima do meu cadáver. Ou do dele.

Quebrei coisas só por pensar nisso. Pratos, mobília, paredes.

É melhor eu deixar claro que, sim, tentei alertá-lo amigavelmente primeiro.

Eu nunca fui próximo de Milton. Ele fez amizade com Kenny primeiro e costumava ir nos ouvir gravar nosso próximo álbum. Ele era fã da banda, meu fã, e éramos simpáticos um com o outro, mas eu *sempre* o achei um babaca.

E, sim, eu ficava de olho em Danika. Sabia que ele tinha começado a sondá-la, sabia que ele tinha pegado um voo para Las Vegas apenas para vê-la.

Eu o encurralei quando ele visitou o estúdio novamente.

— Você vai sair com Danika Markova? — perguntei sem rodeios.

Ele pareceu surpreso, abrindo um sorriso em seguida.

— Estou tentando. Chamei-a para sair algumas vezes, acho que vou vencê-la no cansaço.

Balancei a cabeça, tentando parecer preocupado.

— Você deveria ficar longe dela.

Ele inclinou a cabeça para o lado.

— E por quê? Ela é gostosa pra caralho, cara. Tenho planos para aquela gatinha.

Eu. Odiava. Esse. Cara.

Tentei sorrir, mas ele não entenderia mesmo se olhasse para meus punhos cerrados.

— Ela tem um ex-marido surtado. O cara é um *psicopata*.

Ele não pareceu se abalar.

— Bom saber. Obrigado pelo aviso, mas eu sei me cuidar.

Endireitei os ombros, cruzando os braços contra o peito. Eu era mais alto do que ele, maior. Queria que ele percebesse.

— Você não está entendendo. O cara é imenso. E é muito bom de *briga*. Ele não aceitaria na boa ela sair com um pegador como você.

Ele deu de ombros.

— Ele vai superar. Se não, ele pode vir se ver comigo.

Ele se sobressaltou quando abri os braços de repente, pousando as mãos em seus ombros. Com força. Sorri na cara dele. Foi um grande esforço, e não devia ser uma visão muito agradável. *Senti* que era *muito* desagradável.

— Estou te avisando, *amigo*. Você não vai querer se meter com esse cara. Ele te mastigaria inteiro e cuspiria em seguida. Ele não bate muito bem da cabeça. É capaz de fazer coisas insanas, coisas assassinas, tipo, sei lá, talvez te esfaquear quando você estiver dormindo ou te dar uma cacetada com um bastão se você pisar no calo dele. Tá sacando?

Aquele filho da puta burro não me entendeu. Nem um pouco. Ele apenas arregalou os olhos para mim, inventou uma desculpa e se mandou.

Porra.

Danika ficou sabendo sobre aquela conversa. Aquele cuzão tinha me dedurado?

Ela ficou tão puta com isso que veio me ver, me procurou no meu camarim antes do show.

Encontrei-a na porta. Ela estava irada, tão brava que não conseguia se conter.

Tão linda que meu peito doeu.

Ela entrou bruscamente no camarim. Fechei a porta.

— Como *ousa*? — ela sibilou. Estava tremendo. Parecia querer me atacar.

Queria que ela fizesse isso.

— Já sei por que está aqui — eu disse, fazendo o melhor possível para fingir calma. — Posso explicar.

— Ah, por favor, explique. *Adoraria* ouvir.

Deus, como eu sentia falta dela. Até seu temperamento eu amava.

Dei um passo em sua direção, mas ela recuou depressa.

— Não ouse tentar encostar em mim.

Baixei o olhar, respirando fundo, tentando lidar com o vazio enorme que aquelas poucas palavras abriram no meu peito. Eu merecia isso, merecia que a pessoa que eu mais amava na vida pensasse que eu era um *traste*.

— Claro, Danika — eu disse, tentando não soar amargo, tentando não entregar o quanto estava arrasado. — Sei como você se sente quanto a isso. Imagino que isso tem a ver com o Milton.

Ela fez uma careta para mim, assentindo. Até isso eu amava. Compartilhar o ar com ela. Qualquer coisa que ela fizesse serviria, só para continuarmos respirando o mesmo ar.

Eu estava tão fodido.

— Claro que sim. Por que mais eu estaria aqui ?

Respirei fundo algumas vezes.

— Por qual outro motivo estaria aqui? Olha, falei aquilo para ele porque...

— Não acredito que contou a ele que eu era divorciada! — ela explodiu.

Olhei para ela, cerrando a mandíbula. Agora *esse*, sim, era um golpe difícil de aguentar sem revidar.

— Você *é* divorciada — falei baixinho.

— Aquele casamento foi uma piada. Nem conta como um.

Encolhi-me. Eu já tinha levado soco na cara, tinha sido arremessado de um lado para outro, e nada disso doeu tanto quanto aquelas duas frases. *Jesus*, ela sabia bem como me rasgar por dentro.

Não importava. Não mudava nada. Não podia deixá-la sair com aquele verme.

— Contei aquilo porque ele não é o cara para você. — Minha voz tremeu. Ela não notou.

— Que fofo — ela disse em um tom mordaz. — Você acha que sabe o que é bom para mim?

Eu não tinha coragem de brigar com ela. Queria abrir meus braços, deitar diante dela, balançar uma bandeira branca, porque não tinha coragem de brigar com ela. Meu coração estava rendido por ela há anos.

Mas eu conhecia a minha Danika, sabia o que ela sentia por mim agora. Se eu lhe entregasse a bandeira branca, ela provavelmente colocaria fogo nela e a jogaria de volta em mim.

— Ele é mulherengo — expliquei. Se ela tivesse alguma ideia de como esse cara era, nem chegaria perto dele. Eu queria lhe dar essa ideia.

Ela deu risada, uma risada amarga que arranhou minhas entranhas como unhas em um quadro de giz.

— Olha quem está falando.

— E um mentiroso.

Ela começou a olhar em volta do camarim, os olhos desesperados.

Fiquei observando-a, determinado a aguentar o que quer que ela estivesse prestes a jogar em mim.

— Isso não vem ao caso — ela disse, com a voz baixa e cruel. — Nada na minha vida é da sua conta. Fui clara?

— Por favor, Danika — supliquei. — Fique longe dele. Sei que tem o direito de fazer o que quiser, mas entenda que eu não iria interferir se não estivesse preocupado. Esse cara é má influência. Vai partir seu coração e, quando ele fizer isso, pode ser que eu quebre o pescoço dele.

Ela apontou um dedo trêmulo para mim.

— Pare. Pare de agir como se você se importasse e fique fora da porra da minha vida. Você e eu... não somos nada um para o outro. Somos menos do que estranhos.

Balancei a cabeça, tentando não cambalear, embora ela tivesse acabado de abrir meu peito com aqueles golpes.

Ficamos nos encarando, ofegantes.

Vi coisas em seus olhos que *não pude suportar*, e só Deus sabe o que ela disse a si mesma que viu nos meus.

De uma coisa eu sabia. Ela não estava enxergando a verdade, o amor, o remorso agonizante que eles carregavam.

— Por favor — sussurrei.

Ela saiu com ele. Publicamente. Tiraram fotos deles juntos. Não ousei achar que ela tinha feito aquilo só para me atingir.

Eu o procurei e o alertei novamente.

Dessa vez, com mais contato físico.

Eu tinha acabado de acertar mais um soco certeiro em sua barriga quando ele conseguiu me empurrar, arfando.

— Que porra é essa, cara?

— Eu te disse para ficar longe da Danika. Eu te *avisei*, porra.

— Qual é a droga do seu problema?

— Você é o meu problema, caralho. *Você*.

Acabei me deixando levar e machuquei bastante sua cara idiota.

E ele continuou saindo com ela.

E então, descobri através de Kenny sobre sua namorada e como ele estava enrolando as duas.

Nem preciso dizer que não encarei muito bem.

Dei uma surra nele até deixá-lo sangrando, no maior surto de fúria que eu tivera em muitos anos. Foi tão sério que recomecei a terapia para aprender novamente todos os passos para controlar minha raiva.

Até voltei para a reabilitação por alguns dias. Não tive recaída, mas senti que minha sobriedade estava muito frágil. Foi uma precaução, e me ajudou.

E mesmo com tudo isso, eu não me arrependia de ter acabado com a raça daquele filho da puta.

Jared

Não recomento ler essa parte se você não tiver lido
BAD THINGS (TRISTAN & DANIKA – LIVRO 1)

A GAROTA

Quando a conheci, já era tarde demais. Ela já estava se apaixonando pelo meu irmão, embora o tivesse conhecido naquele dia.

Ainda assim, eu tinha que tentar.

Tristan deixou claro desde o início que eles eram apenas amigos. Acreditei nisso por umas duas horas.

Assim que eu disse algumas palavras amigáveis para ela, ele me puxou de lado, me repreendendo.

Ele deu um tapa no meu ombro e me conduziu para longe do grupo.

— Não — ele disse baixinho, com um olhar que dizia que falava sério.

Ergui as sobrancelhas. Tínhamos um código de irmãos que levávamos a sério, e se ele dissesse que ela era proibida, seria como uma lei. Mas...

— Você disse que ela era apenas sua amiga.

Ele balançou a cabeça.

— Não vou entrar nesse assunto. Ela é proibida. Fim de papo.

Eu não gostava de brigar com o meu irmão, isso era um fato. Ele era do tipo que brigava.

Eu o amava, mais do que qualquer coisa no mundo. Ele sempre cuidou de mim. Fez muito mais por mim do que o meu próprio pai, a minha própria mãe, e era apenas alguns anos mais velho do que eu. Se eu tivesse um problema, era para Tristan que corria. Eu tinha fé absoluta de que o meu irmão mais velho daria um jeito em qualquer coisa.

Dito isso, ele era teimoso pra caramba. Eu estava descobrindo o quanto isso era irritante.

— Então, agora você está marcando território em mulheres aleatórias só para o caso de você querer fodê-las depois? — perguntei, encolhendo-me com o que saiu da minha boca.

Eu estava frustrado e, para ser sincero, com ciúmes.

Ele me lançou um olhar que me fez calar a boca. Ele não tinha gostado daquilo.

— Não faça isso, simplesmente não faça. Não fale dela assim, e se estiver pensando em ficar casualmente com ela, pode tirar essa ideia da cabeça. Ela não é de se envolver casualmente.

— E se eu quiser namorar com ela? — perguntei baixinho, tentando-o mais do que costumava fazer. Eu gostava daquela garota, Danika, e gostaria de pelo menos conhecê-la melhor.

— Não. Pode parar. Não quero mais falar sobre isso.

Desde o início, desde o *primeiro* dia em que se conheceram, Tristan sempre foi incapaz de ser lógico quando se tratava de Danika.

O ENCONTRO

Eu tinha finalmente conseguido convencer Danika a sair comigo.

Eu estava louco por aquela garota. Ainda não tínhamos passado muito tempo juntos, mas eu sentia que a conhecia, que a entendia.

Ela era inteligente, engraçada, gentil e linda. Era o tipo de garota com quem eu queria me casar um dia. Ela não levava desaforo para casa, mas tudo bem, eu não a faria se sentir desconfortável se estivesse comigo.

E então, eu a beijei. Foi um beijo gostoso. Bom para caralho.

E ela me rejeitou. Estava se apaixonando por Tristan. Meu irmão.

Tentei fingir que não era nada de mais e curtir o restante da noite. Eu gostava da sua companhia, mesmo que ela não gostasse de mim *dessa forma*.

O que eu podia fazer? Se ela não tinha sentimentos por mim, então pronto.

— Não vou deixar o clima ficar esquisito entre a gente — eu disse a ela.

Sorrimos um para o outro. Ela era tão linda.

— Que bom — ela respondeu. — Obrigada. Odeio clima esquisito.

Ela amava o meu irmão, percebi naquela noite.

E ele também estava apaixonado por ela. Essa foi outra coisa que descobri naquela noite, embora eu não achasse que ele se dava conta do quão irreparável já estava. Idiota teimoso.

Ele nos flagrou em nosso encontro e me puxou de lado para soltar os cachorros em mim.

— O que foi que eu te disse, porra? — perguntou entre dentes, aproximando-se do meu rosto, cutucando meu peito com um dedo. — Fique longe dela.

Eu o analisei. Ele era um filho da puta assustador, mas nunca foi assim para mim. Seus punhos estavam sempre distribuindo socos por aí, mas não em mim. Eu era seu irmão caçula. Ele estava ali para me proteger, não para me machucar, e sempre fizera questão de que eu soubesse disso.

Desde que eu tinha cinco anos, eu sabia disso, quando ele entrou na frente de um tapa descuidado do meu pai que estava mirado em mim. Não foi um acidente.

Ele fez aquilo para me defender.

— Não encoste a mão nele, seu desgraçado! — ele rosnou, recebeu outro tapa e reergueu-se logo em seguida, colocando o rosto bem próximo ao do meu pai. — Encoste nele novamente e eu *acabo* com você.

Mais um golpe, xingamentos, seguidos da minha mãe empurrando Tristan para fora de casa, pedindo que ele respirasse um pouco e não voltasse até se acalmar.

Ele tinha dez anos.

Meu pai nunca mais tentou me bater, não que eu me lembrasse. Seu alvo passou a ser Tristan, maior, mais fácil.

Ele podia estar furioso, rosnando para mim, mas eu conhecia seu coração. Ele me amava mais do que a si mesmo, provocaria dor em si mesmo para evitar a minha, como já fizera antes.

— Você não pode reivindicar garotas que nem estão saindo com você — falei baixinho. Eu também podia ser teimoso.

Ele balançou a cabeça, olhos ferozes.

— Não são "garotas", é a Danika. E eu não preciso me explicar. Cai fora, porra.

Foi tão louco, sua reação foi tão exagerada, que eu soube ali mesmo.

— Você está se apaixonando por ela — eu disse, com a voz baixa. — Pelo menos admita para si mesmo.

Ele balançou a cabeça, recusando-se a admitir qualquer coisa.

— Não mude de assunto, caralho. Você vai ficar longe dela ou teremos um problema, porra?

Teimoso do caralho.

— Ficarei longe.

O ÚLTIMO DIA

Eu estava extremamente chapado, há dias, e a única cura para isso parecia ser continuar a me chapar. Por falar nisso...

Atendi meu celular.

— E aí, Dean?

— Tenho um presente para você. Onde está?

— Meu apartamento.

— Você ao menos pôs a cara para fora essa semana? Está em casa ficando doidão nesse exato momento, não está?

Sorri.

— É só baseado, cara. Quem é você, a minha mãe?

Ele deu risada, e soou um pouco como o Dean de anos atrás.

— Foi a sua mãe que me deu meu primeiro baseado, Jared. Você pode usar um argumento melhor.

— Ok, quem é você, o meu irmão?

Nós dois rimos com essa. Era mais certeira. Meu irmão agia mais como se fosse meu pai do que meus próprios pais.

— Tá a fim de uma festa? — ele perguntou.

— Sempre.

— Vou levar até você.

Saber que estava prestes a me chapar mais ainda me fez sentir renovado instantaneamente. Até saí da cama e liguei para Tristan.

Ele estava passando maus bocados. Eu soube porque ele não me atendeu.

— Eu te amo, irmão — falei após o bipe. — Não desista dela. Ela vai mudar de ideia.

Dean apareceu no meu apartamento algumas horas depois. Não era exatamente uma festa, só ele, um saco cheio de algo legal, duas garotas e uma garrafa de vodca.

As garotas eram tietes.

Convidei-os para entrar, mas não tentei flertar com nenhuma das garotas. Dean podia ficar com as duas. Eu não gostava das garotas que ele encontrava. Elas sempre pareciam estar drogadas demais, a ponto de que dormir com elas seria uma exploração.

Eu podia ser coberto por tatuagens e fazer parte de uma banda, mas gostava de garotas legais. Do tipo que sorriam com os olhos e queriam se apaixonar. Até que eu pudesse encontrar isso, poderia esperar.

Dean foi direto para o sofá da sala de estar e começou a misturar algo sobre a mesinha de centro. Vi que eram *speedballs*. Era merda das boas.

As garotas o seguiram como cadelinhas.

Peguei sua garrafa de vodca, fui para a cozinha e servi shots para todos nós.

— Saúde — eu disse e bebi o meu. Ninguém sequer notou o que eu estava fazendo. As garotas estavam assistindo vidradas às atividades de Dean. Viciadas mesmo.

Uma delas estendeu o braço para que ele injetasse.

Ele a afastou.

— Sai, vadia. O anfitrião primeiro. Venha cá, Jared.

Aproximei-me e sentei ao lado dele no sofá, estendendo meu braço e desejando muito a primeira onda. Essa merda dava o melhor barato que existia, quando a cocaína encontrava a heroína e causava uma adrenalina gloriosa.

Ele injetou em mim.

Recostei-me e suspirei ao sentir a substância chegar à minha corrente sanguínea.

— Porra, que delícia — falei baixinho, sentindo uma onda me dominar dos pés à cabeça, promovendo uma sensação de arrepios e dormência ao mesmo tempo.

Dean abriu um sorriso afiado para mim ao esvaziar outra seringa no braço de uma das garotas.

— É o melhor, não é? E você vai me amar, porque eu trouxe bastante. Pode me agradecer depois.

Frankie

Na primeira vez que a vi, tive certeza de que nunca seríamos compatíveis. Não demorei nem um pouco para chegar a essa conclusão. O sorriso dela era gentil demais, muito livre de bagagem emocional.

Eu a conheci em um bar da faculdade do outro lado da rua da UNLV, por insistência de Danika, que tinha boas intenções.

Eu *odiava* bares universitários. Eles estavam sempre cheios de garotos universitários, e todos os garotos universitários pareciam viver sob a ilusão de que lésbicas eram apenas garotas que gostavam de ir além para excitá-los. Isso não me apetecia muito.

Estella era linda. Eu não tinha um tipo, mas essa garota era o tipo *de todo mundo*. Tinha a mesma altura que eu e era escultural, com um corpo muito bem torneado. Estava exibindo muito daquele corpinho gostoso, com um top preto justo que colava nos seios e uma minissaia branca que mal cobria sua bunda. Sua pele era de uma cor caramelo cremoso que me pareceu comestível.

Ela havia se mudado recentemente para os EUA do Brasil e tinha um sotaque sensual pra caramba.

Seus cabelos também eram um arraso. Era um castanho clareado pelo sol, ondulado e muito cheio.

Minha mente enlouqueceu um pouco pensando nas coisas que eu gostaria de fazer com aquele cabelo, mas interrompi isso bem rápido.

Ela era uma distração apetitosa, com certeza, mas não para mim.

Não para mim. Não para mim. Não para mim.

E daí que eu tive que dizer isso a mim mesma várias vezes a poucos minutos de conhecê-la?

Não significava nada.

— Sou a Estella — ela disse com um sorriso radiante, estendendo a mão para mim.

Eu deveria apertá-la?

Meio sem jeito, foi o que fiz.

— Frankie.

— Frankie — ela testou o nome em sua boca, fazendo-o soar exótico. — Adorei esse nome. É forte. Combina com você.

Abri um sorriso neutro.

— Obrigada. Estella é um nome lindo. Combina com você.

Nada em meu tom ou olhar indicava flerte. Eu só estava puxando conversa.

Por outro lado, os olhos de Estella correram por toda a minha pele exposta e tatuada. Ela não estava sequer tentando esconder o fato de que gostou do que viu.

Olhei de relance para a pista de dança. Uma pessoa do seu grupo de amigos estava tentando chamar sua atenção.

— Acho que estão te chamando para a pista de dança. — Apontei.

Ela olhou para trás rapidamente antes de me lançar um sorriso descaradamente sedutor.

— Vem comigo?

Balancei a cabeça.

— Não, obrigada. Mas divirta-se.

Ela se afastou, balançando os quadris de forma sensual ao andar.

Danika estava me olhando e eu retribuí.

— É difícil explicar uma preferência como a minha — eu disse. — Me sinto atraída por Estella. Ela é gata pra caramba, mas esse não é o ponto. Eu não poderia ser quem preciso ser com ela, e não vou me conformar com menos.

— Como você consegue encontrar alguém? — Danika perguntou com compaixão na voz. — Já é difícil encontrar pessoas decentes para namorar, e com algo assim no meio...

— Não é fácil. Nem um pouco. Mas uma coisa eu sei: nunca vou encontrar essa pessoa em um bar universitário. Prefiro ficar celibatária pelo resto da vida a tentar um relacionamento baunilha de novo. Não adianta nada para mim.

— Então, você já tentou?

Fiz uma careta. Sim, já tinha tentado e os resultados foram desastrosos, a ponto de eu achar que havia algo quebrado em mim e nada poderia me consertar.

— Sem muito sucesso, quando eu era jovem demais para saber bem. Uma preferência como a minha... é uma coisa sombria, de certa forma, mas, quando dá certo, Deus, é incomparável. Sexo normal nem se compara. Para mim, é tão empolgante quanto um jogo de tabuleiro.

Após um tempo, Estella voltou, entregando-me um martini e abrindo um sorriso enorme.

— Eu adoro tatuagens — ela disse, com os olhos vidrados na minha pele.

— É mesmo? — questionei, achando que ela não estava falando sério, já que não tinha nenhuma. — Eu tenho um estúdio de tatuagem. Se algum dia pensar em fazer alguma, é só falar comigo.

Ela pareceu interessada.

Não sei como aconteceu, mas aquela bruxinha me convenceu a levá-la para casa naquela noite.

Demos uns amassos por horas e eu a fiz gozar. Várias vezes. Ela era muito gostosa.

Ela dormiu na minha casa, e me interrogou sobre qualquer coisa remotamente relacionada a fetiche que encontrou por lá.

O poste de açoitamento ao lado da minha cama era um pouco difícil de passar despercebido, então não pude culpá-la.

Tudo aquilo era completamente novo para ela, mesmo que ela tivesse dito que estava interessada, então não me permiti ter esperança.

Mas mesmo sendo nova naquilo, ela não pareceu intimidada.

Contra minha vontade, comecei a ter esperança.

Festa de casamento de James e Bianca

AKIRA

Eu odiava usar smoking. Odiava pra caralho. Ternos já eram ruins o suficiente. Smokings eram tortura para homens.

Puxei meu colarinho.

James, com quem eu estava conversando, deu risada.

— Sinta-se à vontade para se trocar, se quiser. Todas as fotos da festa de casamento já foram tiradas. Ninguém aqui irá se importar se você vestir algo mais casual. Por mim, você pode ficar até de cueca.

Alguém deu risadinhas à nossa esquerda. Foi tão alto que nós dois nos viramos para olhar. Uma loirinha, que supus estar bêbada, tinha achado aquilo muito engraçado.

— Eu pagaria para ver isso! — ela soltou, sem vergonha alguma. — Vou procurar algumas notas de um dólar para enfiar na sua calcinha fio-dental, garanhão!

Lancei um olhar irritado para aquela baixinha bocuda. Seu nome era Marnie ou Judith. Não me lembrava quem era quem, e provavelmente nunca lembraria.

A de cabelos escuros, que era Marnie ou Judith, acrescentou:

— Que notas de um dólar, que nada, vou procurar notas de vinte para ver essa bundinha gostosa.

— Mas que por... — comecei, pronto para soltar os cachorros nelas.

Lana ficou com pena de mim, ou delas, ou de todos nós. Ela colocou-se ao meu lado, repreendeu as garotas e começou a afastá-las dali, murmurando alguma coisa sobre café.

— Desculpe, Lana, não fizemos por mal. Seu marido é gostoso *pra caralho* — uma delas falou conforme das duas se afastavam.

— Aquelas garotas são um incômodo — eu disse a James.

Ele riu.

— Não, não são. Na verdade, elas são o oposto disso. Completamente inofensivas. E estão muito bêbadas.

Fiz uma careta.

— Bem, elas distraíram minha esposa quando eu estava prestes a ir fazer isso, então são, sim, um incômodo para mim.

Por sorte, ela não ficou longe por muito tempo. Voltou para mim sorrindo, deixando-me sem fôlego.

Ela era perfeita demais, elegante e linda, forte e capaz. E minha. Eu ainda não conseguia acreditar.

Quando ela ficou ao meu alcance, eu a peguei em meus braços e comecei a carregá-la para fora da festa. E isso era culpa dela por ser tão irresistível.

Houve alguns gritos dos convidados que presenciaram o espetáculo. Tanto faz. Que olhassem. Ela era minha. Não importava que fosse muita areia para o meu caminhãozinho. Era minha.

Ela estava estranhamente quieta; não me provocou uma vez sequer.

— Algum problema? — perguntei a ela ao nos aproximarmos da casa.

Ela suspirou contra mim.

— Quer que eu te coloque no chão? — insisti.

— Nunca — ela respondeu suavemente.

Sorri.

Ela me deu a notícia no momento mais estranho possível.

Nós dois estávamos pelados. Suando. Eu estava com o rosto enterrado em sua boceta, faltando apenas um segundo para substituí-lo pelo meu pau.

Suas mãos estavam em meus cabelos e ela gritava e gritava.

Subi por seu corpo, pairando sobre ela.

— Estou grávida — ela ofegou, apertando-me contra seu corpo.

Perdi meu juízo depois disso, tomei-a como um homem possuído, penetrando-a com força de novo e de novo.

— Eu te amo — ofeguei contra seu rosto lindo.

— Eu te amo — ela retribuiu.

Devia ser a décima vez que nós dois dizíamos aquilo, repetindo ao fazermos amor, como se não conseguíssemos dizer o suficiente e não nos cansássemos de ouvir.

Depois, deitei a cabeça em sua barriga plana, acariciando-a com ternura.

Meu bebê em sua barriga. Arrepiei-me, meu corpo inteiro estremecendo de satisfação. Era tudo que eu sempre quis.

Fim

Sobre a Autora:

R. K. Lilley é a autora da série bestseller Up In The Air, entre outros livros.

Mora no Texas com seu marido e seus dois filhos, e já trabalhou em vários lugares, mas jura que só soube o que era trabalho duro quando teve os filhos.

Sempre foi viciada, desde que ela consegue se lembrar, em ler e escrever histórias de ficção e romances. Gosta de viajar, ler, caminhar, pintar, jogar, assistir animações, e aproveitar ao máximo cada dia.

Atualmente está trabalhando em vários livros.

Site: https://www.facebook.com/authorrklilley

Twitter: twitter.com/authorrklilley

Instagram: Authorrklilley